學習字根要如何應用？

別忘了，記字根的好處絕對不只這樣！當你在閱讀文章時，遇到一個看不懂的單字，可以應用學過的字根、以及字首字尾、還有上下文的線索，去猜到這個字的大概意思，幫助你理解整篇文章，那你才是真正的成功。以這樣的方式記單字，你便想忘也忘不掉！舉例來說：

"interpersonal"

你可以在這個單字裡找到"person (＝人)"這個字根，加上前面的inter (＝在……之間)，以及後面的al表形容詞字尾，就可以往「在人之間→人際間的」這樣的方向聯想。學習字根，就像練功，學會基本的招式，在不同情境中加以變化運用，你才能真正變強！

熟記常用字根的重要性

本書共精選了158個常用字首、字根、字尾，除了基本的例句、KK音標、單字釋義與拆解外，還貼心附上了近／同／反義詞和延伸片語，以及獨家記憶秘訣，告訴讀者如何用拆解開的各個單字部分，組合衍生成該單字的意義。此安排幫助讀者找到拆解單字和拼湊歸納字義的規律，快速抓住學習的要訣！

許瑾

Contents 目・錄

Part 1 Prefix 字首

Part 2 Root 字根

Part 3 Suffix 字尾

HELLO
ABC

RIGHT!
Part 1
字首
Prefix
A
B
YES!

a(n)- 沒有；非；加強語氣

= without

內含本跨頁例句之MP3音檔

01 Many teenagers have strong **apathy** toward elections.

許多青少年對選舉漠不關心。

apathy [ˋæpəθɪ]

a「沒有」+ pathy「感覺」

n. 冷淡

→ apathetic adj. 冷感的

反義字

passion n. 熱情

同義字

indifference n. 漠不關心

02 His **amoral** deeds have been revealed to the public.

他那些不道德的行為已被公諸於世。

amoral [eˋmɔrəl]

a「沒有」+ moral「道德」

adj. 非關道德的；不屬於道德範疇的

反義字

moral adj. 道德的

同義字

immoral adj. 沒有道德的

03 Jimmy regards photography as his life-long **avocation**.

吉米將攝影視為他終生的業餘愛好。

avocation [ˌævəˌkeʃən]

a「沒有；非」+ vocation「職業」

n. 副業

→ avocational adj. 副業的

記憶祕訣

遠離職業 → 副業

反義字

vocation n. 職業

04 The man is not talking to you. He is just thinking **aloud**.
那男人不是在跟你講話。他只是在自言自語。

aloud [ə`laud]
a「加強」+ loud「大聲」
adv. 大聲地

延伸片語
think aloud 自言自語；邊想邊說
反義字
slient adj. 沉默的

05 The security guard should be wide **awake** against any questionable visitors.
警衛應該對任何可疑的訪客保持警覺。

awake [ə`wek]
a「加強」+ wake「醒著」
adj. 醒著的；清醒的

延伸片語
wide awake 完全清醒的；警覺的
反義字
asleep adj. 睡著的

06 **Acentric** items can actually bring out the beauty of geo metry.
不具中心性的物件其實可以帶出幾何的美。

acentric [e`sɛntrɪk]
a「無」+ centric「中心的」
adj. 無中心的；非正中的

記憶秘訣
沒有中心 → 不以中心為基準的
延伸片語
acentric fragment 非中心片段（染色體）

07 There's nothing wrong to be **asexual**; it's a normal sexual orientation.
無性戀並沒有錯；這是個很正常的性別傾向。

asexual [ə`wek]
a「沒有」+ sexual「性別上的」
adj. 無性（戀）的

延伸片語
asexual reproduction 無性生殖
sexual reporduction 有性生殖

08 The politician received an **anonymous** package, and it turned out to be a bomb.
這名政客收到了一個匿名包裹，結果最後發現是炸彈。

anonymous [ə`nɑnəməs]
an「沒有」+ onym「名字」+ ous「形容詞字尾」
adj. 匿名的

記憶秘訣
沒有名字 → 匿名的
延伸片語
an anonymous letter 匿名信件

ab-, abs- 離開；分離；相反

= away

內含本跨頁例句之MP3音檔

01

Spongs can **absorb** liquid in a short period of time.
海綿可以在短時間內吸收液體。

absorb [əbˋsɔrb]

ab「分離」+ sorb「吸收」

v. 吸收

記憶秘訣

某人事物分離被另一人事物完全吸收掉

延伸片語

to absorb knowledge 吸收知識

02

There was an **abnormal** thunderstorm last week.
上星期有一場很異常的大雷雨。

abnormal [æbˋnɔrməl]

ab「分離」+ norm「基準；規範」+ al「形容詞字尾」

adj. 不正常的；反常的

記憶秘訣

離開規範 → 不正常的；反常的

反義詞

normal adj. 正常的

03

She now lives in an **abject** state and constanly seeks for help. 她現在處境悲慘，並時常尋求幫助。

abject [ˋæbdʒɛkt]

ab「分離」+ ject「丟；拋」

adj. 可憐的；悲慘的

記憶秘訣

被丟地遠遠的 → 可憐的；可鄙的

延伸片語

miserable adj. 可悲的；悲慘的

04 Let's report him to the police. He kept **abusing** animals!
我們報警。他一直在虐待小動物！

abuse [əˋbjus]
ab「分離」+ use「使用」
v./ n. 濫用；虐待

同義詞
mistreat v. 不當地對待
延伸片語
alcohol abuse 酗酒

05 He was **absent** from that important meeting this morning. 他缺席今早那場重要會議。

absent [ˋæbsnt]
ab「分離」+ sent「出現」
adj. 不在場的；缺席的

記憶秘訣
遠離出席 → 不在場
延伸片語
be absent from... 缺席……

06 The man was caught for attempting to **abduct** a child.
那個男人因為企圖誘拐孩童而被逮捕。

abduct [æbˋdʌkt]
ab「離開」+ duct「引導」
v. 綁架；拐騙

記憶秘訣
引導離開 → 帶走、綁架
延伸片語
to abduct a child 誘拐孩童

07 I like flowers in the **abstract**, but I can't stand the smell of Perfume Lily.
理論上來說我是喜歡花的，但是我無法忍受香水百合的花香。

abstract [ˋæbstrækt]
ab「離開」+ stract「拉」
adj. 抽象的

近義詞
conceptual adj. 概念上的
反義詞
actual adj. 真實的

08 It's a shame that units concerned all tried to **abnegate** their responsibilities.
相關單位全都想推卸責任，真是讓人遺憾。

abnegate [ˋæbnɪˏget]
ab「離開」+ negate「取消」
v. 放棄（權力等）

反義詞
continue v. 繼續
延伸片語
to abnegate responsibility 推卸責任

unit 003 ab-, ac-, ad-, af-, ag-, ar-, as-, at- 朝向

= toward, to

Track 003
內含本跨頁例句之MP3音檔

01 Can you **accompany** me to the post office?
你能陪我去郵局嗎？

accompany [əˋkʌmpənɪ]
ac「朝向」+ company「陪伴」
v. 陪伴；伴隨

記憶秘訣
往陪伴的方向前進 → 伴隨

延伸片語
accompany sb. to... 陪伴某人至……

02 The garden **adjoined** the pool.
花園與泳池比鄰。

adjoin [əˋdʒɔɪn]
ad「朝向」+ join「連接；接合」
v. 緊鄰；貼近

近義詞
attach v. 附著；連接

反義詞
detach v. 使分離；拆掉

03 His illness **arose** from excessive work.
他的病是工作過度所引起的。

arise [əˋraɪz]
a「朝向」+ rise「升起」
v. 升起

記憶秘訣
朝升起的方向移動 → 起床、引起

延伸片語
arise from 源自於、引起於

04 "Severe Acute Respiratory Syndrome" is usually **abbreviated** to "SARS."
「嚴重急性呼吸道症候群」常常被縮寫為「SARS」。

abbreviate [əˋbrivɪ,et]
ab「朝向」+ brevi「短」+ ate「動詞字尾」
v. 縮寫；使省略；縮短
→ abbreviation n. 縮寫

記憶秘訣
朝著短的方向 → 縮寫
延伸片語
to abbrieviate A as B 將 A 縮寫為 B

05 The icy lemonade **aggravated** my toothache.
冰的檸檬汁使我的牙痛更嚴重了。

aggravate [ˋægrə,vet]
ag「朝向」+ grav「加重」+ ate「動詞字尾」
v. 加劇

同義詞
exacerbate v. 惡化
反義詞
ease v. 緩和

06 You really need to re-**arrange** your files.
你真的需要好好重新整理你的檔案。

arrange [əˋrendʒ]
ar「朝向」+ range「安排」
v. 整理；安排

同義詞
organize v. 組織
反義詞
derang v. 使……紊亂

07 I'm deeply **attracted** to his charisma.
我深深地被他人格魅力吸引。

attract [əˋtrækt]
at「朝向」+ tract「拉」
v. 吸引
→ attraction n. 吸引；（觀光）景點

記憶秘訣
往一個方向拉過去 → 受某人事物吸引
延伸片語
tourist attraction 觀光旅遊景點

08 I do need to **assort** these records so I can find what I want easily next time.
我確實需要好好將這些紀錄分類，這樣我下次才能輕鬆找到我要的東西。

assort [əˋsɔrt]
as「朝向」+ sort「分類」
v. 分類；分配
→ assorted adj. 混雜的；各式各樣的

同義字
classify v. 分類
反義字
mix v. 混合

unit 004 anti- 反對、對抗

= against, opposite

Track 004
內含本跨頁例句之MP3音檔

01 He has an **antisocial** personality. You can encourage him to go out more often.
他有反社會人格，你可以多鼓勵他出去走走。

antisocial [ˏæntɪˋsoʃəl]
anti「反對；對抗」+ soci「群體」+ al「形容詞字尾」
adj. 反社會的

記憶秘訣
反對群體 → 反社會的

延伸片語
antisocial personality
反社會人格

02 I always have this strong **antipathy** toward science.
我對於科學總是有如此強烈的反感。

antipathy [ænˋtɪpəθɪ]
anti「反對；對抗」+ pathy「感覺」
n. 反感；厭惡；引起反感的事物

記憶秘訣
相反的感覺 → 反感

延伸片語
the antipathy between A and B
介於 A 和 B 之間的相互厭惡

03 The doctor prescribed some **antibiotic** for me.
醫生幫我開了一些抗生素處方籤。

antibiotic [ˏæntɪbaɪˋɑtɪk]
anti「反對；對抗」+ bio「生命」+ tic「形容詞字尾」
adj./ n. 抗生的；抗生素

記憶秘訣
對抗生命 → 抗生的

04 This medicine is the **antidote** to the poison your body just intook.
這個藥是你身體剛剛吸收的毒之解藥。

antidote [ˋæntɪˏdot]
anti「反對；對抗」+ dote「給予」
n. 解藥

反義字
poison n. 毒藥
延伸片語
as an antidote against
作為對～的解方

05 Not everything has an **antithesis**. Sometimes, things are entwined.
並不是所有事情都有其對立面。有時候，事物是交織在一起的。

antithesis [ænˋtɪθəsɪs]
anti「反對；對抗」+ thesis「主題」
n. 對立；對照

同義字
contrast n. 相反
反義字
similarity n. 相似

06 Having enough **antibodies** is essential to fight against this disease. 要對抗這個疾病，擁有足夠的抗體是很重要的。

antibody [ˋæntɪˏbɑdɪ]
anti「反對；對抗」+ body「身體」
n. 抗體

記憶秘訣
對抗身體 → 抗體
延伸片語
to (not) have antibody
（沒）有～的抗體

07 A great number of people took part in this **antiwar** march last Sunday. 上週六許多人參與了這場反戰遊行。

antiwar [ˏæntɪˋwɔr]
anti「反對；對抗」+ war「戰爭」
n. 抗戰的

延伸片語
an anti-war demonstration 抗戰遊行
an anti-war slogan 反戰標語

08 You seriously needed to download an **antivirus** program. 你真的需要去下載一個防毒軟體。

antivirus [ˏæntɪˋvaɪərəs]
anti「反對；對抗」+ virus「病毒」
n. 防（抗）毒的

延伸片語
an antivirus software 防毒軟體
an antivirus program 防毒程式

CO- 和；一起；共同

= with, together, jointly

Track 005
內含本跨頁例句之MP3音檔

01 We'll want you to **cooperate** in this investigation.
我們需要你在此調查中合作。

cooperate [ko`ɑpə͵ret]
co「共同」+ operate「運作」
v. 合作

同義詞
collaborate v. 合作
延伸片語
to cooperate in doing sth./sth. 合作做某事／於某事

02 Human beings need to learn how to **coexist** with Mother Nature. 人類需要學習如何和大自然共存。

coexist [`koɪg`zɪst]
co「共同」+ exist「存在」
v. 並存

記憶秘訣
一起存在 → 共存、並存
反義詞
isolate v. 孤立；隔離

03 I'm really fortunate to have him as my **coworker**.
我真的很有幸有他這麼一位同事。

coworker [`ko͵wɝkɚ]
co「共同」+ work「工作」+ er「的人」
n. 同事

同義詞
colleague n. 同事
反義詞
enemy n. 敵人

04 It was such a **coincidence** to meet you here.
在這裡見到你真是個巧合。

coincidence [koˋɪnsɪdəns]
co「共同」+ in「之上」+ cid「掉落」+ ence「名詞字尾」
n. 巧合

延伸片語
to be quite a coincidence 某事真是個巧合
It was a coincidence that... ……是個巧合

05 Do remember to **combine** this paragraph into your thesis.
記得要把這段併入你的論文之中。

combine [kəmˋbaɪn]
com「共同」+ bine「二」
v. 組合；結合在一起
→ combination n. 結合

記憶秘訣
將兩個東西放在一起 → 結合

延伸片語
to combine A with B
將 A 和 B 結合在一起

06 The action he makes always **conflict** with what he says.
他的行為總是牴觸他的說法。

conflict [ˋkɑnflɪkt]
con「共同」+ flict「打擊」
v. 衝突

同義詞
clash v. 衝擊

延伸片語
armed conflict 武裝衝突

07 **Coeducation** certainly has its own pros and cons.
混合性別教育必定有其優劣。

coeducation [ˌkoɛdʒəˋkeʃən]
co「共同」+ education「教育」
n. 男女同校
→ coed為縮寫

同義詞
mixed-sex education
混合性別教育

unit 006 counter, contra, contro 反對；反面；對面

= against, opposite

Track 006

內含本跨頁例句之MP3音檔

01 The gyro spun in a **counterclockwise** direction.
這顆陀螺逆時針方向旋轉。

counterclockwise [͵kaʊntɚˋklɑk͵waɪz]

counter「反」+ clockwise「順時針方向的」

adj. 逆時鐘的

記憶秘訣

順時針的相反 → 逆時針的

延伸片語

in a counterclockwise direction 逆時鐘方向

02 This art gallery is the **counterpart** of that famous one in London. 這間藝廊相當於倫敦那間有名的藝廊。

counterpart [ˋkaʊntɚ͵pɑrt]

counter「反」+ part「部分」

n. 相對應的事物；極相似的事物

反義詞

correspondent n. 對應物

03 His opinions on this issue were **contrary** to mine.
他對這個議題的意見與我的相反。

contrary [ˋkɑntrɛrɪ]

contra「相反」+ ry「形容詞字尾」

adj./ n. 相反的（事物）

延伸片語

on the contrary 相反地

反義詞

same adj. 相同的

04 The professor **contradicted** his argument just now.
教授剛剛自相矛盾了。

contradict [͵kɑntrə`dɪkt]
contra「相反」+ dict「說」
v. 矛盾
→ contradiciton n. 矛盾

同義片語
at variance with 有歧異
延伸片語
to contradict oneself 自相矛盾

05 This politician often gives **controversial** statement.
這位政客常常做出爭議性的發言。

controversial [͵kɑntrə`vɝʃəl]
contro「相反」+ vers「轉」+ ial「形容詞字尾」
adj. 具爭議性的

同義詞
contentious adj. 爭議的
延伸片語
a controversial issue 具爭議性的議題

06 Please don't say **contradictory** words and act like a man.
請不要說自相矛盾的話，像個男子漢一樣做事。

contradictory [͵kɑntrə`dɪktərɪ]
contra「相反」+ dict「說」+ ory「形容詞字尾」
adj. 矛盾的；相對立的

延伸片語
be contradictory to 與～矛盾

07 The magical drug can **counteract** the effects of poison.
這神奇的藥可以消解毒性。

counteract [͵kaʊntɚ`ækt]
counter「反、對抗」+ act「起作用」
v. 起反抗作用；中和；應對

延伸片語
to counteract the effects of drugs 中和掉藥效
to counteract global warming 對抗全球暖化

08 Professor Lee's **counterexample**-guided teaching style is very popular. 李教授反例引導的教學風格深受歡迎。

counterexample
[͵kaʊntɚɪg`zæmpəl]
counter「反、對抗」+ example「例子」
n. 反例

延伸片語
counterexample-guided 反例引導

unit 007 de- 離開；徹底；耗盡；除去

= away, fully, to exhaustion, removal

Track 007
內含本跨頁例句之MP3音檔

01

This bacteria can **decompose** feces into five different substances.
這種細菌可以將糞便分解為五種物質。

decompose [ˌdɪkəmˋpoz]
de「解除」+ compose「組成」
v. 分解；腐敗

反義字
compose v. 組成

延伸片語
decompose A into B
將 A 分解成 B

02

The tsunami **devastated** the whole coastal village.
海嘯毀滅整個沿海村莊。

devastate [ˋdɛvəsˌtet]
de「徹底」+ vast「荒廢」+ ate「動詞字尾」
v. 使荒蕪；破壞；蹂躪

記憶秘訣
全然荒廢 → 使荒蕪；破壞；蹂躪

延伸片語
be devastated by 被～擊垮

03

We need someone who can **decode** Mores Code.
我們需要會破解摩斯密碼的人。

decode [ˋdiˋkod]
de「解除」+ code「密碼」
v. 解碼

同義字
decipher v. 破解；解碼

反義字
encode v. 把～譯成密碼

04 The politician claimed that the talk show host **defamed** him.
這名政客聲稱那位脫口秀主持人破壞他的名聲。

defame [dɪ`fem]
de「解除」+ fame「名聲」
v. 破壞名聲

同義字
besmirch v. 損害名譽
反義字
compliment v. 讚美

05 AI has made it easy for a company to **decentralize**.
人工智慧使一間公司可以簡單地分權管理。

decentralize [di`sɛntrəl͵aɪz]
de「遠離」+ centr「中心」+ al「形容詞」+ ize「動詞字尾」
v.（使）分散

記憶秘訣
遠離中心 → 使分散、分權
延伸片語
to decentralize and downsize
分散管理與縮編

06 Our company spent 1 million dollars **decontaminating** the factory. 我們公司花了一百萬元將工廠徹底去汙。

decontaminate [͵dikən`tæmə͵net]
de「解除」+ con「一起」+ tamin「接觸」+ ate「動詞字尾」
v. 去汙

近義字
cleanse v. 淨化
反義字
contaminate v. 汙染

07 The engineer spent nearly the whole day **debugging** a malicious program.
這名工程師花了近一整天的時間排除惡意軟體的故障。

debug [dɪ`bʌg]
de「解除」+ bug「蟲」
v. 除害蟲；排除故障

延伸片語
to debug a program
替程式排除故障

08 Please don't **deface** the books you've borrowed from the library. 請不要在你從圖書館借來的書上面亂畫。

deface [dɪ`fes]
de「解除」+ face「表面」
v. 毀損外觀
→ defacement n.（外觀）汙損

反義字
adorn v. 裝飾
延伸片語
to deface public property
破壞公共設施

unit 008

trans-

穿越、橫越、從一端到另一端

= across, beyond

Track 008
內含本跨頁例句之MP3音檔

01
Please inform the manager that the goods are ready for **transport**. 請通知經理商品已經可以運輸了。

transport [ˋtrænsˏpɔrt]
trans「從一端到另一端」+ port「運送」
n. 運輸；運送

記憶秘訣
將某物從一端送至另一端
→ 運輸

延伸片語
public transport 公共交通系統

02
We need to believe that love **transcends** everything.
我們必須相信愛超越一切。

transcend [trænˋsɛnd]
tran「跨越」+ scend「攀爬」
v. 超脫；超越

延伸片語
A transcends B
A（的意義或力量）超越B

03
This kind of animal **transmits** terrible diseases.
這種動物傳播可怕的疾病。

transmit [trænsˋmɪt]
trans「橫越」+ mit「傳送」
v. 傳送；發射；傳播

反義字
collect v. 收集

延伸片語
transmit malaria 傳播瘧疾

04 These records needed to be **transcribed** for future uses.
這些紀錄需要被謄寫以利在未來使用。

transcribe [træns`kraɪb]
tran「轉移」+ scribe「寫」
v. 謄寫；抄寫；轉換形式紀錄

延伸片語
to transcribe A into B
將 A 轉寫成 B

05 Each **transaction** should be recorded carefully.
所有交易都該被謹慎地記錄。

transaction [træn`zækʃən]
trans「轉移」+ act「行動」+ ion「名詞字尾」
n. 交易

記憶秘訣
將某物轉移至另一個地方 → 交易

延伸片語
credit card transaction 信用卡交易

06 I don't want to **transfer** to another school.
我不想轉學。

transfer [træns`fɝ]
trans「橫越」+ fer「攜帶」
v. 轉換；調動；轉（車、校、職位）

延伸片語
transfer to ~ department
轉調至～部門
to transfer between flights 轉機

07 My parents had **transformed** the living room into a huge painting space. 我的爸媽把客廳變成了一間大畫室。

transform [træns`fɔrm]
trans「轉移」+ form「形狀」
v. 變形；改變外觀
→ tranformation n. 變形

反義字
remain v. 維持

延伸片語
be transformed into~（被）變成～

08 The little girl was **transfixed** by a huge noise.
那位小女孩被巨大的聲響嚇得不能動彈。

transfix [træns`fɪks]
trans「穿越」+ fix「固定」
v. 刺穿；嚇呆
→ transfixed adj. 呆若木雞的

延伸片語
to be transfixed with terror 驚恐地愣住

dis- 不；相反的；分離；反轉

= not, apart, away, two ways

Track 009
內含本跨頁例句之MP3音檔

01 The scientist **discovered** a species and named it after him.
這名科學家發現了新物種，並以他自己的名字進行命名。

discover [dɪsˋkʌvɚ]
dis「不」+ cover「遮蔽」
v. 發現
→ discovery n. 發現

近義片語
find out 發現
延伸片語
to discover that~
發現～（某事）

02 The crowd in the demonstration began to **disperse** because of the rain. 遊行中的人群因雨開始散去。

disperse [dɪˋspɝs]
dis「分成兩邊」+ (s)pers + e「撒；播」
v. 驅散；解散；疏散；傳播

記憶秘訣
散到兩邊去 → 分散開來
延伸片語
to disperse knowledge 傳播知識

03 Our **disadvantage** in this game is that we don't have a leader. 我們在這場遊戲中的劣勢就是我們沒有一個領導者。

disadvantage [ˏdɪsədˋvæntɪdʒ]
dis「缺乏」+ ad(v)「朝向」+ ant「前面」+ age「名詞字尾」
n. 不利之處；缺點；劣勢

近義字
drawback n. 缺點
反義字
advantage n. 優點；有利之處

04 Our manager **disapproved** of the proposal.
我們的經理否決了這項提案。

disapprove [ˌdɪsəˋpruv]
dis「不」+ ap「朝向」+ prove「證實」
v. 不同意；不贊成

同義字
disagree v. 不同意
反義字
approve v. 贊成；同意

05 I **dislike** waking up early on weekends.
我討厭週末早起。

dislike [dɪsˋlaɪk]
dis「不」+ like「喜歡」
v. 不喜歡；厭惡

同義字
loath v. 厭惡；討厭
反義字
like v. 喜歡

06 Just like that, he **disappeared** from the party.
就這樣，他突然就從派對中消失不見了。

disappear [ˌdɪsəˋpɪr]
dis「不」+ appear「出現」
v. 消失；（突然）不見
→ disappearance n. 不見；離開；消失

同義字
vanish v. 消失
反義字
appear v. 出現

07 The loud noise **distracted** my attention from studying.
大聲的噪音讓我從閱讀中分神。

distract [dɪˋstrækt]
dis「分開」+ tract「遮蔽」
v. 轉移；使分心
→ distraction n. （使人）分心的人事物

延伸片語
to distract A from B 使 A（的注意力）從 B 中轉移出去

ex- 向外、向外的

Track 010
內含本跨頁例句之MP3音檔

01

There are five **exits** in total in this building.
這間大樓共有五個出口。

exit [ˋɛksɪt]
ex「向外」+ it「走」
n. 出口 v. 出去；離去

反義字
enter v. 進入

延伸片語
to exit from ~ 從～中出去

02

The kids are looking forward to their **excursion** next week.
孩子們正在期待下週的遠足。

excursion [ɪkˋskɝʒən]
ex「外面」+ curs「跑」+ ion「名詞字尾」
n. 遠足；短程旅行

記憶秘訣
跑到外面 → 遠足；短途旅行；遠足隊

03

Our company mainly **exports** electrical appliances to Thailand.
我們公司主要出口電器用品至泰國。

export [ɪksˋport]
ex「向外」+ port「運送」
v. 輸出

反義字
import v. 輸入

延伸片語
export A to B 將 A 出口至 B

04 The protesters **exclaimed**, "Freedom and Democracy!"
抗議者大聲呼喊「自由與民主」！

exclaim [ɪks`klem]

ex「向外」+ claim「喊叫」

v. 驚呼；叫喊

→ exlaimation n. 驚呼

延伸片語

to exclaim in anger 憤怒地叫喊

to exlaim that~ 大聲地說出～

05 This essence is **extracted** from a kind of mysterious herb.
這個精華是從一種神秘的草藥中提煉而成的。

extract [ɪk`strækt]

ex「向外」+ tract「拖拉」

v. 使勁取出；提取；淬煉；摘錄

延伸片語

an extract from a lecture

課堂中的摘錄

06 The Internet has made it easy to **expose** children to adult contents.
網路使孩童容易接觸到成人內容。

expose [ɪk`spoz]

ex「向外」+ pose「放置」

v. 暴露；接觸到；揭發

→ exposure n. 暴露

反義字

conceal v. 隱藏

延伸片語

to expose A to B

使 A 暴露於（可接觸到） B

07 Don't drink the milk! It **expired** last week and smells terrible.
不要喝那個牛奶！它上星期就過期了，聞起來還很糟。

expire [ɪk`spaɪr]

ex「向外」+ pire「呼吸」

v. 過期；呼出去

→ expiration n. 期滿；吐氣

近義字

cease v. 停止

反義字

continue v. 繼續

unit 011 fore- 前面、在……之前

內含本跨頁例句之MP3音檔

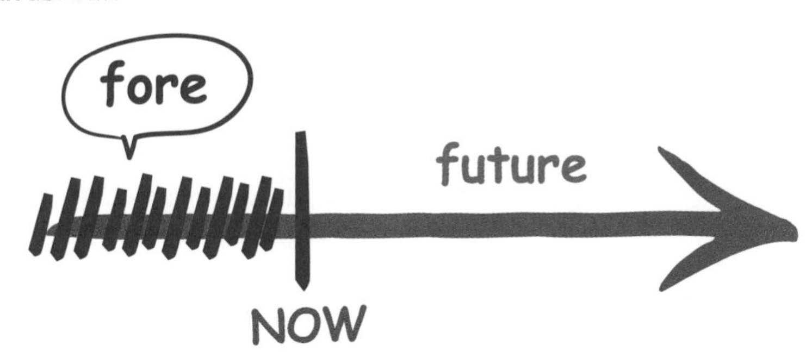

01

His **forearm** was badly injured during an accident.
他的前臂在一場意外中受到重傷。

forearm [for`ɑrm]

fore「前面的」+ arm「手臂」

n. 前臂

延伸片語

to grip sb's forearm
抓住某人的前臂

02

The weather **forecast** said that it will rain heavily tomorrow.
天氣預報說明天會下大雨。

forecast [ˏforˏkæst]

fore「先」+ cast「丟擲」

v./n. 預報；預測

記憶秘訣

先丟出去看看
→ 預測某事的發生

03

Now, let's touch our **forehead** together.
現在，我們一起來碰自己的額頭。

forehead [ˏforˏhɛd]

fore「前面的」+ head「頭」

n. 額頭

延伸片語

to mop one's forehead
拿手帕等布類擦拭額頭（多用於流汗時）

04 It's **impossible** to foresee future.
要預知未來是不可能的。

foresee [for`si]
fore「預先」+ see「看見」
v. 預知；預見

同義字
foretell v. 預示
presage v. 預示

05 This magician claimed that he can **foretell** the future.
這名魔術師宣稱他可以預知未來。

foretell [for`tɛl]
fore「預先」+ tell「告訴」
v. 預示；預言

近義字
foreshadow v. 預示
延伸片語
to foretell the future 預知未來

06 The **foreword** in this book is well-written and moving.
這本書的前言寫得很好而且很感人。

foreword [ˏforˏwɝd]
fore「前面的」+ word「文字」
n. 前言；序言

同義字
preamble n. 序文；前言
反義字
afterword n. 後記

07 My father is a man of **foresight** and has gained significant social status.
我爸爸是個有遠見的人，且得到了相當的社會地位。

foresight [`forˏsaɪt]
fore「預先」+ sight「視野」
n. 遠見；先見之明

反義字
ignorance n. 無知
延伸片語
a man of foresight 有先見之明的人

unit 012

hetero- 不同的

Track 012
內含本跨頁例句之MP3音檔

01

Statistically, **heterosexual** people are the majority, though no more superior.
統計上來說，異性戀是多數，但是沒有比較優越。

heterosexual [ˌhɛtərəˋsɛkʃuəl]
hetero「不同的」+ sexual「性的」
adj. 異性戀的 n. 異性戀者
→ heterosexuality n. 異性戀

反義字
homosexual adj. 同性戀的 n. 同性戀者

延伸片語
heterosexual couples
異性戀伴侶

02

The **heterodox** economics was led chiefly by Frederic S. Lee. Frederic S. Lee. 是異端經濟學的主要帶領者。

heterodox [ˋhɛtərəˌdɑks]
hetero「不同的」+ dox「信仰」
adj. 異端的
→ heterodoxy n. 非正統、異端

反義字
orthodox adj. 正統的

03 It is reported that stress may induce **heterochromatic** transcription. 據報導，壓力可能會導致異染色質轉錄。

heterochromatic
[ˌhɛtərəkroˋmætɪk]

hetero「不同的」+ chroma「顏色」+ tic「形容詞字尾」

adj. 異色的；易染質的

→ heterochromatin n. 異染色質

延伸片語

heterochromatic fusions 異質染色體融合

04 This is quite a **heterogeneous** community. 這確實是個具有多元族裔的社群。

heterogeneous
[ˌhɛtərəˋdʒinɪəs]

hetero「不同的」+ gene「起源」+ ous「形容詞字尾」

adj. 異質的

→ heterogeneity n. 異質

反義字

homogeneous adj. 同質性的

延伸片語

heterogeneous integration 異質整合

05 Autotrophic nutrition and **heterotrophic** nutrition are two ways living beings get their nutrition. 自養和異養是兩種生物取得所需營養的方式。

heterotrophic [ˌhɛtərəˋtrɑfɪk]

hetero「不同的」+ troph「營養」+ ic「形容詞字尾」

adj. 異養的

→ heterotroph n. 異營生物

反義字

autotrophic adj. 自養的

延伸片語

heterotrophic bacteria 異養細菌

unit 013

homo- 相同的

Track 013
內含本跨頁例句之MP3音檔

01

The lawful rights of **homosexual** communities should be acknowledged.
同性戀社群的法權也應該被認可。

homosexual [ˌhoməˋsɛkʃuəl]
homo「相同的」+ sexual「性的」
adj. 同性戀的 n. 同性戀者
→ homosexuality n. 同性戀

反義字
heterosexual adj. 異性戀的 n. 異性戀者

延伸片語
homosexual equality
同性戀平權

02

This country remains **homogenous** ever since its establishment a century ago.
從一世紀前建國後，這個國家就維持著族裔上的同質性。

homogeneous [ˌhoməˋdʒiniəs]
homo「相同的」+ gene「起源」+ ous「形容詞字尾」
adj. 同質的；同種的

反義字
heterogeneous adj. 異質的

延伸片語
homogeneous substance
均勻物質

03 Both "advocate" and "accent" are **homographs**.
「advocate」和「accent」這兩個字都是同形異義字。

homograph [ˋhɑmə͵græf]
homo「相同的」+ graph「書寫」
n. 同形異義字

記憶秘訣
同樣的書寫方式 → 意思不同 → 同形異義

延伸片語
IDN homograph attack
IDN欺騙

04 The phenomenon of **homophobia** just doesn't make sense to me at all.
恐同現象對我來說真的是難以理解。

homophobia [hɑməˋfobɪə]
homo「相同的」+ phobia「恐懼」
n. 對同性戀（者）的恐懼或厭惡

延伸片語
to condenmn homophobia
譴責恐同

05 "Cell" and "sell" are one example of **homophone** pairs.
「cell」和「sell」是同音異義詞組中的其中一個例子。

homophone [ˋhɑmə͵fon]
homo「相同的」+ phone「聲音」
n. 異義同音字

記憶秘訣
同樣的發音方式 → 意思不同 → 同音異義

延伸片語
homophone games
同音詞遊戲

06 That romantic story is about **homophile** love.
那個浪漫故事是關於同性戀的愛情。

homophile [ˋhomə͵faɪl]
homo「相同的」+ phile「愛好者」
n. 同性戀者 adj. 同性戀的

延伸片語
homophile movement
同志運動

unit 014 in-, il-, im- 不；無；表否定

Track 014
內含本跨頁例句之MP3音檔

01 I want to become **invisible** so that I can go everywhere I want.
我想要隱形，這樣我就可以去所有我想去的地方。

invisible [ɪn`vɪzəbəl]
in「不」+ vis「看」+ ible「可以……的」
adj./ n. 看不見的；隱形的（人事物）

反義字
visible adj. 可見的

延伸片語
invisible to the naked eyes
肉眼看不見

02 This **insatiable** thirst for power has worn him out eventually. 對於權利永不滿足的渴望最終讓他精疲力盡。

insatiable [ɪn`seʃɪəbəl]
in「無法」+ sat「填滿」+ iable「可以……的」
adj. 永不滿足的

記憶秘訣
無法填滿的 → 貪得無厭的

延伸片語
to have an insatiable appetite
深不見底的胃口（慾望）

03 Your answer to this question is **incorrect**.
你對這個問題的回答是錯誤的。

incorrect [ˌɪnkə`rɛkt]
in「無法」+ cor「加強語氣」+ rect「使變直」
adj. 不正確的

同義字
false adj. 錯誤的

反義字
correct adj. 正確的

04 I wish someday I can be **immortal** like those Greek Goddesses. 我希望有天我也能長生不老，像那些希臘女神一樣。

immortal [ɪˋmɔrtəl]
im「不」+ mort「死亡」+ al「形容詞字尾」
adj. 不朽的；長生不老的

同義字
eternal adj. 永恆的
反義字
mortal adj. 會死的 n. 凡人

05 You know that stealing is **illegal**, right? 你知道偷竊是違法的，對吧？

illegal [ɪˋligəl]
il「不」+ leg「法律」+ al「形容詞字尾」
adj. 非法的

反義字
legal adj. 合法的
延伸片語
illegal actions 非法行動／行為

06 Speaking with your mouth full is certainly an **inappropriate** table manner. 嘴巴有食物時說話絕對是一種不適當的餐桌禮儀。

inappropriate [ˏɪnəˋproprɪɪt]
in「不」+ ap「朝向」+ propri「適當的」+ ate「形容詞字尾」
adj. 不恰當的

同義字
improper adj. 不適當的
反義字
appropriate adj. 恰當的

07 Please re-examine your paper and revise the **illogical** part. 請重新檢查你的論文，並修改不合邏輯的部分。

illogical [ɪˋlɑdʒɪkəl]
il「不」+ logic「學科」+ al「形容詞字尾」
adj. 不具邏輯性的

延伸片語
an illogical argument
不具邏輯性的論點
an illogical statement
沒有邏輯的發言

08 Those really are **incredible** paintings! 那些畫真的很棒！

incredible [ɪnˋkrɛdəbəl]
in「沒有」+ cred「信任」+ ible「形容詞字尾」
adj. 難以相信的；極棒的

同義字
wonderful adj. 極佳的；非凡的

unit 015

inter- 在～之間

Track 015

內含本跨頁例句之MP3音檔

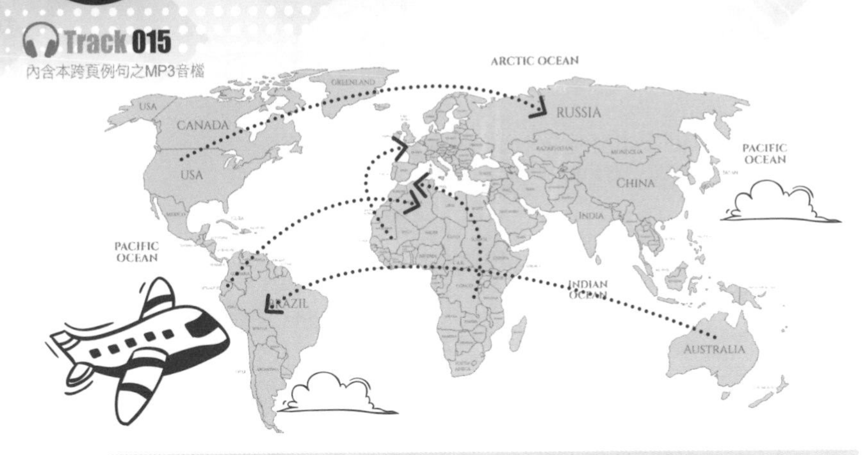

01 Unfortunately, this airport doesn't have **intercontinental** flights. 很不幸的是，這座機場沒有洲際航班。

intercontinental
[ˌɪntɚˌkɑntəˈnɛntəl]

inter「在……之間」+ con「共同」+ tin「維持」+ ent「形容詞字尾」+ al「形容詞字尾」

adj. 大陸之間的；洲際的

記憶秘訣
大洲之間的 → 洲際的

延伸片語
intercontinental flights
洲際航班

02 This issue has already drawn **international** attention. 這個議題早起引起國際關注。

international [ˌɪntɚˈnæʃənəl]

inter「在……之間」+ nat「出生」+ ion「名詞字尾」+ al「形容詞字尾」

adj. 國際的

同義字
worldwide adj. 全球的

延伸片語
international news 國際新聞

03 It's dangerous to cross the **intersection** when the red light is on. 紅燈時穿越十字路口是很危險的。

intersection [ˌɪntɚˈsɛkʃən]

inter「在……之間」+ section「部分」

n. 十字路口

延伸片語
intersection set（數）交集

04 I didn't even pass the **intermediate** level of the English Proficiency Test.
我甚至沒有通過英文能力測驗的中級。

intermediate [ˌɪntɚˋmidɪət]
inter「在……之間」+ medi「中間」+ ate「形容詞字尾」
adj. 居中的；中間的

反義字
advanced adj. 高等的; 高級的

延伸片語
intermediate level 中級程度

05 The **Interstate** Highway System in this country is very advanced.
這個國家的洲際公路系統非常先進。

interstate [ˌɪntɚˋstet]
inter「在……之間」+ state「州」
n. 州際的；州與州之間的

記憶秘訣
洲與洲之間的 → 洲際的

延伸片語
interstate highway system
洲際公路系統

06 **Interpersonal** interactions are highly important when it comes to building great team camaraderie.
人際互動在建立團隊友誼精神中非常的重要。

interpersonal [ˌɪntɚˋpɝsənəl]
inter「在……之間」+ person「人」+ al「形容詞字尾」
adj. 人際之間的

延伸片語
interpersonal relationship
人際關係
interpersonal communication
人與人之間的溝通

unit 016 mis- 錯誤；無

Track 016
內含本跨頁例句之MP3音檔

01 The sense of **mistrust** is obvious between this couple.
這對情侶之間的不信任感很明顯。

mistrust [mɪsˋtrʌst]
mis「無」+ trust「信任」
v./ n. 不信任；懷疑

同義詞
be skeptical of 對……抱持懷疑

延伸片語
the ongoing mistrust between...
在……之間持續存在的不信任

02 You should really teach your kid to stop **misbehaving** in the classroom.
你真的該教教你的孩子停止在教室裡胡鬧。

misbehave [ˏmɪsbɪˋhev]
mis「無」+ be「使……」+ hav「擁有」+ e
v. 行為不當

反義字
behave (oneself) 聽話

延伸片語
have the tendency to misbehave 有行為不端正的傾向

03 Don't **misunderstand** me. I didn't mean it that way.
別誤解我。我不是那個意思。

misunderstand [ˋmɪsʌndɚˋstænd]
mis「錯誤」＋ understand「理解」
v. 誤解；誤會

反義字
understand v. 理解

延伸片語
to feel misunderstood 覺得被誤解

04 People make **mistakes**. Don't be too hard on yourself.
人都會犯錯。別對自己太苛刻。

mistake [mɪ`stek]
mis「錯誤」+ take「拿取」
v. 誤認 n. 錯誤

近義字
blunder v. 犯大錯
延伸片語
spelling mistakes 拼字錯誤

05 The earthquake was such a **misfortune** that the lives of thousands of people were lost.
這次的地震是場大災難，數以千計的人們失去了性命。

misfortune [mɪs`fɔrtʃən]
mis「錯誤」+ fortune「命運」
n. 不幸；惡運

近義片語
bad luck 不幸；衰運
反義字
fortune n. 好運；財產

06 You **misplaced** the quote into this paragraph. Please correct it.
你把引言錯放在這個段落了。請修正。

misplace [mɪs`ples]
mis「錯誤」+ place「放置」
v. 誤置

反義字
organize v. 整理
延伸片語
to misplace keys
亂放／隨意擱置；鑰匙

07 To **misuse** natural resources is to destroy what harbors our existence.
濫用自然資源就是在破壞養育我們之大地。

misuse [mɪs`juz]
mis「錯誤」+ use「錯誤」
v./ n. 濫用；誤用

近義字
abuse v. 濫用；虐待
延伸片語
drug misuse 濫用藥物

unit 017 multi- 多種的

Track 017
內含本跨頁例句之MP3音檔

01 **Multitasking** skills are a prerequisite for many international companies. 多工技能對許多國際企業來說是必須的。

multitask [ˋmʌltɪˏtæsk]
multi「許多」+ task「工作」
v. 一次進行多項任務

反義字
focus v. 專注於某項事物

延伸片語
multi-task learning 多目標學習

02 Raising children in a **multicultural** environment is said to be beneficial. 在多元文化的環境下養育孩子據說是相當有助益的。

multicultural [ˏmʌltɪˋkʌltʃərəl]
multi「許多」+ cult「耕作」+ ural「形容詞字尾」
adj. 多元文化的

同義詞
melting pot n.（文化）大熔爐

延伸片語
a multicultural society
多元文化社會

03

The **multifunction** system is one of the features of this new model of dishwasher.
多功能系統是此新款洗衣機的特色之一。

multifunction [ˏmʌltɪˋfʌŋkʃənəl]

multi「許多」+ funct「功能」+ ion「名詞字尾」

n. 多功能

同義詞 multipurpose adj. 多用途的；多功能的

延伸片語

multifunction peripherals
多功能周邊設備

04

My cousin works in this **multinational** company and earns a lot. 我表弟在這間跨國公司上班，賺了不少錢。

multinational [ˋmʌltɪˋnæʃənəl]

multi「許多」+ nat「出生」+ ion「名詞字尾」+ al「形容詞字尾」

adj. 跨國的

延伸片語

multinational enterprise 跨國企業
multinational corporation
跨國公司

05

There lies **multiple** aspects for us to look into this issue.
我們可以從許多層面來探討這個議題。

multiple [ˋmʌltəpəl]

multi「許多」+ ple「形容詞字尾」

adj. 多樣的；複合的

同義字

various adj. 多個的；多種的

延伸片語

a multiple purpose machine
多功能機器

06

There are a **multitude** of reasons to vote in favor of this proposal. 要投票贊成這個提案有眾多理由。

multitude [ˋmʌltəˏtjud]

multi「許多」+ tude「名詞字尾」

n. 許多；一大群

反義字

scarcity n. 缺乏；短少

延伸片語

a multitude of 一群

07

It is reported that a **multilateral** discussion will be held this Sunday. 據說一場多邊會談將於這周日舉行。

multilateral [ˋmʌltɪˋlætərəl]

multi「許多」+ later「單側」+ al「形容詞字尾」

adj. 多邊的；多方之間的

反義詞

bilateral adj. 雙邊的

延伸片語

multilateral trading facility
多邊交易設施

unit 018 mono- 單一

Track 018
內含本跨頁例句之MP3音檔

01

The actor doesn't utilize his talent and said the line in **monotone**.
這名演員並沒有施展他的天份，只是單調地唸出台詞。

monotone [ˋmɑnə͵ton]
mono「單一的」+ tone「音調」
n.單（音）調

同義字
flatness n. 單調乏味的
延伸片語
speak in monotone 用單一的音調講話

02

Monocles are rarely seen nowadays.
單片眼鏡現在很少見了。

monocle [ˋmɑnəkəl]
mono「單一的」+ cle「眼睛」
n. 單片眼鏡

近義詞
spectacles 眼鏡
延伸片語
to wear a monocle 戴單片眼鏡

03 In this era, **monocracy** should all be gotten rid of.
在這個時代，獨裁政體應全被淘汰。

monocracy [moˋnɑkrəsɪ]
mono「單一的」+ cracy「統治」
n. 獨裁政體

近義詞
dictatorship 獨裁政治
反義詞
democracy 民主政治

04 **Monogamy** is the most acceptable form of marriage for modern people.
一夫一妻制對現代人來說是最能接受的婚姻形式。

monogamy [məˋnɑgəmɪ]
mono「單一的」+ gamy「婚姻」
n. 一夫一妻制

反義詞
bigamy 重婚
polygamy 多配偶制

05 The most famous part of this play is the King's **monologue**.
這齣戲最有名的部分就是國王的獨白。

monologue [ˋmɑnl̩ɔg]
mono「單一的」+ logue「說話」
n. 獨白

記憶秘訣
單一的談話 → 獨白；獨角戲
延伸片語
inner monologue 內心獨白

06 **Monopoly** is many children's fondest childhood memory.
大富翁是許多小孩最喜歡的童年回憶。

monopoly [məˋnɑpl̩ɪ]
mono「單一的」+ pol「賣」+ y「名詞字尾」
n. 壟斷；（遊戲）大富翁

近義字
oligopoly n. 寡頭壟斷
延伸片語
government monopoly on 政府專營

unit 019

ob-, oc-, of-, op-
朝向；反對

內含本跨頁例句之MP3音檔

01 I consider his inefficiency as the major **obstacle** to the progress of the project.
我認為他做事效率低即是此專案進展主要的阻礙。

obstacle [ˋɑbstək!]
ob「反對」+ sta「站立」+ cle「名詞字尾」
n. 障礙；阻礙

近義字
handicap n. 障礙；阻礙
延伸片語
the obstacle to success
成功的阻礙

02 The **object** of this investigation is still unclear.
此項調查的目標仍不明確。

object [ˋɑbdʒɪkt]
ob「反對」+ ject「丟」
n. 對象；目標；物品 v. 反對

近義字
oppose v. 反對
延伸片語
object to 反對

03 Any government that makes attempts to **oppress** its people should be overthrown.
試圖鎮壓群眾的政府都應該被推翻。

oppress [əˋprɛs]
op「相對」+ press「壓」
v. 壓迫

近義字
suppress v. 壓制
延伸片語
oppress the dissenters
欺壓異議者

04 I'm sorry. This seat had already been **occupied**.
我很抱歉。這個座位已經有人做了。

occupy [ˋɑkjə͵paɪ]
oc「在上方」+ cup「拿取」+ y
v. 佔領；佔據；佔用

記憶秘訣
從上方直接拿取、奪取 → 佔領、佔據
延伸片語
be occupied with 忙碌於

05 Your words really **offended** me. Don't you think they were too insulting?
妳的話真的冒犯到我了。你不覺得太羞辱人了嗎？

offend [əˋfɛnd]
of「朝向」+ fend「打擊」
v. 冒犯

近義字
insult v. 羞辱；侮辱
反義字
please v. 取悅

06 The tragedy **occurred** in the midnight.
這場悲劇發生在凌晨。

occur [əˋkɝ]
oc「朝向」+ cur「跑」
v. 發生；出現

近義字
happen v. 發生；碰巧（+ to）
同義詞
take place 發生；舉行

unit 020 omni- 全部的

Track 020
內含本跨頁例句之MP3音檔

01 Human beings are **omnivorous** animals.
人類是雜食性動物。

omnivorous [ɑmˋnɪvərəs]
omni「全」+ vor「吃」+ ous「形容詞字尾」
adj. 雜食性的

記憶秘訣
什麼都吃的 → 雜食性

延伸片語
an omnivorous species
雜食性物種

02 For many Christians, God is **omniscient** and omnipresent. 對許多基督徒來說，上帝是全知且無所不在的。

omniscient [ɑmˋnɪʃənt]
omni「全」+ sci「知道」+ ent「形容詞字尾」
adj. 全知的

同義詞
all-knowing adj. 什麼都知道的

反義詞
simple-minded adj. 頭腦簡單的

03 With a capital O, the word **Omniscience** is equivalent to God. 若使用大寫的O，Omniscience這個字代表的就是上帝。

omniscience [ɑmˋnɪʃəns]
omni「全」+ sci「知道」+ ence「名詞字尾」
n. 全知

延伸片語
God's omniscience 上帝的全知

04 Dogs are among our favorite **omnivore** as household pets. 狗狗是我們最喜歡的家庭雜食性寵物。

omnivore [ˋɑmnə͵vɔr]
omni「全」+ vor「吃」+ e
n. 雜食性動物

反義詞
herbivore adj. 草食性動物

延伸片語
an omnivore that feeds on both grass and vertebrates
吃草跟脊椎動物的雜食性動物

05 Love is **omnipresent**; we just have to pay atention to its manifestation.
愛是無所不在的，我們只需要注意它的展現。

omnipresent [͵ɑmnɪˋprɛznt]
omni「全」+ present「在場；表現」
adj. 無所不在的

記憶秘訣
全部存在的 → 無所不在的

近義詞
ubiquitous adj. 到處都有的

06 If a government becomes **omnipotent**, we should overthrow it.
政府一旦變得權力至高無上，我們就該推翻它。

omnipotent [ɑmˋnɪpətənt]
omni「全」+ potent「力量」
adj. 全能的；具有龐大權力的

同義字
almighty adj. 全能的

反義字
incompetent adj. 無能的

unit 021 per- 穿越；徹底

Track 021
內含本跨頁例句之MP3音檔

01 We have to look at things from different **perspectives**.

我們必須從不同觀點理解事情。

perspective [pəˋspɛktɪv]
per「穿透」+ spect「看」+ ive「形容詞字尾」
n. 觀點；展望；透視

近義字
viewpoint n. 觀點；想法

延伸片語
perspective drawing 透視畫

02 The detrimental effects of this new drug may remain **permanent**.

這個新藥的有害影響可能會是長期的。

permanent [ˋpɝmənənt]
per「穿透」+ man「持續」+ ent「形容詞字尾」
adj 長期的；永久的

同義詞
long-lasting adj. 持久的

延伸片語
have permanent effect on
對……有長久影響

03 If one **perseveres**, he or she is bound to succeed.

只要一個人堅持不放棄，他或她一定就會成功。

persevere [ˏpɝsəˋvɪr]
per「徹底」+ severe「堅持」
v. 堅持不懈；持續不斷

同義字
persist v. 堅持不懈

延伸片語
persevere to the end
努力到最後

04 Don't try to **persuade** me. Your action speaks louder than your words.
別試著說服我。你的行為已經證實了你說的話沒有用。

persuade [pəˋswed]
per「徹底」+ suade「勸告」
v. 說服

同義字
convince v. 使信服
反義字
discourage v. 勸阻

05 The smoke **permeated** into the room, making it hard to breathe.
煙霧穿透進房間，呼吸變得困難。

permeate [ˋpɝmɪ͵et]
per「貫穿」+ me「充滿」+ ate「動詞字尾」
v. 滲透；透過

近義字
infiltrate v. 滲透
延伸片語
the smell of... permeates the air
空中散發著（味）

06 If the weather **permits**, we would go hiking tomorrow.
天氣允許的話，明天我們就會去健行。

permit [pəˋmɪt]
per「穿過」+ mit「傳送」
v. 准許；許可

同義字
allow v. 允許
反義字
disagree v. 不同意

07 **Perpetucal** happiness comes from long-term maintainence of one's inner peace.
要長久維持一個人的內心平靜，才有可能得到永久的快樂。

perpetual [pəˋpɛtʃuəl]
per「貫穿」+ pet「尋找」+ ual「形容詞字尾」
adj. 長期的；永久的；永恆的

近義字
eternal adj. 永恆的
反義字
temporary adj. 暫時的

unit 022 pre- 在……之前

Track 022
內含本跨頁例句之MP3音檔

01

Wear some sunscreen as a **precaution**.
擦點防曬乳以防曬傷。

precaution [prɪˋkɔʃən]
pre「先前的」+ caut「小心」+ ion「名詞字尾」
n. 預防（措施）

近義字
caution n. 小心；警告

延伸片語
take precaution against
針對……做好預防措施

02

The **precondition** of this deal is a large sum of investment.
這項交易的前提是有大量的資金。

precondition [͵prikənˋdɪʃən]
pre「先前的」+ condit「條件」+ ion「名詞字尾」
n. 先決條件；前提

同義字
prerequisite n. 先決條件

延伸片語
a precondition for ……的前提是

03

All the good footages of this film are cut into the **preview**. 這部電影好的片段都被剪進預告裡面了。

preview [ˋpri͵vju]
pre「先」+ view「看；視野」
v./ n. 預習；試演；預告

記憶秘訣
在之前先看過 → 預看；預先檢查、查看

反義詞
review v. 再次檢查；複習

04
The rain **precluded** us from going to the show.
這場雨讓我們去不了那場演出。

preclude [prɪ`klud]
pre「之前」+ clude「關閉」
v. 防止；阻絕

近義字
deter v. 阻饒；使不敢

延伸片語
preclude sb. from 防止（人）做……

05
The graudation ceremony was **preceded** by the oral examination of my master thesis.
畢業之前我要先通過論文的口試。

precede [pri`sid]
pre「先」+ cede「行走」
v. 在……之前；處在（高於）前面

反義詞
follow v. 追隨

延伸片語
be preceded by 在……之前先

06
The **preface** of this book was written by my father, an English literature professor.
這本書的前言是我英國文學教授的父親寫的。

preface [`prɛfɪs]
pre「先前的」+ face「表面」
n. 序言 v. 為……加上引語

同義詞
prolouge n. 前言；序言

反義詞
epilogue n. 後記

pro- 向前；支持；之前的

Track 023
內含本跨頁例句之MP3音檔

01 I seriously need to make **progress** in my English listening ability.

我真的需要增進我英語聽力的能力。

progress [prə`grɛs]

pro「向前」+ gress「去」

v. 前進；進步

反義字

stop v. 停止

延伸片語

to make pogress in

在～中進步／前進

02 Our manager played a **prominent** part in this year's annual seminar.

我們經理在今年的研討會上扮演著重要的角色。

prominent [`prɑmənənt]

pro「向前」+ min「突出」+ ent「形容詞字尾」

adj. 突出的；顯著的；凸起的

近義字

outstanding adj. 出眾的

延伸片語

a prominent scholar

一個傑出的學者

03 Why didn't the government **protect** the poor refugees?
為什麼政府不保護那些可憐的難民？

protect [prə`tɛkt]
pro「向前」+ tect「覆蓋」
v. 保護

近義字
defense v. 防禦；防衛
反義字
abandon v. 拋棄

04 The manager agreed to let us **proceed** with the unfinished project.
經理同意我們繼續進行未完成的專案。

proceed [prə`sid]
pro「向前」+ ceed「行走」
v. 繼續進行；著手

同義詞
advance v. 促進；推動
反義詞
discontinue v. 中止；停止

05 Our company spent a million dollar in order to **promote** the new product.
我們公司花了一百萬美元宣傳新產品。

promote [prə`mot]
pro「向前」+ mot「移動」+ e
v. 宣傳；升級；促進

同義詞
advertise v. 為……登廣告；宣傳
延伸片語
promote a product/ service
宣傳產品／服務

06 The sign **proclaimed** that bears may appear on this road.
這個標示表示熊可能會在這條路上出沒。

proclaim [prə`klem]
pro「向前」+ claim「喊叫」
v. 宣告；聲明

同義詞
declare 宣布；聲明
延伸片語
proclaim loyalty to 對……表示忠誠

unit 024 post- 之後

Track 024
內含本跨頁例句之MP3音檔

post
pre

01

The meeting was **postponed** to next Sunday.
會議被延遲至下個週日。

postpone [post`pon]
post「後面」+ pon「放置」+ e
v. 延後；延緩
→ postponement n. 延期；延緩

記憶秘訣
把東西往後放 → 延後

延伸片語
postpone sth. to 把某物延後至～

02

According to my grandfather, the **post-war** days were of great misery.
根據我祖父，戰後的日子相當悲慘。

postwar [`post`wɔr]
post「後面」+ war「戰爭」
adj. 戰後的

延伸片語
postwar period 戰後時期

03

This collection represents the author's **posthumous** work. 這個作品集是這位作家死後所出版的作品。

posthumous [`pastjuməs]
post「後面」+ hum「死後」+ ous「形容詞字尾」
adj. 死後的

同義詞
post-mortem adj. 死後的

延伸片語
posthumous fame 死後才出名

04 This book focuses on the **postbellum** years in the United States.

這本書專述美國南北戰爭後的日子。

postbellum [ˋpostˋbɛləm]

post「後面」+ bellum「戰後的」

adj.（美國南北戰爭）戰後的

延伸片語

the postbellum era 戰後時代

05 The **postlude** of this symphony is really mesmerizing.

這交響樂的終曲真的很迷人。

postlude [ˋpost͵lud]

post「後面」+ lud「彈奏」+ e

n. 終曲；後曲

反義字

prelude n. 前奏；序曲；序幕

06 I added a **postscript** in my report, hoping that I could get extra credits.

我在我的報告加上了附錄，希望可以得到額外的分數。

postscript [ˋpost͵lud]

post「後面」+ script「書寫」

n. 附筆；附錄

近義字

footnote n. 註解

延伸片語

to add a postscript 加上附註

07 My **postgraduate** life came to an end after three years of hard work.

我的研究所生涯在三年的奮鬥後達到了終點。

postgraduate [postˋgrædʒuɪt]

post「後面的」+ grad「一步一步行徑；等級」+ u + ate「動詞字尾」

adj. 大學畢業後的；研究所（生）的

延伸片語

a postgraduate degree 研究所學位

a postgraduate diploma 研究所文憑

re-
向後；倒退；回到原本的狀態；再次

Track 025
內含本跨頁例句之MP3音檔

01 The **reverse** side of the watch is a picture of my grandmother.
這隻手錶的反面是我奶奶的照片。

reverse [rɪ`vɝs]
re「返回」+ vers「翻轉」+ e
v. 翻轉；顛倒；倒退
adj. 顛倒的；相反的
n. 反面；相反

近義字
alter v. 改變；使變化

延伸片語
reverse the day and start over 反轉那天然後重來

02 My professor asked me to **rewrite** the assignment because it was full of erros.
我的教授要求我重寫作業，因為裡面充滿了錯誤。

rewrite [ri`raɪt]
re「再次」+ write「寫」
v. 重寫一次

反義字
erase v. 擦去；刪除

延伸片語
to rewrite a paper 重寫報告

03 In general, animals can **reproduce** on their own in varying ways. 基本上，動物可以透過多重的方式自行繁殖。

reproduce [ˌriprəˋdjus]
re「再次」+ produc「生產」+ e
v. 繁殖；複製

同義詞
breed v. （動物）交配繁殖
延伸片語
reproduce asexually 無性繁殖

04 The level of difficulty of this thesis requires me to **review** it over and over again.
這篇論文的難度讓我需要不斷地反覆閱讀。

review [rɪˋvju]
re「再次」+ view「看」
v. 再次檢查；複習；複審；評論

延伸片語
to review a movie 評論一部電影
to review the textbook 複習課本

05 My grandfather still **retains** clear memories of the war.
我的外公對於戰爭仍保有清晰的印象。

retain [rɪˋten]
re「再次」+ tain「抓取；握住」
v. 保留；留住

同義字
maintain v. 維持；保持
延伸片語
retain one's dignity 保住尊嚴

06 The **research** into this case entails a large sum of investment.
這個案子的研究需要大筆的資金。

research [rɪˋsɜtʃ]
re「再次」+ search「探索」
v./ n. 研究；調查

近義詞
investigate v. 研究
延伸片語
research into （學術）研究／調查

07 The president decided to **retract** the announcement at the end. 總統最終仍收回了聲明。

retract [rɪˋtrækt]
re「再次」+ tract「拖拉」
v. 縮回；撤回

同義詞
withdraw v. 撤回；撤離
延伸片語
retract comments 收回評論

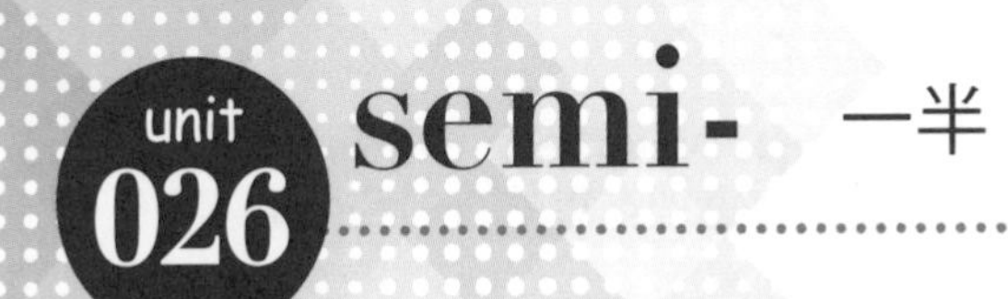

semi- 一半

Track 026
內含本跨頁例句之MP3音檔

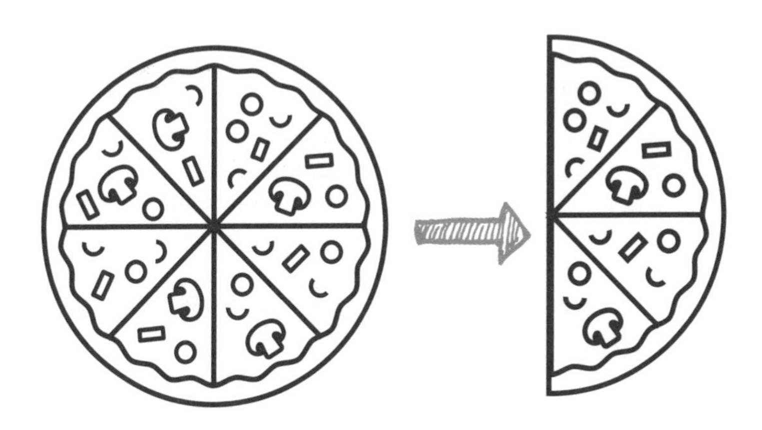

01 Some citizens carry a **semi-automatic** gun on the go for self-defense.
有些市民旅途中會攜帶半自動的手槍以保自身安全。

semi-automatic [ˌsɛmɪˌɔtəˋmætɪk]
semi「一半」+ auto「自動」+ matic「形容詞字尾」
adj. 半自動的

反義字
automatic adj. 自動的

延伸片語
semi-automatic transmission
半自動變速器

02 StarRise is an internationally prestigious **semiconductor** company. 星昇是全球知名的半導體公司。

semiconductor [ˌsɛmɪkənˋdʌktɚ]
semi「一半」+ conduct「傳導」+ or「名詞字尾」
n. 半導體

延伸片語
a semiconductor material
半導體材料

03 *Modern* is a **semiannual** journal that brings in-depth content to the public.
《Modern》是一個每半年發行的期刊，帶給大眾深度的文章。

semiannual [ˏsɛmɪˋænjuəl]
semi「一半」+ annu「年」+ al「形容詞字尾」
adj. 每半年的；半年期的

反義字
annual adj. 年度的

延伸片語
a semi-annual seminar
每半年度舉行的研討會

04 My son is having a **semifinal** match tomorrow. I'm so nervous. 我兒子明天有一場準決賽。我好緊張。

semifinal [ˏsɛmɪˋfaɪnḷ]
semi「一半」+ final「最後的」
adj./ n. 準決賽（的）

近義字
preliminary n. 初賽

延伸片語
reach the semifinal 進準決賽

05 Draw a **semicircle** on the paper.
在紙上畫一個半圓形。

semicircle [ˏsɛmɪˋsɝkḷ]
semi「一半」+ circ「圓；環」+ le「形容詞字尾」
n. 半圓（形）

延伸片語
semicircle perimeter 半圓周長

06 This **semioffical** instituion aims to help those homeless.
這個半官方機構旨在幫助無家可歸的人。

semiofficial [ˏsɛmɪəˋfɪʃəl]
semi「一半」+ official「正式的」
adj. 半正式的

記憶秘訣
一半正式 → 半官方的

反義詞
orthodox adj. 正統的

syn-, sym-

一起；相同；共同

Track 027

內含本跨頁例句之MP3音檔

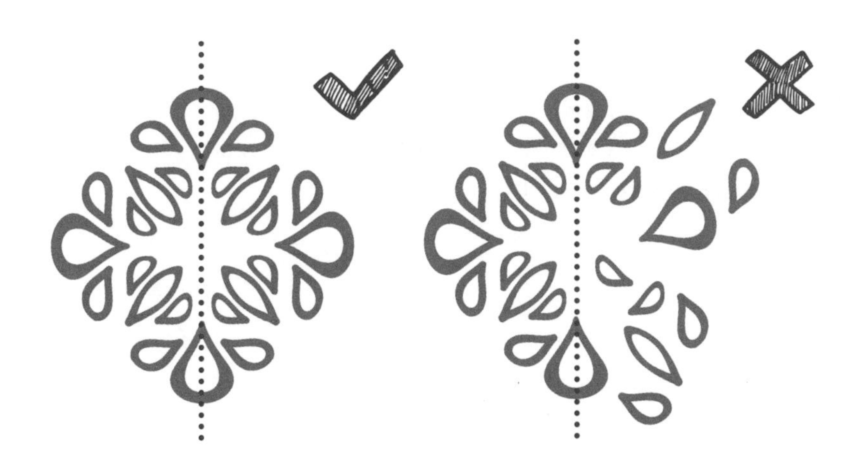

01 This embroidery is made with perfect geometrical **symmetry**.
這個刺繡品是由完美幾何對稱所構成的。

symmetry [ˋsɪmɪtrɪ]

sym「相同」+ metr「測量」+ y

n. 對稱（性）

反義字

asymmetry n. 不對稱

延伸片語

perfect symmetry 完全對稱

02 Can you teach me how to **synchronize** these two tracks?
你可以教我如何同步這兩條音軌嗎？

synchronize [ˋsɪŋkrənaɪz]

syn「一起」+ chron「時間」+ ize「動詞字尾」

v. 同時發生；同步

近義字

harmonize v. 使協調；使一致

延伸片語

synchronize the lights with the music 讓音樂與燈光一致

03 **Synthetic** leather is actually commonly-seen now.
人工皮革現在其實很常見了。

synthetic [sɪn`θɛtɪk]
syn「同一的」+ thet「位置」+ ic「形容詞字尾」
adj. 合成的

近義詞
artificial adj. 人造的
反義詞
synthetic rubber 合成橡膠

04 If we could all have a bit more **sympathy**, the world will be in peace. 如果我們都能有多一點的同情心，世界就會和平了。

sympathy [`sɪmpəθɪ]
sym「共同」+ pathy「感覺」
n. 同情

同義詞
compassion n. 同情
反義詞
antipathy n. 反感

05 Can you tell me the all the **synonyms** of the word "anger"?
你可以告訴我「生氣」的所有同義詞嗎？

synonym [`sɪnə͵nɪm]
syn「共同」+ onym「名字」
n. 同義詞

記憶秘訣
共同擁有同個名字 → 同義詞
反義詞
antonym n. 反義詞

06 We went to a wonderful show given by Taipei **Symphony** Orchestra last night.
我們昨晚參加了一場台北交響樂團的完美演出。

symphony [`sɪmfənɪ]
sym「一起」+ phony「聲音」
n. 交響樂；和諧

反義字
solo n. 獨奏
延伸片語
symphony orchestra 交響樂團

07 Many species on Earth live in a **symbiotic** relationship.
地球上許多生物都是以共生關係生存的。

symbiotic [͵sɪmbaɪ`ɑtɪk]
sym「一起」+ bio「生命」+ tic「形容詞字尾」
adj. 共生的

近義詞
interdependent adj. 互相依存的
延伸片語
a symbiotic relationship 共生關係

unit 028 sub- 下面；在……之下

Track 028
內含本跨頁例句之MP3音檔

01 *Yellow* ***Submarine*** is one of Beatle's internationally-acclaimed albums.
《黃色潛水艇》是披頭四受國際讚譽的專輯之一。

submarine [ˋsʌbməˏrin]
sub「在……之下」+ marine「海的；海洋的」
n. 潛水艇

延伸片語
submarine sandwich
潛艇三明治

02 This committee is **subordinate** to the council.
這個委員會隸屬於議會之下。

subordinate [səˋbɔrdnɪt]
sub「下面」+ ordin「順序」+ ate「名詞／形容詞字尾」
n. 部下；部屬 adj. 次要的；隸屬的

近義字
inferior adj. 低級別的；次級的

延伸片語
a matter of subordinate importance
重要性次之的事

03 I take **subway** to school everyday.
我每天都搭地鐵上學。

subway [ˋsʌb͵we]
sub「下面」+ way「道路」
n. 地鐵；地下通道

延伸片語
to take the subway 搭地鐵
a subway map 地鐵的地圖

04 This experience has entirely **subverted** my perspectives toward the world.
這個經驗完全顛覆了我對於世界的觀點。

subvert [səbˋvɝt]
sub「下面」+ vert「翻轉」
v. 推翻；顛覆

反義字
construct v. 建造

延伸片語
to subvert stereotypes
顛覆刻板印象

05 This building is **subdivided** into five departments.
這棟建築物被細分成五個部門。

subdivide [sʌbdɪˋvaɪd]
sub「在……之下」+ divide「分割」
v. 細分為

反義字
combine v. 合併

延伸片語
be subdivided into 被分成……

06 Such pathological behavior is certainly **subnormal** to the public eye.
如此病態的行為對於大眾來說肯定是很不正常的。

subnormal [sʌbˋnɔrml̩]
sub「下面」+ norm「標準」+ al「形容詞字尾」
adj. 水準之下的

記憶秘訣
正常之下 → 低於正常標準的

延伸片語
mentally subnormal
心智程度低下的

un- 不；移除；表否定

Track 029
內含本跨頁例句之MP3音檔

01 My mother **undressed** my baby sister and put her into sleep.
我的媽媽幫我的妹妹脫掉衣服，哄她入睡。

undress [ʌn`drɛs]
un「移除」+ dress「衣著」
v. 脫衣服

同義詞
disrobe v. 脫衣服

延伸片語
undress sb with your eyes
色眯眯地打量

02 We all are **uncertain** about the planet's future.
對於地球的未來，我們都無法確定。

uncertain [ʌn`sɝtn]
un「無」+ cert「確信」+ ain「形容詞字尾」
adj. 不確定的；含糊的

同義詞
unclear adj. 不清楚的；不清晰的

反義詞
certain adj. 確定的；明確的

03 Let's help **unload** the cargo, shall we?
我們來幫忙卸貨吧，好嗎？

unload [ʌnˋlod]
un「移除」+ load「負擔」
v. 卸貨

近義詞
remove v. 移開；拿開
延伸片語
unload cargo 卸貨

04 I accidentally **uncovered** the truth behind the mysterious case.
我不小心揭開了這宗神秘案件的真相了。

uncover [ʌnˋkʌvɚ]
un「移除」+ cover「覆蓋」
v. 揭開；移去覆蓋物

近義字
disclose v. 揭露
延伸片語
uncover the conspiracy 揭露密謀

05 Winning the lottery felt so **unreal**!
中樂透的感覺太不真實了！

unreal [ʌnˋril]
un「不」+ real「真實的」
adj. 不真實的；虛假的

同義詞
fictitious adj. 虛構的；非真實的
反義詞
genuine adj. 真實的

06 Can we **undo** all our past mistakes?
我們能夠消除所有過往的錯誤嗎？

undo [ʌnˋdu]
un「不」+ do「做」
v. 打開；取消；撤消

反義字
fasten v. 繫緊
延伸片語
to undo what one has done
收回一個人曾做過的事

HELLO
ABC

Part 2 字根 Root

unit 030 ac, ag 做；移動；推動

= do, move, drive

Track 030
內含本跨頁例句之MP3音檔

01

She claimed that she **acted** in this way to protect her children. 她宣稱這樣做是出於保護孩子。

act [ækt]

v. 做事、行動、舉止

n. 行為、法案、（戲劇、表演）的一幕

同義字

behave/ behavior v./ n. 行為

延伸片語

Act 1/ 2/ 3 第一／二／三幕

02

Although the soccer player is 37, he is still **active** in the FIFA. 這位足球選手雖然已經三十七歲 ，在世界盃球賽中仍然很活躍。

active [`æktɪv]

ac「做」+ tive「形容詞字尾」

adj. 活躍的、積極的、起作用的

→ activity n. 活動

反義字

inactive adj. 不活躍的

延伸片語

to stay active 保持活躍狀態

03

Being a center in NBA for years, Shaquille O'Neal remains nimble and **agile**. 在NBA擔任多年中鋒，俠客・歐尼爾依舊矯健靈活。

agile [`ædʒaɪl]

ag「移動」+ ile「形容詞字尾」

adj. 靈活的、敏捷的

→ agility n. 敏捷

記憶秘訣

能輕易移動身體：靈活的、敏捷的

同義字

deft adj. 敏捷的、靈巧的

04 The suspect gave **ambiguous** account for his deeds.
這個嫌犯對自己當晚犯行的陳述含糊不清。

ambiguous [æm`bɪgjʊəs]
ambi「兩邊」+ (a)g「通往」+ uous「形容詞字尾」
adj. 含糊不清的
→ ambiguity n. 模稜兩可

記憶秘訣
在兩個概念間打轉的：模稜兩可的、含糊不清的
反義字
clear/ certain adj. 清楚的／明確的

05 We have regarded them more of an ally than an **antagonist**. 我們一直把他們視為盟友，而不是敵人。

antagonist [æn`tægənɪst]
ant(i)「反」+ agon「推動」+ ist「行為者」
n. 對立者、敵手

記憶秘訣
對立面的行為者 → 對立者、敵手、敵人
同義字 enemy n. 敵人

06 In his speech during the opening ceremony, he appeared **cogent** and relatively reasonable.
在開幕典禮期間的致詞，他顯得很有說服力、相當理智。

cogent [`kodʒənt]
co「一起」+ (a)g「推動」+ ent「形容詞字尾」
adj. 有說服力的

記憶秘訣
驅策到同一立場 → 有說服力的
同義字 convincing adj. 有說服力的

07 He gave an **exact** description of the terrorist attack.
他對這起恐怖攻擊事件做了精確的描述。

exact [ɪg`zækt]
ex「徹底地」+ act「推動」
adj. 精準的、準確的

記憶秘訣
完全呈現出來 → 精準的、準確的、一絲不苟的
同義字 precise adj. 精準的

08 For every business **transaction**, it is indispensible to make a legal document that explains the obligations and rights of both parties.
每一樁商業交易，都應該要明訂兩方權益義務的合法文件。

transaction [træn`zækʃən]
trans「從一邊到另一邊」+ ac「推動」+ tion「名詞字尾」
n. 交易、業務、買賣

記憶秘訣
從這一方轉手到另一方 → 交易
延伸片語
a business transaction 商業交易

unit 031

ambul, amble

行走

= walk

內含本跨頁例句之MP3音檔

01

Passers-by called an **ambulance** as soon as they saw the seriously-injured man.
路人看到重傷的男子，即刻叫了救護車。

ambulance [ˋæmbjələns]
ambul「走路」+ l + ance「名詞字尾」
n. 救護車

延伸片語
to call an ambulance 叫救護車
an ambulance crew 救護人員

02

They **ambled** down the winding path in the garden.
他們慢慢走過花園裡彎曲的小徑。

amble [ˋæmbəl]
amble「走」
v. 漫步

同義字 saunter v. 閒晃
反義字 fast walk 快走

03

The information center is at the end of the **ambulatory** corridor.
諮詢處在步行迴廊的盡頭。

ambulatory [ˋæmbjlə͵torɪ]
ambul「走」+ atory「形容詞字尾」
adj. 能走動的

延伸片語
ambulatory surgery 日間手術
ambulatory services 門診服務

04 Her life-long dream is to **circumambulate** the island.
她的畢生願望就是步行環島一周。

circumambulate
[͵sɝkəmˋæmbjəˏlet]
circum「環繞」+ ambul「走路」+ ate「動詞字尾」
v. 環繞著走、巡行

記憶秘訣
在四周環繞著走 → 巡行
延伸片語
to circumambulate a city
繞行一座城市

05 She made a slow **perambulation** along the riverside.
她沿著河岸散步。

perambulation [pɚˏæmbjəˋleʃən]
per「穿越」+ ambul「走」+ ation「名詞字尾」
n. 漫步、散步
→ perambulate v. 漫步

記憶秘訣
走路穿越一個地區 → 漫步、散步
同義字
meander n./v. 漫遊

06 The **preamble** is a collection of reflections written by celebrities who had read the book.
序言是集合幾篇名人讀過本書後寫的心得。

preamble [ˋpriæmbəl]
pre「前面」+ amble「走」
n. 序言、開場白

記憶秘訣
走在前面的人事物 →
放在本文之前的描述 → 序
同義字 prologue n. 前言

07 The **somnambulist** bumped into a streetlamp and woke up. 夢遊者撞上路燈然後醒來了。

somnambulist [sɔmˋnæmbjəlɪst]
somn「睡著」+ ambul「走」+ ist「行為者」
n. 夢遊者

記憶秘訣
睡著時行走的人 → 夢遊者
同義字
sleepwalker n. 夢遊者

08 The vagrant **rambled** from place to place in the city.
流浪漢在城市中漫無目的地遊走。

ramble [ˋræmbəl]
r(e)「向後」+ amble「走」
v. 無目的地漫遊；漫談

記憶秘訣
向後行走 → 隨意掉頭 → 無目的漫遊
延伸片語
to ramble on sth. 不斷地談某事

unit 032

ann(u), enni 年

= year

Track 032

內含本跨頁例句之MP3音檔

01

Her peacemaking efforts will be written in the **annals** of our nation. 她為和平做出的努力，會載入我國的編年史。

annals [`ænəlz]

ann「年」+ al(s)「名詞字尾」

n. 編年史

延伸片語

the annals of a country
一個國家的史冊

the Annlas of sth. 某事物的年鑑

02

He was invited to make a presentation on the **annual** conference of telecommunication.
他被邀請至年度電信通訊研討會上發表演說。

annual [`ænjʊəl]

annu「年」+ al「形容詞字尾」

adj. 一年一度的

同義字

yearly n. 一年一次的

延伸片語

an annual convention 年度會議

03

Experts were worried that the government budget for **annuity** may drain out by 2030.
專家擔心，政府的年金預算到2030年會用光。

annuity [ə`njuətɪ]

annu「年」+ ity「名詞字尾」

n. 年金

記憶秘訣

政府每年發放的金錢 → 年金

延伸片語

to receive an annuity 領取年金

04

Since 2006, the **biannual** marathon race has attracted more than ten thousand participants. 自從2006年開始，每年兩度舉辦的馬拉松比賽已吸引了超過一萬名參加者。

biannual [baɪˋænjʊəl]

bi「二」+ annu「年」+ al「形容詞字尾」

adj. 一年兩度的

延伸片語

a biannual journal 每年發行兩次之期刊

on a biannual basis 以一年兩次之基準

05

The botanist studies the life cycle of this **biennial** plant. 植物學家研究這種兩年生植物的生命週期。

biennial [baɪˋɛnɪəl]

bi「二」+ enni「年」+ al「形容詞字尾」

adj. 兩年一次的

延伸片語

a biennial exhibition 兩年一次的展覽

biennial elections 兩年舉行一次的選舉

06

It is said that the percentage of **centenarian** in this country is the highest in the world.
據說在這個國家中百歲人瑞佔人口的比例是全球最高的。

centenarian [ˏsɛntəˋnɛrɪən]

cent「百」+ en「年」+ arian「名詞字尾」

n. 百年人瑞

延伸片語

to live to be a centenarian 活至百歲（以上）

07

Many countries have special celebrations for the new **Millennium**. 許多國家辦活動慶祝新的千禧年到來。

millennium [mɪˋlɛnɪəm]

mill「千」+ enni「年」+ um「名詞字尾」

n. 千禧年

延伸片語

to celebrate the millenium 慶祝千禧年

the coming of the millennium 千禧年的到來

08

There is a **perennial** problem of air pollution in this area. 這個地區有空氣汙染的老問題。

perennial [pəˋrɛnɪəl]

per「全部」+ enni「年」+ al「形容詞字尾」

adj. 四季不斷的

n. 多年生植物

記憶秘訣

維持一整年 → 多年生、長久

延伸片語

herbaceous perennial 多年生草本植物

unit 033 act 行動

Track 033
內含本跨頁例句之MP3音檔

01 The engineer pressed the button and **activated** the newly-installed machine. 工程師按了按鈕啟動了最新安裝的機器。

activate [ˋæktəˏvet]
act「行動」+ iv(e)「形容詞字尾」+ ate「動詞字尾」
v. 啟動；使活動；活化

反義詞
deactivate v. 解除

延伸片語
to activate the machine
啟動機器

02 Strict economic sanctions are to be **enacted** at the end of the month. 月底將會實施嚴苛的經濟制裁。

enact [ɪnˋækt]
en「使……」+ act「行動」
v. 制定；扮演

同義片語
put into practice 實施；執行

延伸片語
enact the legislation
實施法律

03 Edward is the leading **actor** of this lousy movie. 愛德華是這部爛片的男主角。

actor [ˋæktɚ]
act「行動」+ or「人」
n. 男演員

反義字
actress n. 女演員

延伸片語
Best Actor in a Leading Role 最佳男主角

04 It always seems so easy to hack into a governmental system in **action** movies.
動作片裡總是把駭入政府系統演得很簡單。

action [ˋækʃən]
act「行動」+ ion「名詞字尾」
n. 行為；動作

近義詞
deed n. 行動
反義詞
cessation n. 停止

05 The rise in broccoli has **reacted** on the price of several dishes.
花椰菜價的上漲已經影響了許多料理的價格。

react [rɪˋækt]
re「再次」+ act「行動」
v. 做出反應；回應

反義字
halt v. 停止動作；暫停
延伸片語
react on 影響

06 My boyfriend's **reaction** to my question really pisses me off.
我男朋友對我問題的回應讓我很不高興。

reaction [rɪˋækʃən]
re「再次」+ act「行動」+ ion「名詞字尾」
n. 反應

近義詞
feedback n. 反應；回饋
延伸片語
reaction to/against phr. 對……反應／反對……

07 All things are interrelated and **interacted** with each other.
一切事物都是相互聯繫又相互作用的。

interact [͵ɪntəˋrækt]
inter「互相」+ act「行動」
v. 互動
→ interaction n. 互動

反義字
disconnect v. 斷開
延伸片語
to interact with 與……互動

unit 034

anim 生命

Track 034
內含本跨頁例句之MP3音檔

01

They discussed the prospect of the proposal with great **animation**. 他們起勁地討論著專案的前景。

animation [ˏænəˋmeʃən]

anim「精神」+ ation「名詞字尾」

n. 活潑；生氣；動畫片

反義字

apathy n. 冷感；冷淡

延伸片語

with animation 充滿生氣地

02

My brother loves **animals** so much that he wants to own a zoo. 我的哥哥非常喜歡動物，甚至還想要擁有一座動物園。

animal [ˋænəm!]

anim「生命」+ al「名詞字尾」

n./ adj. 動物（的）

近義詞

creature n. 生物

反義詞

inanimate adj. 無生命的

03

The beloved writer's presence **animated** the occasion. 受人敬重的作者出席了，使這個場合充滿活力。

animate [ˋænəˏmet]

anim「生命」+ ate「使成為」

adj. / v. 有生命的；賦予生命；使充滿生命力

延伸片語

3D animated cartoon 3D立體動畫卡通

animated film 動畫片

04

He likes to take pictures of inanimate objects, for they project tranquil stillness.
他喜歡拍攝靜止的物品，因為它們展現出了平和的定靜。

inanimate [ɪn`ænəmɪt]

in「無」+ anim「生命」+ ate「表示性質」

adj. 無生命的；沒有活力的

近義詞

inactive adj. 不活動的；不活躍的

反義字

animate adj. / v. 有生命的；使充滿生命力

05

He was magnanimous in all aspects of life; I really admire him.
他對生命中所有事物都展現了寬宏大量，我真的很尊敬他。

magnanimous [mæg`nænəməs]

magn「大的」+ anim「精神」+ ous「形容詞字尾」

adj. 寬宏大量的

同義詞

forgiving adj. 寬宏大量的

延伸片語

magnanimous behavior 大度的行為

06

My fondess for floriculture was reanimated recently.
我對於花藝的喜愛最近又再次復甦了。

reanimate [ri`ænə͵met]

re「再次」+ anim「生命」+ ate「使成為」

v. 復活、使恢復生氣

近義字

revive v.（使）復甦

反義字

deaden v. 緩和；使變得如死亡一般

unit 035 aqua 水

01

The natural conservation area is a habitat for some rare **aquatic** plants.
自然保育區是一些稀有水生植物的棲息地。

aquatic [əˋkwætɪk]
aqua「水」+ tic「形容詞字尾」
adj. 水生的

同義詞
marine adj. 海（洋）的；航海的

延伸片語
aquatic sports 水上運動

02

It's a special **aquarium** where you can feed the marine animals.
這是一間很特別的水族館，你可以在這裡餵食海洋生物。

aquarium [əˋkwɛrɪəm]
aqua「水」+ (a)rium「地方」
n. 水族館、養魚缸

記憶秘訣
水中生物生存的地方 → 水族館、養魚缸

延伸片語
to visit an aquarium 參觀水族館

03

People born under **Aquarius** are usually generous and open-minded.
水瓶座的人通常是很慷慨而且心胸寬大的。

Aquarius [əˋkwɛrɪəs]
aqua「水」+ rius「名詞字尾」
n. 水瓶座

記憶秘訣
water-carrier 提水的人 → 水瓶座

04 **Aquaculture** is the farming of ocean and freshwater animals for commercial purposes.

水產養殖業是以商業目的養殖海與淡水動植物。

aquaculture [ˋækwəkʌltʃə]

aqua「水」+ culture「培養」

n. 水產養殖業

同義詞

hydroponics n.（植物的）無土種植法、水耕法

延伸片語

sustainable aquaculture

永續的水產養殖

05 The scuba diver put on his **aqualung** before swimming down the bottom of the river. 潛水員潛入河底之前先配戴水肺。

aqualung [ˋækwə͵lʌŋ]

aqua「水」+ lung「肺」

adj. 水肺、水下呼吸器

延伸片語

aqualung equipment

水下呼吸設備

06 The villa overlooks an ocean that is perfect **aquamarine** blue. 度假小屋俯瞰著完美的藍色海洋。

aquamarine [͵ækwəməˋrin]

aqua「水」+ marine「海」

adj. 海藍色的、淺綠色的

n. 海藍寶石

記憶秘訣

海水的顏色 → 海藍色

近義詞

turquoise adj. 青綠色的

07 Technology makes it possible for the researcher to send robotic **aquanaut** to explore the ocean.

科技發展使研究員能夠用機械海底觀察員去探索海洋。

aquanaut [ˋækwə͵nɔt]

aqua「水」+ naut「水手」

n. 海底探索員

延伸片語

to be an aquanaut

成為一名海底探索員

08 They planned to build a regional system of **aqueducts** to carry the river water to the factories.

他們計畫建造引水道，把河水引至工廠。

aqueduct [ˋækwɪ͵dʌkt]

aque「水」+ duct「轉運」

n. 溝渠、導水管

記憶秘訣

把水轉運到指定地點 → 導水管

同義詞 canal n. 運河、渠

unit 036 aster, astro 星

Track 036
內含本跨頁例句之MP3音檔

01

The key points of the agenda were marked with **asterisks**.
議程上的重點均標了星號。

asterisk [ˋæstəˏrɪsk]
aster「星星」+ isk「名詞字尾」
n. 星號
v. 加星號於

記憶秘訣
小星星 → 星號

延伸片語
to asterisk sth.
加星號於某處（文字）

02

It is said that an **asteroid** is on a collision course with the earth. 據說有個小行星正朝著可能與地球相撞的方向行進。

asteroid [ˋæstəˏrɔɪd]
aster「星星」+ oid「像」
n. 小行星

近義詞
planet n. 星球

延伸片語
asteroid collision 行星碰撞

03

Astrobiology is the study of extraterrestrial creatures based on data from outer space exploration.
太空生物學是一門根據太空探索資料研究外太空生物的學科。

astrobiology [ˏæstrobaɪˋɑlədʒɪ]
astro「星星」+ bio「生命」+ logy「學科」
n. 太空生物學

延伸片語
to study astrobiology
研究太空生物學

04 She had a keen interest in **astrology**, and she posts articles about it on her personal webpage all the time.
她對占星學很有興趣，而且會在個人網頁張貼相關的文章。

astrology [ə`strɑlədʒɪ]
astro「星星」+ logy「學科」
n. 占星學

記憶秘訣
研究星星的學科 → 占星學
同義詞
horoscope n. 星相、占星學

05 He likes to read articles about fortune-telling written by the **astrologer** on the magazine.
他喜歡讀雜誌上那位占星學家寫的運勢預測文章。

astrologer [ə`strɑlədʒɚ]
astro「星星」+ log(y)「學科」+ er「人」
n. 占星學者

記憶秘訣
研究星星學問的人 → 占星學者
同義詞
fortuneteller/ soothsayer n. 算命家、預言家、占卜者

06 Her discoveries about the cosmos is described as a breakthrough in **astronomy**.
她對於宇宙的新發現被形容為天文學的大突破。

astronomy [əs`trɑnəmɪ]
astro「星星」+ nomy「科學」
n. 天文學

延伸片語
physical astronomy 物理天文學

07 **Astronauts** have to cope with weightlessness in the space. It is an important part of the training. 太空人必需要能應付太空中的無重力狀態。這是訓練很重要一部分。

astronaut [`æstrə͵nɔt]
astro「星星」+ naunt「水手」
n. 太空人

記憶秘訣
前往別的星球探險的人 → 太空人
同義詞
cosmonaut n. 宇航員、太空員

08 The natural **disaster** had caused more than thirty deaths.
這次自然災害造成超過三十人死亡。

disaster [dɪ`zæstɚ]
dis「相反」+ aster「星星」
n. 災害

記憶秘訣
ill-starred 受不好的星宿影響 → 災難
延伸片語
natural disaster 自然災害

unit 037 audi(t) 聽

內含本跨頁例句之MP3音檔

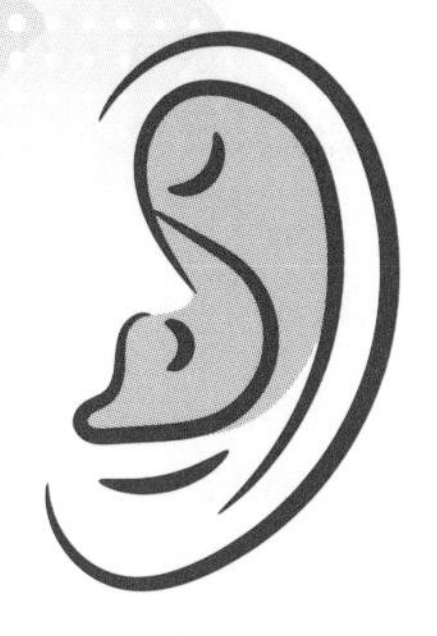

01 She started having **auditory** problems after having a severe fever.

她在高燒過後開始產生聽力的問題。

auditory [ˋɔdə͵torɪ]

audit「聽」+ ory「形容詞字尾」

adj. 耳朵的、聽覺的

同義詞

aural adj. 聽力的、聽覺的

延伸片語

auditory area

（大腦的）聽覺區域

02 The presenter's voice was barely **audible** above the noise.

因為吵雜聲，報告者的聲音幾乎聽不見。

audible [ˋɔdəbl]

audi「聽」+ ble「能夠」

adj.可聽見的

同義字

clear adj. 清楚的

反義字

inaudible adj. 聽不見的

03 We **audit** the records of income and expenditure every year. 我們每年稽查收支的紀錄。

audit [ˋɔdɪt]

audit「聽」

v. 核對、審計、旁聽

近義片語

sit in 旁聽

延伸片語

audit accounts 算帳

04 The lecturer took the **audiovisual** method in his class.
講師利用視聽教學法在課堂中。

audiovisual [ˋɔdɪoˋvɪʒʊəl]
audi「聽」+ o + visual「看」
adj. 視聽教學的

延伸片語
audiovisual equipment/aids/software
視聽設備／輔助材料／軟體

05 The **audition** will take place in New York.
這場試鏡將在紐約舉行。

audition [ɔˋdɪʃən]
audi「聽」+ tion「名詞字尾」
v. 試鏡、試音 n. 試鏡、試音

記憶秘訣
聽某人的表演 → 試演、試 唱

延伸片語
audition for sth. 試鏡某個角色／活動

06 Students assembled in the school **auditorium** for the rehearsal of the annual performance. 學生們聚在禮堂排練年度表演。

auditorium [ˏɔdəˋtorɪəm]
audit「聽」+ orium「地方」
n. 觀眾席、禮堂

記憶秘訣
聽或觀看表演的地方 → 禮堂

近義詞
amphitheatre n.（露天）圓形劇場／競技場、階梯教室、看臺式教室

07 The **auditor** examined the company's books to inspect for improper expenses. 稽查員檢查公司的帳簿，看有無不適當的花費。

auditor [ˋɔdɪtɚ]
audit「聽」+ or「人」
n. 審計員、旁聽生

記憶秘訣
聽取上課內容或帳目的人
→ 旁聽生、稽核員

近義詞
accountant n. 會計員

08 Everyone working in the **auditorial** department is cautious and meticulous.
每位在審計部門工作的人，都是很謹慎小心的。

auditorial [ˏɔdəˋtorɪəl]
audit「聽」+ or + ial「形容詞字尾」
adj. 查帳的、稽查的

記憶秘訣
查帳 + 形容詞字尾 → 稽查的

unit 038

aug, auc, aux, auth

增加、創始

內含本跨頁例句之MP3音檔

01 Since Mr. Trump took over the company, revenue and profits **augmented** dramatically this year.
自從川普先生接手公司，年營收和利潤急速增加。

augment [ɔgˋmɛnt]
aug「增加」+ ment「動詞字尾」
v. 增加、擴大

同義詞
enhance/ expand v. 增加／擴大

反義詞
decrease v. 減少、降低

02 Make sure that the **auxiliary** generator is working before you operate the machine.
操作機器之前，要確定輔助發電機運轉良好。

auxiliary [ɔgˋzɪljərɪ]
auxili「增益」+ ary「形容詞字尾」
adj. 輔助的、備用的
n. 助動詞、備用人員

記憶秘訣
增加、有助益的 → 輔助的

同義詞
supplementary
adj. 互補的、額外的

03 The **auctioneer** announced the winning bidder of the antique vase.
拍賣官宣布得標古董花瓶的人。

auctioneer [ˌɔkʃənˋɪr]
auc「增加」+ tion「名詞字尾」+ eer「人」
n. 拍賣官

記憶秘訣
看著價格上漲的人 → 拍賣商
同義詞
dealer n. 商人、商販、骨董商

04 The castle looked even more **august** in the snow.
城堡在雪地中看起來更加莊嚴。

august [ɔˋgʌst]
august「奧古斯都、有宏偉的含意」
adj. 莊嚴的

記憶秘訣
宏偉壯麗 → 莊嚴的、威嚴的
同義詞
noble adj./n. 高貴的、崇高的／貴族

05 The **author** of the book never stated his political position.
本書作者從沒有聲明過自己的政治立場。

author [ˋɔθɚ]
auth「創始、增加」+ or「人」
n. 作家

記憶秘訣
作品的源頭 → 作家
同義詞
writer/ composer n. 作家

06 The principal **authorized** me to act on his behalf while he was away.
校長授權我在他不在的期間做他的代理人。

authorize [ˋɔθəˌraɪz]
author「作家」+ ize「動詞字尾」
v. 批准、授權

記憶秘訣
獲得創始者的同意 → 批准、核准
近義詞
empower/ enable/ entitle v. 授權

unit 039 bio 生命

Track 039
內含本跨頁例句之MP3音檔

01 **Biosphere** is the vital environment for creatures on earth.
生物圈對地球上的生物非常重要。

biosphere [ˋbaɪə͵sfɪr]
bio「生命」+ sphere「球體」
n. 地球表面生物圈

記憶秘訣
生物 + 地球上的範圍 → 生物圈

近義詞
ecosystem n. 生態系統

02 Doctors started to use **antibiotics** centuries ago.
醫生在數百年前開始使用抗生素。

antibiotic [͵æntɪbaɪˋɑtɪk]
anti「反」+ bio「生命」+ tic「名詞字尾」
n. 抗生素 adj. 抗生的、抗菌的

延伸片語
take/ be on antibiotics
服用抗生素

03 Her **autobiography** was adapted into a movie.
她的自傳被改編成電影。

autobiography [͵ɔtəbaɪˋɑgrəfɪ]
auto「自己」+ bio「生命」+ graphy「書寫」
n. 傳記、自傳文學

同義詞
memoir n. 傳記、傳略

延伸片語
write an autobiography
撰寫自傳

04

The study of the chemical processes that happen in living things is referred to as biochemistry.
研究生物體中化學過程的學科被稱為生物化學。

biochemistry [ˌbaɪoˋkɛmɪstrɪ]
bio「生命」+ chemistry「化學」
n. 生物化學

延伸片語
clinical biochemistry
臨床生物化學

05

The **biography** will give a general description of the celebrity's early life. 這本傳記概述了名人的早年生活。

biography [baɪˋɑgrəfɪ]
bio「生命」+ graphy「書寫」
n. 傳記、傳記文學

記憶秘訣
書寫生命的故事 → 傳記

近義詞
diary n. 日記

06

In **biology** class at school today, kids learned about the frog's organs. 今天在學校的生物課堂上，學生學習關於青蛙的器官。

biology [baɪˋɑlədʒɪ]
bio「生命」+ logy「學門」
n. 生物學、生理

記憶秘訣
有關生命的學科 → 生物學、生理

延伸片語
marine biology 海洋生物學

07

The infected tissue was removed from the patient's body and sent to the laboratory for a **biopsy**. 受感染的組織體從病人身上移除，並送到實驗室去做活體組織切片檢查。

biopsy [baɪˋɑpsɪ]
bio「生命」+ psy「看、視」
n. 活體組織切片檢查

記憶秘訣
活體 + 檢驗 → 活體組織切片檢查

延伸片語
muscle biopsy 肌肉活檢

08

When two creatures depend on each other to survive in the world, they are in a **symbiosis** relationship. 當兩種生物互相依賴才能在環境中生存，他們就是處於共生的關係。

symbiosis [ˌsɪmbaɪˋosɪs]
sym「一起」+ bio「生命」+ sis「情況、狀態」
n. 共生

記憶秘訣
共同的生命狀態 → 共生

反義詞
separation n. 分離

unit 040

bon, ben 好

Track 040

內含本跨頁例句之MP3音檔

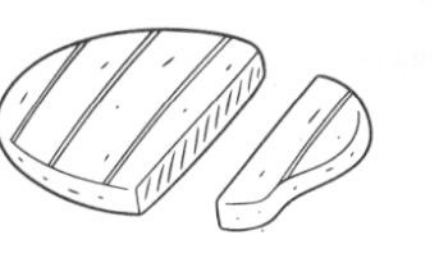

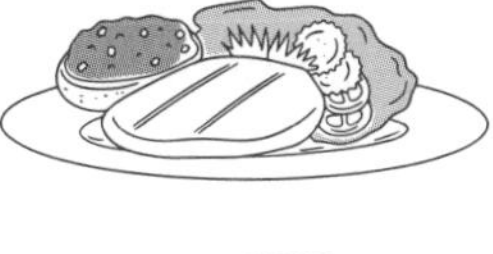

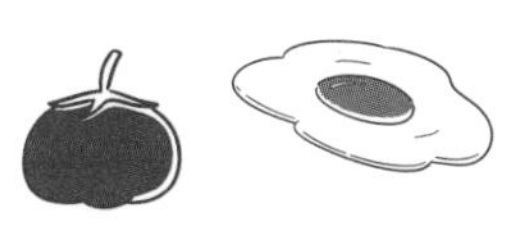

01 Having a balanced diet is **beneficial** to your health.

均衡的飲食對你的健康有益。

beneficial [ˌbɛnəˋfɪʃəl]

bene「好」+ fic「做」+ ial「形容詞字尾」

adj. 有益處的

同義詞

profitable/ useful

adj. 有益的／有幫助的

反義詞

harmful adj. 有害的

02 We have raised several major **benefactions** for the victims of the severe earthquake.

我們為地震的受災戶募得好幾筆鉅額的捐款。

benefaction [ˌbɛnəˋfækʃən]

bene「好」+ fact「做」+ ion「名詞字尾」

n. 捐贈、施捨

adj. 抗生的、抗菌的

記憶秘訣

做好事 → 捐贈；施捨

同義詞

contribution/ donation

n. 貢獻／捐贈

03 An anonymous **benefactor** paid the kid's tuition.

一位匿名的捐贈者替這個孩子付了學費。

benefactor [ˋbɛnəˏfæktɚ]

bene「好」+ factor「做……的人」

n. 捐助人、施恩者、善人

記憶秘訣

做好事的人 → 捐贈者；施捨者

同義詞

patron n. 贊助者、資助人

04 The nursing home is a **beneficiary** in her will.
這家療養院在她的遺囑中被列為受益人。

beneficiary [ˌbɛnəˋfɪʃərɪ]
bene「好」+ fici「做」+ -ary「名詞字尾」
n. 受益人、獲贈者

近義詞
recipient n. 接受者、領受者

反義字
donator n. 捐贈者

05 Both parties will **benefit** from this deal.
這個交易可以使雙方都獲益。

benefit [ˋbɛnəfɪt]
bene「好」+ fit「做」
n. 利益
v. 有益於、有利於

記憶秘訣
製造出具有好處的事情 → 利益

延伸片語
benefit from sth. 從……獲益

06 She is a **benevolent** person who helps many impoverished people. 她是一個有愛心的人，幫助過許多貧困潦倒的人。

benevolent [bəˋnɛvələnt]
bene「好」+ vol「心願」+ -ent「形容詞字尾」
adj. 仁慈的、善心的、有愛心的

記憶秘訣
內心想要為善的 → 善意的

同義詞
generous adj. 慷慨的

07 This is a **bona fide** way of looking for a match.
這是一個尋求媒合的合法管道。

bona fide [ˌbonəˋfaɪd]
bona「好」+ fide「信任」
adj. 真誠的、合法的、真正的

記憶秘訣
以真心誠意去做的事情 → 有誠意的

同義詞
genuine/ legitimate adj. 真心的／合法的

08 Everyone on the baby shower adored the **bonny** girl.
每個來參加新生兒派對的客人都很疼愛小女孩。

bonny [ˋbɑnɪ]
bonn「好」+ -y「形容詞字尾」
adj. 好的、美麗的、漂亮的

記憶秘訣 形容美好的事物 → 好的；漂亮的

反義詞
ugly adj. 醜陋的

unit 041

cad, cas, cid
落下、降臨、發生

Track 041
內含本跨頁例句之MP3音檔

01 A **cascade** of letters arrived from the superstar's fans.
巨星的影迷寄來大量信件。

cascade [kæsˋked]

cas「落下」+ c + -ade「名／動詞字尾」

n. 瀑布、一連串的東西

v. 瀑布似地落下

記憶秘訣

往下墜的水幕 → 瀑布；一連串的東西

同義詞

torrent n. 大量、洪流

02 Her voice dropped in a falling **cadence** at the end of her song. 歌曲結束時，她聲音的腔調往下降。

cadence [ˋkedns]

cad「落下」+ -ence「名詞字尾」

n. 韻律、結束收尾的音調

記憶秘訣

往下降的音調 → 抑揚頓挫

延伸片語

harmonic cadence 和聲中止

phythmic cadence 節奏中止

03 In some **cases**, having the stuntman replace the leading actor in the movie is not difficult.
在某些案例中，讓替身演員替換電影主要演員並不困難。

case [kes]

cas「發生」+ e

n. 事實、事例、案件、個案、病例

記憶秘訣

一個發生的情況 → 事件

同義詞 example n. 舉例

04 Charging an entrance fee for the gallery will not affect **casual** visitors too much.
美術館收費對於那些臨時起意的遊客並不會有很大的影響。

casual [ˋkæʒuəl]
cas「落下」+ ual「形容詞字尾」
adj. 偶然的、碰巧的、漫不經心的、非正式的、臨時的

同義詞
occasional adj. 偶爾的、不經常的

延伸片語
casual encounter 偶遇

05 First reports of the earthquake tell of more than 300 **casualties**. 有關地震的初步報告確認有三百多名傷亡者。

casualty [ˋkæʒjuəltɪ]
cas「落下」+ ual「形容詞字尾」+ -ty「名詞字尾」
n. 傷亡人員；事故的死者；傷者；意外事故

記憶秘訣
意外事故中的死亡者或傷者
→ 傷亡人員

同義詞 fatality n. 死者；死亡；災禍

06 The fact that they wear the same designer dress was a **coincidence**. 他們穿了同款的設計師洋裝，純屬巧合。

coincidence [koˋɪnsɪdəns]
co「一起」+ in-「在……上面」+ cid「落下」+ -ence「名詞字尾」
n. 巧合、同時發生、一致

記憶秘訣
發生在同一時間 → 巧合

反義詞
scheme n. 密謀

07 Addiction to online games is considered **decadent** in the eyes of the elder generation.
沉迷線上遊戲在老一輩眼裡看來是件頹廢的事。

decadent [ˋdɛkədnt]
de-「向下」+ cad-「落下」+ -ent「形容詞字尾」
adj. 墮落的、頹廢的、衰落的、頹廢派的

記憶秘訣
向下落，向下沈淪 → 墮落的

反義詞
virtuous adj. 賢能的、有德的、良善的

08 The soil under **deciduous** trees is quite fertile.
落葉植物樹下的土壤相當肥沃。

deciduous [dɪˋsɪdʒuəs]
de-「向下」+ cidu-「落下」+ -ous「形容詞字尾」
adj. 落葉的

記憶秘訣
描述樹葉落下或脫離樹幹
→ 落葉的

unit 042

cap(t), cep, ceive
抓取；掌握；獲取；得到

Track 042
內含本跨頁例句之MP3音檔

01 He got a reward for **capturing** the escaped prisoner.
他因為捉到逃獄犯，而獲得獎金。

capture [ˋkæptʃɚ]
cap「抓」+ -ture「名詞字尾」
v. 捕獲、俘虜 n. 捕獲、俘虜

同義詞
arrest v. 逮捕、拘捕
反義詞 release v./ n. 釋放

02 The agent isn't **capable** of handling a huge transaction like this. 這位代理人無法處理這麼大筆的交易。

capable [ˋkepəbəl]
cap「掌握」+ -able「有……特性的」
adj. 有能力的

記憶秘訣
能掌握事情的
→ 有能力的；有才幹的
延伸片語
be capable of sth.
有能力做某事

03 He showed his **capacity** in analyzing and interpreting the statistical data in this market research.
他展現了分析與解讀市場調查數據資料的能力。

capacity [kəˋpæsətɪ]
cap「掌握」+ -acity「名詞字尾」
n. 容積、容量、記憶力、能力

記憶秘訣
收容的能力
→ 容積；容量；能力
同義詞
ability n. 能力

04 I was **captivated** by the plot and characters in the young adult anti-utopia novel.
我為這本青少年反烏托邦小說的情節和角色著迷。

captivate [ˋkæptə͵vet]
captiv「抓住」+ -ate「動詞字尾」
v. 迷住、吸引住

同義詞
attract/ intrigue v. 吸引
反義詞
disappoint v. 使失望

05 A passenger sang loudly on the bus, and we were made **captive** audience. 一名公車乘客大聲唱歌，我們被迫當聽眾。

captive [ˋkæptɪv]
capt「抓住」+ ive「名詞字尾；表人」
n. 俘虜；受控制的人

同義詞
prisoner/ hostage/ convict n. 囚犯／人質／逃犯、（服刑中的）囚犯
延伸片語
hold/ take sb. captive 扣押／囚禁某人

06 The victim of the abduction escaped from the surveillance of his **captors**. 綁架案的肉票逃離了綁匪的監視。

captor [ˋkæptɚ]
capt「抓」+ -or「人」
n. 俘虜（他人）者

同義詞
imprisoner n. 囚禁（他人）者
反義詞
liberator n. 解放者、解救者

07 He **conceived** the plot for this film while he was still a student. 他還是個學生的時候就已經構想出了這部影片的情節。

conceive [kənˋsiv]
con-「一起」+ ceive「拿取」
v. 構想、設想、構思、懷孕

同義詞
design v. 設計
記憶秘訣
一起掌握住 → 構想

08 He is trying to **deceive** the elderly people into investing in these useless products. 他企圖要騙這些老人投資這些無用的產品。

deceive [dɪˋsiv]
de「離開」+ ceive「拿取」
v. 欺騙、蒙蔽

記憶秘訣
拿取別人的東西 → 欺騙；蒙蔽
同義詞 cheat/ fool v. 欺騙／愚弄
反義詞 aid/ assist v. 幫助

unit 043 cap(it) 頭

Track 043
內含本跨頁例句之MP3音檔

01 The ferryboat was **capsized** after a huge wave struck the side of it. 一陣大浪打到渡船的側邊，導致它翻覆。

capsize [kæp`saɪz]
cap「頭」+ size「俯衝」
v. 傾覆、弄翻

記憶秘訣
船首往下 → 翻覆
同義詞
overturn v. 打翻、弄翻、（使）傾覆

02 You can find the bathing **cap** on the rack.
你可以在架子上找到浴帽。

cap [kæp]
cap「頭」
n. 無邊便帽、帽子、蓋、罩

近義詞
beret n. 貝雷帽
近義片語
baseball cap 棒球帽

03 This enterprise has enough **capital** to build another factory in India. 這家公司有足夠的資金在印度興建另一家工廠。

capital [ˋkæpətəl]

capital「頭」

n. 首都、資本、本錢

adj. 可處死刑的、資本的、首位的、大寫的

記憶秘訣

領頭的都市 → 首都

同義詞

metropolis n. 大都會、大城市、首都

04 We all know that **capitalism** is the opposite of communism. 我們都知道資本主義是和共產主義相對的。

capitalism [ˋkæpətl͵ɪzəm]

capit「頭」+ al + ism「名詞字尾」 n. 資本主義

記憶秘訣

私人領頭的一種政治制度 → 資本主義

反義詞

communism n. 共產主義

05 The local government **capitulated** to the demonstrators' demand. 地方政府屈從於抗爭者的要求。

capitulate [kəˋpɪtʃə͵let]

capit「頭」+ ul + -ate「動詞字尾」

v. 投降、屈從、停止反抗

記憶秘訣

抓著頭 → 屈從

同義詞

succumb v. 屈服

06 The police started to investigate in the **decapitated** body found in the river. 警察開始調查河裡發現的那具被斬首的屍體。

decapitate [dɪˋkæpə͵tet]

de-「離開」+ capit「頭」+ -ate「動詞字尾」

v. 斬首

記憶秘訣

使頭離開身體 → 斬首

延伸片語

decapitate sb. 對某人實行斬首

unit 044 carn, corp(or)

肉；肉體；身體；主體

Track 044
內含本跨頁例句之MP3音檔

01 Over the years, her figure had grown more **corpulent**.

這些年來，她的體型越來越發福。

corpulent [ˋkɔrpjələnt]

corp「身體」+ -ulent「有很多」

v. 肥胖的、發福的

記憶秘訣

肉很多 → 肥胖的；發福的

反義詞

skinny adj. 皮包骨的

02 We watched the news report about the **carnival** in Brazil.

我們在電視上看到巴西嘉年華會的報導。

carnival [ˋkɑrnəvl]

carn「肉」+ ival「節日」

n. 狂歡節、嘉年華會（在大齋期前舉行）

記憶秘訣

與肉相關的日子
→ 嘉年華會

延伸片語

carnival ride 嘉年華之旅、奇幻之旅

03 The **carnivorous** plant would capture and kill its prey.

這個肉食性的植物會捕捉和殺死牠們的獵物。

carnivorous [kɑrˋnɪvərəs]

carni「肉」+ -vorous「吞食」

adj. 肉食性的

反義詞

vegetarian adj./n. 素食的／素食者

04 The murderer is considered the devil **incarnate**.
這個兇手被認為是魔鬼的化身。

incarnate [ɪnˋkɑr͵net]

in「朝向」+ carn「肉體」+ -ate「形容詞字尾」

adj. 人體化的；化身的

v. 使成化身；使具體化；體現

記憶秘訣

形容具有肉體形狀的 → 人體化的；化身的

05 The government has made **corporal** punishment in schools illegal. 政府已經立法禁止校園中的體罰。

corporal [ˋkɔrpərəl]

corpor「身體」+ -al「形容詞字尾」

adj. 肉體的；身體的

同義詞

bodily adj. 人體的、身體的

反義詞

mental/ spiritual adj. 心理的／精神上的

06 My cousin is in the medical **corps**.
我的堂兄在醫療部隊。

corps [kɔr]

corp「主體」+ s

n. 兵團、軍

同義詞 troop n. 部隊、軍隊

延伸片語

medical corps/ intelligence corps 醫療部隊／情報部隊

07 The **corpse** was found in a deserted cottage.
這具屍體是在一間廢棄小屋中被發現的。

corpse [kɔrps]

corp「身體」+ se

n. 屍體

同義詞

carcass n.（油紙大型動物的）屍體、（破舊物品、汽車、船等的）殘骸、骨架

08 The **corpus** contained many poems written by great America poets in the twentieth century.
這個語料庫包含許多20世紀偉大美國詩人的作品。

corpus [ˋkɔrpəs]

corp「主體」+ us

n. 文集、文獻、語料庫

同義詞

compilation n.（書、光碟等的）匯編、集、輯

延伸片語

habeas corpus 人身保護令

unit 045

cede, ceed, cess 走；前進；服從；投降

Track 045
內含本跨頁例句之MP3音檔

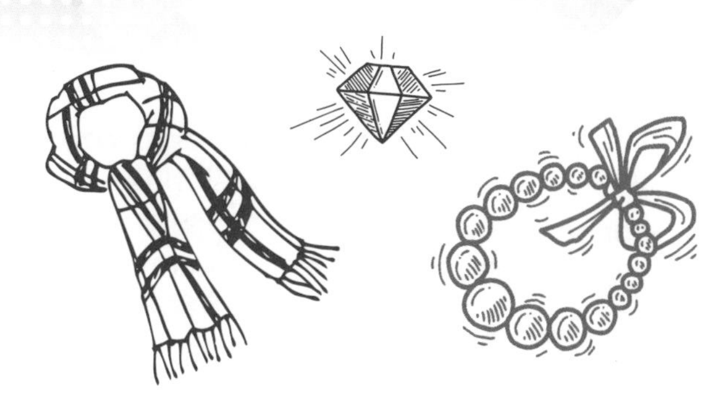

01

The company specialized in living room **accessories** such as curtains and tablecloths.
這家公司專門販售客廳配件，像是窗簾與桌巾。

accessory [æk`sɛsərɪ]
ac「向」+ cess「去」+ -ory「名詞字尾」
n. 附件、配件、附加物件、從犯

記憶秘訣
朝著從屬的方向 → 附加的人事物
同義詞
decoration n. 裝飾、布置

02

The doctor refused to **accede** to his supervisor's request. 醫生拒絕了他上司的要求。

accede [æk`sid]
ac「向」+ cede「去」
v. 答應、同意、就任

記憶秘訣
朝某個方向 → 答應
反義詞
decline v. 回絕

03

This path is the only **access** to the forest.
這條小路是進到森林裡的唯一路徑。

access [`æksɛs]
ac「向」+ cess「去」
n. 接近、進入、進入的權利、入口、門路、使用（權）

記憶秘訣
朝某處前進 → 進入
同義詞
entry n. 入口

04 It has been thirty years since the king's **accession** to the throne. 國王登基至今已經30年了。

accession [æk`sɛʃən]

ac「向」+ cess「去」+ -ion「名詞字尾」

n. 就職、登基、正式加盟

記憶秘訣

朝著王位寶座接近 → 登基

延伸片語

accession to the throne 即位

05 The word "boy" is the **antecedent** of "who" in "the boy who has blond hair." 句子中"boy"這個字是"the boy who has blond hair"句子中"who"的先行詞。

antecedent [͵æntə`sidənt]

ante「前面」+ ced「去」+ -ent「名詞字尾」

n. 前事、祖先、（文法中的）先行詞

adj. 先前的

記憶秘訣

早先出現的事物

同義詞 precedent n. 先例、前例

06 The mayor **conceded** defeat in the election. 市長承認選舉失敗。

concede [kən`sid]

con「完全」+ cede「走」

v. 承認、給予、承認……失敗

記憶秘訣

共同走向某一觀點 → 承認

同義詞

accept/ admit v. 接受／承認

07 My daughter's performance **exceeded** my expectation. 我女兒的表現超出我的預期。

exceed [ɪk`sid]

ex「外面」+ ceed「走」

v. 超過、勝過、超出

記憶秘訣

走到界限之外 → 超過

近義詞

top v. 為……之首

08 He tried to **intercede** with the authorities on behalf of the refugees. 他試著為難民向當局求情。

intercede [͵ɪntə`sid]

inter「在……之間」+ cede「走」

v. 說情、求情

記憶秘訣

走到兩者之間 → 仲裁、求情

同義詞

plead v. 乞求、懇求

unit 046

cide, cis 切；殺

Track 046
內含本跨頁例句之MP3音檔

01

He sprayed the **insecticide** on the plants.
他在植物上噴灑殺蟲劑。

insecticide [ɪn`sɛktə͵saɪd]
insect「昆蟲」+ i + cide「殺」
n. 殺蟲劑

同義詞
pesticide n. 殺蟲劑、農藥

延伸片語
apply/ spray the insectivide
施灑殺蟲劑

02

Aaron was **circumcised** when he was nine years old.
亞倫在九歲時進行割禮。

circumcised [`sɝkəm͵saɪz]
circum「環繞」+ cise「切」
v. 為……行割禮

記憶秘訣
環切手術 → 為……行割禮

03

It is requested that your answer should be as clear and **concise** as possible.
題目要求你的答案要盡可能清楚、簡潔。

concise [kən`saɪs]
con「共同」+ cise「切」
adj. 簡明的、簡潔的

記憶秘訣
一起切 → 簡明的；簡潔

反義詞
lengthy adj. 漫長的、冗長的

04 The redundant words and phrases were **excised** from this paragraph. 這一段中多餘的字詞已經被刪除。

excise [ɛkˋsaɪz]
ex「出去」+ cise「切」
v. 切除、刪除

反義詞
insert v. 插入

05 Prejudice and discrimination have led to violence and **genocide**. 偏見與歧視造成了暴力和種族屠殺。

genocide [ˋdʒɛnə͵saɪd]
geno「種族」+ cide「殺」
n. 種族滅絕；集體（大）屠殺

記憶秘訣
毀掉一個種族 → 種族滅絕

同義詞
holocaust n. 大屠殺

06 The police found no evidence to suggest that this death was **homicide**. 警方沒有找到證據顯示這件死亡案件是他殺。

homicide [ˋhɑmə͵saɪd]
hom(o)「人類」+ i + cide「殺」
n. 殺人罪

同義詞
murder n. 謀殺、兇殺

延伸片語
be convict of homicide 被判定殺人罪

07 The doctor made a small **incision** on the abdomen. 醫生在腹部上切開一個小切口。

incision [ɪnˋsɪʒən]
in「進入」+ cis「切」+ -ion「名詞字尾」
n. 切入、切開、切口

記憶秘訣
切進去 → 切入；切開；切口

反義詞
closure n. 關閉

08 He committed **matricide** and was sentenced to life imprisonment. 他犯了弒母罪，被判終身監禁。

matricide [ˋmetrə͵saɪd]
matri「母親」+ cide「殺」
n. 弒母、弒母者

字根小教室
patricide為弒父，pater字根為father之意。fratricide為殺兄弟（姊妹）的行為， frater字根為brother之意。

延伸片語
commit matricide 犯弒母罪

unit 047

clam, claim

叫喊；大叫

內含本跨頁例句之MP3音檔

01

The venue of the rock concert was filled with the **clamor** of shouting voices. 搖滾演唱會會場充滿著叫喊的喧囂聲。

clamor [ˋklæmɚ]

clamor「大叫」

n. 喧囂聲、吵鬧聲、民眾的要求

同義詞

hubbub n. 喧嚷、紛亂

反義詞

silence n. 寧靜

02

Her first novel was **acclaimed** as a masterpiece.
她的第一本小說被譽為傑作。

acclaim [əˋklem]

ac「朝向」+ claim「叫喊」

v. 歡呼；喝采；讚譽（某人／事）

記憶秘訣

對某人呼喊
→ 稱讚

反義詞

blame/ criticize v. 指責／批評

03

The terrorist group **claimed** responsibility for the attack.
這個恐怖份子團體宣稱為這次攻擊負責。

claim [klem]

claim「叫喊」

v. 宣稱；斷言；索取；奪走（生命）

n. 宣稱；斷言；所有權

記憶秘訣

對於自身權利的呼聲
→ 宣稱，斷言，所有權

同義詞

declare v. 聲明、公布

04 The demonstrator **declaimed** against the greed for power of politicians.
抗爭者慷慨陳詞，反對政治人物對權力的貪婪。

declaim [dɪˋklem]
de「徹底」+ claim「呼喊」
v. 慷慨激昂地宣講、朗誦

記憶秘訣
放聲喊出來 → 大聲宣布
同義詞
recite/ proclaim v. 朗誦／宣布、聲明

05 She continued her **declamation**, reminding her listeners of her principles.
她繼續激昂的演說，提醒聽眾要注意她堅守的原則。

declamation [ˏdɛkləˋmeʃən]
de「徹底」+ clam「呼喊」+ ation「名詞字尾」
n. 朗誦；雄辯；慷慨激昂的演説

記憶秘訣
放聲喊出來
同義詞
oration n. 致詞、演説、演講

06 He **disclaimed** any responsibility for his father's behavior. 他拒絕為他父親的行為負任何責任。

disclaim [dɪsˋklem]
dis「相反」+ claim「叫喊」
v. 否認；拒絕承認、放棄（權利）

記憶秘訣
相反的意見 → 否認
同義詞
deny v. 否認

07 “What a beautiful mansion!” he **exclaimed**.
「好棒的豪宅喔！」他大叫。

exclaim [ɪksˋklem]
ex「向外」+ claim「喊叫」
v. 呼喊；大叫；驚叫

記憶秘訣
喊叫出來 → 驚呼
同義詞
yell/ shout v. 叫喊

08 The prime minister **proclaimed** the establishment of the new cabinet. 首相公告新內閣組成了。

proclaim [prəˋklem]
pro「往前」+ claim「喊叫」
v. 宣告；聲明

記憶秘訣
在前面喊叫 → 公告；宣佈

unit 048

claud, claus, close
關閉；封閉

Track 048
內含本跨頁例句之MP3音檔

01 The kid took shelter in the **closet** during the earthquake.
地震時，小孩躲在衣櫃裡。

closet [ˋklɑzɪt]
clos「關閉」+ -et「名詞字尾」
n. 壁櫥；衣櫥；小房間；密室

記憶秘訣
封閉的小空間
→ 衣櫥

同義詞
cabinet n. 櫥櫃、儲藏櫃、內閣

02 The third **clause** of the contract specifies when the delivery must be made. 本合約第三條規定了出貨的時間。

clause [klɔz]
clause「句子」
n. 款；條款；子句

記憶秘訣
修辭上完整的一個句子
→ 條款；子句

延伸片語
dependent clause 獨立子句

03 The **cloister** was destroyed in world war II.
這間修道院在二次世界大戰時被摧毀。

cloister [ˋklɔɪstɚ]
cloister「被隔離的空間」
n. 迴廊；修道院；修道院的生活

記憶秘訣
封閉的空間 → 迴廊；修道院

同義詞 nunnery n. 女修道院

04 Brian has **closed** his account at that bank.
布萊恩已經結清在那家銀行的帳戶。

close [klos]
close「關閉」
v. 關閉、蓋上、合上、關閉（商店）、封閉、結束、終止

同義詞
block v. 隔絕
反義詞
open/ liberate v. 打開／釋放

05 The anonymous philanthropist didn't want to **disclose** his identity. 那位匿名的慈善家不想透露自己的身分。

disclose [dɪs`kloz]
dis「解開」+ close「關閉」
v. 揭發、透露、公開、使顯露

記憶秘訣
結束封閉的狀態 → 揭露
同義詞 uncover v. 揭露
反義詞 conceal v. 隱藏、隱瞞

06 Please find the **enclosed** file to see my resume.
請查閱附加檔案中的履歷表。

enclose [ɪn`kloz]
en-「進入」+ close「封閉」
v. 圈起、圍住、把（文件或票據等）封入

記憶秘訣
封進去 → 圈起；圍住
反義詞
exclude v. 排除……在外

07 The committee **concluded** that the factory should be shut down within two months. 委員會決定這間工廠應該在兩個月內關閉。

conclude [kən`klud]
con-「一起」+ clude「封閉」
v. 結束、決定、結束、達成協議、作出決定

記憶秘訣
全部關閉起來 → 達成協議、結論
反義詞
commence v. 開始

08 He was **excluded** from the club because of his misdemeanor. 他因品行不端而被排除於俱樂部。

exclude [ɪk`sklud]
ex-「外面」+ clude「封閉」
v. 拒絕接納、把……排除在外、不包括、開除

記憶秘訣
關在外面 → 把……排除在外
反義詞
include v. 包含、包括

unit 049

cord 心

內含本跨頁例句之MP3音檔

01 She **recorded** her first album at the age of 13.
她在13歲錄製了首張專輯歌曲。

record [rɪˋkɔrd]

re-「回來」+ cord「心」

n. 記錄

v. 記錄、記載

記憶秘訣

把體驗到的事物帶回心中 → 記錄

同義詞

document v. 紀錄

02 We decided to leave of our own **accord**.
我們自願離開。

accord [əˋkɔrd]

ac-「朝向」+ cord「心」

n. 協議；條約；自願

v. 一致；符合；調和；使一致

記憶秘訣

朝向一致的心意 → 一致

同義詞

deal n. 協議、交易

03 Everything went **according** to plan, and the conference was a success. 每件事都根據計畫進行，這次研討會非常成功。

according [əˋkɔrdɪŋ]

accord-「一致」+ -ing「介系詞字尾」

prep. 根據

延伸片語

according to sb./ sth.
根據某人／某事物

04 His grandfather taught him to play the **accordion** when he was a child.
他小時候，祖父教他演奏手風琴。

accordion [əˋkɔrdɪən]
accordion「替音樂調音」
n. 手風琴

延伸片語
play the accordion 拉手風琴

05 The spokesperson said that the negotiation was conducted in a **cordial** atmosphere.
發言人表示，協商是在真誠的氣氛中進行的。

cordial [ˋkɔrdʒəl]
cord「心」+ -ial「形容詞字尾」
adj. 熱忱的、衷心的、真摯的

記憶秘訣
發自內心的 → 熱忱的；衷心的；真摯的

同義詞
sincere adj. 真誠的

06 It is said that there is **discord** among members of the board. 據說董事會的成員發生爭執。

discord [ˋdɪskɔrd]
dis「離開」+ cord「心」
n. 不和、爭吵、不一致

記憶秘訣
心意不同 → 不和

同義詞
disharmony n. 不和諧、紛爭

07 The two researches generated some **discordant** outcomes. 這兩項研究產生了一些不一樣的結果。

discordant [dɪsˋkɔrdnt]
dis「不」+ cord「心」+ -ant「形容詞字尾」
adj. 不一致的、不和諧的

近義詞
divergent adj. 不同的

反義詞
concordant n. 一致的、協調的

08 The people in this neighborhood have been living in **concord** for a decade. 這附近的人已經相安無事住在這裡十年了。

concord [ˋkɑnkɔrd]
con「一起」+ cord「心」
n. 一致、協調

記憶秘訣
同樣的心思 → 一致；和睦

同義詞
discord n. 不一致、不和諧

unit 050

crese, cre(te)

變大；增加；增長

內含本跨頁例句之MP3音檔

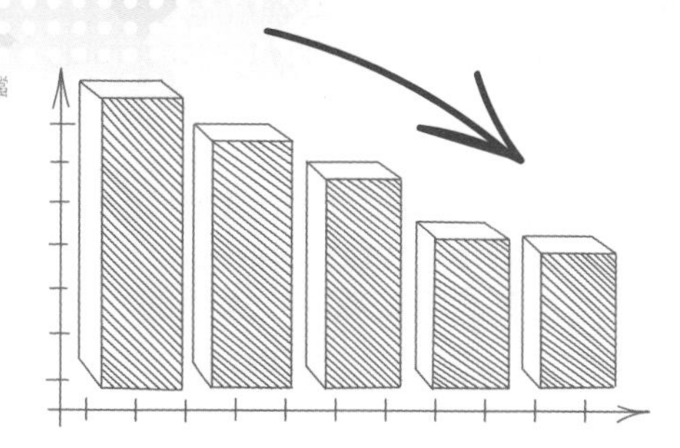

01 The new production line will help **decrease** the cost of production.
這個新的生產線有助於降低生產成本。

decrease [dɪˋkris]

de-「減弱」+ crease「增大」

v. 減、減少、減小

記憶秘訣

沒有增加 → 減；減少

反義詞

increase v. 增加、上升

02 The brighter pattern the mushroom has, the greater the **accretion** of poison is in it.
蘑菇的顏色越鮮豔，裡面累積的毒素就愈多。

accretion [æˋkriʃən]

ac-「朝向」+ cre「成長」+ tion「名詞字尾」

n. 增加物、增長

近義詞

accumulation n. 累積

反義詞

decline n. 下降

03 The prosecutor has no **concrete** evidence at this point.
檢察官目前並沒有具體證據。

concrete [ˋkɑnkrit]

con-「一起」+ crete「增長」

adj. 有形的；具體的；混凝土的

n. 具體物；混凝土

記憶秘訣

各個部分一起增長
→ 有形的；具體的

反義詞

general adj. 大體的、籠統的

04 Your remarks would **create** a wrong impression.
你的言論將造成一種錯誤的印象。

create [krɪ`et]
cre「增長」+ ate「動詞字尾」
v. 創造；創作；設計；產生

記憶秘訣
使物品增長出來 → 創造；產生
反義詞
establish/ construct v. 建立／建造

05 The actors walked onto the stage as the music reached a **crescendo**. 音樂漸強時，演員走上舞台。

crescendo [krɪ`ʃɛnˏdo]
crescendo 逐漸「變大」
n. 漸次加強

記憶秘訣
聲音逐漸變大 → 漸次加強
近義詞
escalation n. 上升

06 The moon has four major phases: **crescent**, half moon, gibbous, and full moon.
月亮有四種主要的相：新月、半月、凸月和滿月。

crescent [`krɛsnt]
crescent「逐漸增強的」
n. 新月、弦月、新月形麵包

記憶秘訣
開始變大的月亮 → 新月
延伸片語
a crescent rainbow 一彎彩虹

07 The population in the city **increased** dramatically in the past decades. 過去幾十年內，城市裡的人口大幅增加。

increase [ɪn`kris]
in-「朝向」+ crease「增大」
v. 增大、增加、增強

同義詞
boost v. 提高、增強
反義詞
decrease v. 減少、變小

unit 051 cred 相信；信任

Track 051
內含本跨頁例句之MP3音檔

01 This is the **credo** that made him strive to success.
就是這個信念，使他努力成功。

credo [ˋkrido]
credo「相信」
n. 信條

記憶秘訣
我相信的原則 → 信條
同義詞
tenet n. 信條、宗旨、原則

02 The president will **accredit** Lucy as his assistant.
董事長將任命露西做他的助理。

accredit [əˋkrɛdɪt]
ac-「變成」+ credit「信任」
v. 相信、認可、委派、任命

記憶秘訣
變成可以信任的狀態
→ 認可；委派；任命
同義詞
assign v. 指派、分派

03 Don't take **credence** to the rumor.
不要相信這個謠言。

credence [ˋkridəns]
cred「相信」+ -ence「名詞字尾」
n. 相信、信用

反義詞
denial/ disbelief n. 否定／不相信、懷疑
延伸片語
lose credence 失去信用

04 His perseverance in pursuing his goal has been most **creditable**. 他追求目標的毅力值得讚許。

creditable [ˋkrɛdɪtəbl̩]

credit「相信」+ -able「形容詞字尾」

adj. 值得稱讚的、可欽佩的

記憶秘訣

一個人可信任

→ 值得讚許的；可給予信用的

同義詞 admirable adj. 可欽佩的、值得羨慕的

05 The failed grocery store is currently in talks with its **creditors**. 這家經營不善的雜貨店正在和債權人商談。

creditor [ˋkrɛdɪtɚ]

credit「信任；借款」+ -or「行為者」

n. 債權人、貸方

記憶秘訣

借款給他人者 → 債權人；貸方

近義詞

giver v. 授予者

06 **Credulous** people tend to fall for the scams disguised as charity. 易受騙的人常被假的慈善事業騙。

credulous [ˋkrɛdʒʊləs]

cred「信任」+ -ulous「充滿」

adj. 輕信的、易受騙的

記憶秘訣

充滿信任的心

→ 因輕信產生的

反義詞

skeptical adj. 懷疑的、憤世嫉俗的

07 The theory of the critical period in language learning has been **discredited**. 語言學習有關鍵期的理論已經受到質疑。

discredit [dɪsˋkrɛdɪt]

dis-「離開」+ credit「信任」

v. 使丟臉、使不足信、不信任、懷疑

同義詞

distrust n. / v. 不信任、不相信、懷疑

反義詞

compliment n. / v. 誇讚、讚賞

08 He is quiet, but when on stage, his performance is **incredible**.

他平常很安靜，但是一站上舞台，他的表現令人驚豔。

incredible [ɪnˋkrɛdəbl̩]

in-「不」+ cred「信任」+ -ible「形容詞字尾」

adj. 難以置信的、不可思議的

同義詞

unbelievable adj. 難以相信的

反義詞 believable/ reasonable adj. 可信的／合理的

crypt 隱密的

Track 052
內含本跨頁例句之MP3音檔

01 The president received a **cryptogram** and recruited a group to decode it.
總統收到了一封密文，並招集了一個團隊進行解碼。

cryptogram [ˋkrɪptə͵græm]
crypt「隱藏、祕密」+ o + gram「書寫、紀錄」
n. 密碼；密文

延伸片語
to make nothing of a cryptogram 無法解讀密文

02 We will **encrypt** the information to protect your privacy.
我們會將資訊譯成密碼來保護你的隱私。

encrypt [ɛnˋkrɪpt]
en「使、造成、加諸」+ crypt「祕密」
v. 將……譯成密碼

反義字
decode v. 解碼

延伸片語
encrypt the messages
將訊息加密

03 The vase has been hidden in the **crypt** for more than a decade. 這個花瓶被藏在地下室超過十年了。

crypt [krɪpt]
crypt「隱密」
n. 地窖；地下室

延伸片語
cathedral crypt 地下聖堂
vaulted crypt 拱頂地窖

04 The professor tried to **decrypt** the message but ended up in vain. 這位教授試著解密訊息，但是失敗了。

decrypt [diˋkrɪpt]
de「解除」+ crypt「密碼」
v. 解碼

同義字
decode v. 譯碼

近義字
unriddle v. 解開（謎題）

05 His words were so **cryptic** that I found it utterly incomprehensible.
他的話好難解，我覺得完全沒有理解的空間。

cryptic [ˋkrɪptɪk]
crypt「隱藏、祕密」+ ic「形容詞字尾」
adj. 隱祕的；神秘的

近義字
ambiguous adj. 含糊不清的

延伸片語
a cryptic answer 含意隱晦的答案

06 This professor specialized in **cryptology** and is highly prestigious.
這位教授專攻密碼學，且極具聲望。

cryptology [krɪpˋtɑlədʒɪ]
crypt「密碼」+ ology「學科」
n. 密碼學

記憶秘訣
對於隱密事物的研究 → 密碼學

近義字
cryptography n. 密碼學

unit 053

cur(r), curs, cour 跑；運轉；流動

Track 053
內含本跨頁例句之MP3音檔

01
Students are learning how to use **cursive** style, printing, or a combination of both. 學生們正在學習如何使用草寫體、印刷體，或二者併用來進行書寫。

cursive [ˋkɝsɪv]
curs「跑」+ -ive「形容詞字尾」
adj. 草寫的

記憶秘訣
形容像是奔跑般的書寫
→ 草寫的

延伸片語
cursive letter 草寫字母

02
The **concurrence** of their attendance to this occasion is more than a coincidence. 他們同時出席這個場合絕非巧合。

concurrence [kənˋkɝəns]
con-「一起」+ curr「跑」+ -ence「名詞字尾」
n. 協力、意見一致、同時發生

記憶秘訣
跑在一起 → 協力；意見一致

同義詞
unanimity n. 全體一致、意見一致

03
Our opinions are **concurrent** with theirs.
我們的意見與他們一致。

concurrent [kənˋkərənt]
con-「一起」+ curr「跑」+ ent「形容詞字尾」
adj. 同時發生的、協力的、一致的

同義詞
simultaneous adj. 同時的

反義詞
nonconcurrent adj. 不同時的

04 There are three rooms on each side of the **corridor**.
走廊的兩邊各有三個房間。

corridor [ˋkɔrɪdɚ]

corr「跑」+ idor「名詞字尾」

n. 走廊、迴廊、通道

記憶秘訣

奔跑的地方 → 走廊；迴廊；通道

同義詞

aisle n. 走道、通道

05 These peace agreements can change the **course** of history. 這些和平協定可能改變歷史的進程。

course [kors]

cour「跑」+ se

n. 路線、方向、進程、跑道、課程、系列

同義詞

path/ route n. 路線、路徑

curriculum n. 課程

延伸片語

take a course 上一堂課

06 These coins are no longer **current**.
這些硬幣已不流通。

current [ˋkɝənt]

curr「流動」+ -ent「名詞字尾」

adj. 現時的、通用的、流行的

n. 流動、水流、氣流、電流、趨勢

記憶秘訣

會跑、流動的事物
→ 流動；水流；氣流

近義詞

stream n. 水流、溪流、小河

07 English is a required course on the **curriculum** in most schools. 大部分學校的課程都將英文列為必修課。

curriculum [kəˋrɪkjələm]

curr「跑」+ i + culum「名詞字尾」

n. 學校的全部課程、一門課程

記憶秘訣

每個學習者都要跑過一次的進程
→ 課程

同義詞

course n. 課程

08 He took a **cursory** look at her essay and made some notes. 他快速瀏覽她的論說文，並做了一些註記。

cursory [ˋkɝsərɪ]

curs-「跑」+ -ory「形容詞字尾」

adj. 匆忙的、粗略的

記憶秘訣

快速地跑過去 → 匆忙地看過

反義詞

detailed adj. 詳細的

unit 054

demo 人

Track 054
內含本跨頁例句之MP3音檔

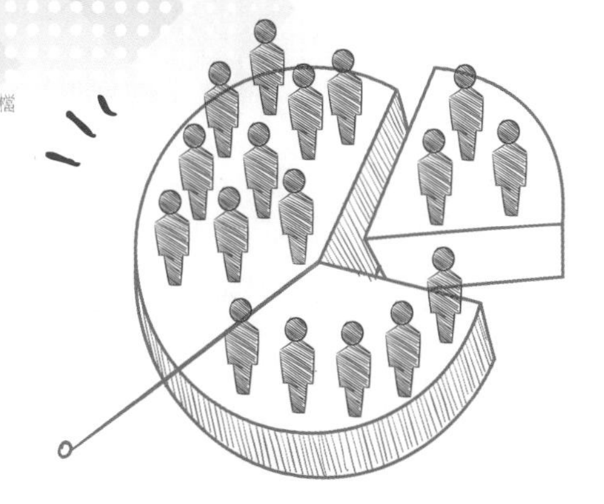

01 These economists think economic development is related to **demography**. 這些經濟學家相信經濟發展和人口結構相關。

demography [dɪˋmɑgrəfɪ]

demo「人民」+ graphy「紀錄的系統」

n. 人口統計學

記憶秘訣

記錄各種人口的變化
→ 人口統計學

延伸片語

historical demography
歷史人口統計學

02 This country has the oldest **democracy** in this region. 這個國家有這一區最古老的民主政體。

democracy [dɪˋmɑkrəsɪ]

demo「人民」+ -cracy「統治」

n. 民主、民主主義、民主制度、民主政體、民主精神

記憶秘訣

由人民統治 → 民主；民主制度

同義詞

dictatorship n. 獨裁

03 He bashed **Democrats** as being pleading to the financial magnates. 他抨擊民主黨人太過依附財團。

democrat [ˋdɛməˏkræt]

demo「人民」+ -crat「支持者」

n. 民主黨人、民主主義者

記憶秘訣

提倡由人民統治者 → 民主黨人

延伸片語

Democrat（美國）民主黨黨員

04 Two years ago, the country returned to **democratic** rule. 兩年前，這個國家回歸到民主統治。

democratic [ˌdɛməˋkrætɪk]

democrat「民主政體」+ -ic「形容詞字尾」

adj. 民主的、民主政治的、大眾的、有民主精神的

字根小教室

democrat 的造字概念源自aristocrat「貴族；主張貴族統治者」。

同義詞

egalitarian adj./ n. 平等主義的、主張人人平等的／平等主義者

05 Rabies is a deadly **endemic** in some parts of Africa. 狂犬病是非洲部分地區的致命傳染病。

endemic [ɛnˋdɛmɪk]

en「裡面的」+ demic「人民」

n. 地方病 adj. 某地特有的

記憶秘訣

某地區內的人民感染的病 → 地方病

延伸片語

endemic species 地方特有的物種

06 Dozens of toddlers died during last year's flu **epidemic**. 去年的流行性感冒造成數十位孩童死亡。

epidemic [ˌɛpɪˋdɛmɪk]

epi-「上方」+ demic「人民」

n. 流行病、時疫、流行

記憶秘訣

在人民之上傳播 → 流行病

近義字

plague n. 瘟疫

07 Medical scientists pointed out the possibility that the rare disease may become a **pandemic**. 醫學家指出，這種罕見疾病可能會成為流行疾病。

pandemic [pænˋdɛmɪk]

pan-「包含全部」+ demic「人民」

n. 全國流行的疾病、普遍的疾病

記憶秘訣

全體人民之間發生的疾病 → 全國流行的疾病

延伸片語

a pandemic of influenza 流感大爆發

08 He studied Chinese literature and **demotic** language at university. 他大學時研究中國文學和通俗語文。

demotic [diˋmɑtɪk]

demo-「人民」+ tic「形容詞字尾」

adj. 大眾化的

反義詞 formal/ standard adj. 正式的／標準的

延伸片語

Demotic Greek 通俗希臘語

dict 說；講；告訴；指派

Track 055
內含本跨頁例句之MP3音檔

01 A lot of people are **addicted** to social media.
很多人對社群媒體上癮。

addict [əˋdɪkt]
ad-「朝向」+ dict「告訴；指派」
v. 使沉溺、使成癮

記憶秘訣
朝著被指派（告知）的方向去 → 使沉溺；使成癮

延伸片語
addicted to sth. 沉迷於某事物

02 The hospital provides therapy to help people get rid of drug **addiction**.
醫院提供治療活動，幫助人們擺脫藥物成癮。

addiction [əˋdɪkʃən]
ad-「朝向」+ dict-「告訴；指派」+ ion「名詞字尾」
n. 沉溺、成癮、入迷

同義詞
obsession n. 癡迷、念念不忘的事物

反義詞
indifference n. 漠不關心

03 I went abroad with all of my friends' **benediction**.
我帶著所有朋友的祝福出國。

benediction [ˏbɛnəˋdɪkʃən]
bene-「好的」+ dict「說話」+ ion「名詞字尾」
n. 祝福、祝願、（禮拜結束時的）賜福祈禱

記憶秘訣
良善的話語 → 祝福；祝願

反義詞
condemnation
n. 譴責、指責

04 There seems to be a **contradiction** between the official's words and his actual deeds.
政客說的話似乎和他的實際作為不一致。

contradiction [͵kɑntrə`dɪkʃən]
contra-「違反」+ dict「說」+ ion「名詞字尾」
n. 矛盾、抵觸、自相矛盾的說法

反義詞
agreement n. 同意、意見一致

05 She **dedicated** her life to conservation of endangered species. 她畢生奉獻於保育瀕危物種。

dedicate [`dɛdə͵ket]
de「下方」+ dic「說」+ ate「動詞字尾」
v. 以……奉獻、把（時間、精力）用於、題獻著作

記憶秘訣
在下方說出表示尊敬的話
→ 奉獻、致力於

同義詞
devote v. 奉獻

06 She is considered a **dictator** in the fashion industry.
她被認為是時尚界的獨裁者。

dictator [`dɪk͵tetɚ]
dict「說」+ at(e)「動詞字尾」+ or「名詞字尾」
n. 獨裁者、口述者

記憶秘訣
說出話語，讓人遵行
→ 獨裁者；口述者

同義詞
autocrat n. 獨裁者、專制者

07 In matters of **diction**, the author has a taste for compound complex sentences. 在修辭方面，這個作者喜歡用複合句。

diction [`dɪkʃən]
diction「說話」
n. 措詞、用語、發音

同義詞
wording/ pronunciation n. 措辭／發音

延伸片語
poetic diction 詩歌措辭

08 The official issued an **edict** forbidding anyone to leave this town. 官員發出布告，禁止任何人離開這個城鎮。

edict [`idɪkt]
e-「出來」+ dict「說話」
n. 官方命令、布告

記憶秘訣 說出來 → 官方命令；布告

同義詞
mandate n. 命令、要求

unit 056

doc(t) 教導

Track 056

內含本跨頁例句之MP3音檔

01

She carefully filed all the **documents** according to alphabetic order.
她將全部文件依字母小心排列。

document [ˋdakjəmənt]

docu「教導」+ -ment「名詞字尾」

n. 公文、文件、證件

記憶秘訣

教導行事原則的文件 → 公文

近義詞

certificate n. 證書、證明

02

The **docent** led the children into the astronomy observatory. 講解員把孩子們帶進去天文觀測站。

docent [ˋdosnt]

doc「教導」+ -ent「名詞字尾」

n. 講師、嚮導、講解員

同義詞

instructor/ lecturer n. 講師

03

Labrador Retrievers are gentle, **docile** dogs.
拉不拉多是溫和，易教導的犬種。

docile [ˋdasl]

doc「教導」+ -ile「形容詞字尾」

adj. 馴服的、易駕馭的、可教的

記憶秘訣

很好教導的 → 易馴服的

同義詞

obedient adj. 順從的

04 He earned his **doctorate** in philosophy in France.
他在法國獲得哲學博士學位。

doctorate [ˋdaktərɪt]
doct「教」+ or「人」+ ate「職位」
n. 博士頭銜、博士學位

記憶秘訣 具有博士的能力 → 博士頭銜；博士學位
延伸片語 receive/ obtain doctorate 取得博士學位／頭銜

05 Since they were born, the children have been taught a **doctrine** of honesty. 從出生開始，這些孩子就被教導誠實的信條。

doctrine [ˋdaktrɪn]
doctr「博士；學者」+ -ine「名詞字尾」
n. 教義、主義、信條、學說

記憶秘訣
學者所傳授的原則
→ 教義；主義；信條
同義詞 creed n. 信條、信念

06 He provided no **documentary** evidence for his tall tales. 他無法提出任何文件的證據來證明他所說的那些經歷。

documentary [ˏdakjəˋmɛntərɪ]
document「文件」+ -ary「形容詞字尾」
adj. 文件的、（電影、電視等）記錄的 n. 紀錄片、紀錄節目

延伸片語
documentary evidence 書面證據
近義詞
narrative adj. 講述的、敘述的

07 People were **indoctrinated** into believing that their leader was the incarnation of wisdom.
人民受到灌輸，相信他們的領導人是智慧的化身。

indoctrinate [ɪnˋdaktrɪˏnet]
in-「進入」+ doctri「教義」+ n + -ate「動詞字尾」
v. 教訓、教導、向……灌輸（學說或信仰等）

記憶秘訣
將教條輸入一個人的腦海中 → 教導；向……灌輸
同義詞 brainwash v. 對……洗腦、對……強行灌輸

08 He is a **doctrinaire** who never makes any attempt to put his ideals into practice.
他是一位空談家，從不曾試圖要實現理想。

doctrinaire [ˏdaktrɪˋnɛr]
doctrine-「教義」+ aire「名詞／形容詞字尾」
adj. 教條的、迂腐的 n. 空談家

近義詞 dogmatic adj. 武斷的、自以為是的、教條的
反義詞
flexible adj. 有彈性的、靈活的

domin 統治；管理

01 I think this issue is outside the **domain** of archeology.
我認為這個議題不屬於考古學的範圍。

domain [do`men]

domain「統治」

n. 領土、領土權、地產、 領域、範圍

同義詞

territory n. 領土

延伸片語

public domain 公共領域

02 The Mongolian Empire was divided in the thirteenth century **AD**.
蒙古帝國在公元十三世紀分裂。

Anno Domini [͵ænəʊ `dɑmɪnaɪ]

Anno「年」+ Domini「公元」

adv. 公元、西元、紀元（略作AD）

記憶秘訣

耶穌誕生後的紀年

→ 公元；西元；紀元

03 Internet's **dominance** over other media is self-evident.
網路勝過其他媒體的優勢已經很明顯。

dominance [`dɑmənəns]

domin「統治」+ -ance「名詞字尾」

n. 優勢、支配地位、統治地位

同義詞

sovereignty n. 主權、統治權

反義詞

powerlessness n. 無能為力

04 The catering industry is **dominated** by two local corporations. 餐飲業受到當地兩家企業的管理。

dominate [ˋdɑmə͵net]
domin「管理」+ -ate「動詞字尾」
v. 支配、統治、佔主要地位、俯視、具壓倒性優勢、管理

同義詞
control/ prevail v. 控制／占上風、流行
反義詞
obey v. 順從

05 The musician was arrogant, **domineering**, and never listened to anyone. 這位音樂家傲慢跋扈，從來不聽任何人的話。

domineering [͵dɑməˋnɪrɪŋ]
domineer「支配」+ -ing「形容詞字尾」
adj. 盛氣凌人的

記憶秘訣
好支配人的 → 跋扈的
同義詞 arrogant adj. 自負的、狂妄的、傲慢的

06 The Roman Empire once held **dominion** over a vast area. 羅馬帝國曾統治很大的地區。

dominion [dəˋmɪnjən]
domin「統治」+ ion「名詞字尾」
n. 統治、管轄、統治權、領地

記憶秘訣
主人的勢力範圍 → 統治；領地
反義詞
submission n. 順從、屈服

07 The athlete had an **indomitable** will to succeed.
這位運動員具有不屈不撓，想要成功的意志。

indomitable [ɪnˋdɑmətəbl̩]
in-「不」+ domit「馴服」+ -able「形容詞字尾」
adj. 不服輸的、不屈不撓的、堅定的

記憶秘訣
無法馴服的 → 不屈不撓的
同義詞
unyielding adj. 堅定的、固執的

08 The entrepreneur takes pride in the company's **predominance** in the aviation industry.
企業家對於自己公司在航空業占有優勢地位感到很自豪。

predominance [prɪˋdɑmənəns]
pre-「在……之前」+ domin「管理」+ ance「名詞字尾」
n. 卓越、優勢、控制地位

記憶秘訣
在最前面的統治狀態 → 卓越
反義詞
surrender n./ v. 投降

unit 058

don, dat 給予；施捨

Track 058
內含本跨頁例句之MP3音檔

01 I've got a **date** with Lora tomorrow night.
我和蘿拉明天晚上有約會。

date [det]

date「日期」

n. 日期、日子、時期、約會

記憶秘訣

把時間給予別人 → 約會

近義詞

appointment n. 約會、約定

02 A man who cheats on the exams tends to **condone** these practices in his friends.
一個會在考試作弊的人，通常會原諒朋友也這麼做。

condone [kən`don]

con「完全」+ done「給予」

v. 寬恕、寬容

記憶秘訣

完全給予同意 → 寬恕；寬容

同義詞 forgive v. 原諒

03 All the **data** shows that these plants are much more adaptable than we thought.
所有的資料顯示，這些植物比我們想像的還更能夠適應環境。

data [`detə]

dat「給予」+ a

n. 資料、數據

記憶秘訣

授與他人，以供參考的東西 → 資料；數據

同義詞 statistics n. 數據資料

04 If you can identify with us after reading our proposal, please **donate** as much as you can.
如果您看過我們的提案之後覺得不錯，希望您盡可能捐助我們。

donate [ˋdonet]
don「給予」+ ate「動詞字尾」
v. 捐獻、捐贈

同義詞
grant v. 授予
近義詞
withhold v. 扣留、拒絕給予

05 The **donation** affirms the contribution of our medical team. 這筆捐款肯定了我們醫療團隊的貢獻。

donation [doˋneʃən]
don「給予」+ -ation「名詞字尾」
n. 捐獻、捐款

同義詞 bequest n. 遺贈、遺產
延伸片語
make a donation（做）捐贈

06 It's not easy to find a kidney **donor**.
找到腎臟捐贈者並不容易。

donor [ˋdonɚ]
don「給予」+ -or「行為者」
n. 捐贈者

近義詞
patron/ benefactor v. 贊助者／捐助人
延伸片語
an organ donor 器官捐贈者

07 The princess is **endowed** with both good looks and brains. 這位公主天生具有美貌與智慧。

endow [ɪnˋdaʊ]
en-「進入」+ dow「給予」
v. 捐贈、資助、賦予

記憶秘訣 產生給予的狀態 → 賦予
同義詞
subsidize v. 給予……津貼、資助

08 I beg you a **pardon**. I suppose I should inform you about the change in advance.
請原諒。我應該要事先通知您會有這項改變的。

pardon [ˋpɑrdn]
par「完全」+ don「給予」
v. 原諒、赦免

記憶秘訣
完全給予 →寬恕、原諒
同義詞
forgive v. 原諒

unit 059

duc, duct 引導；引入；帶來

Track 059
內含本跨頁例句之MP3音檔

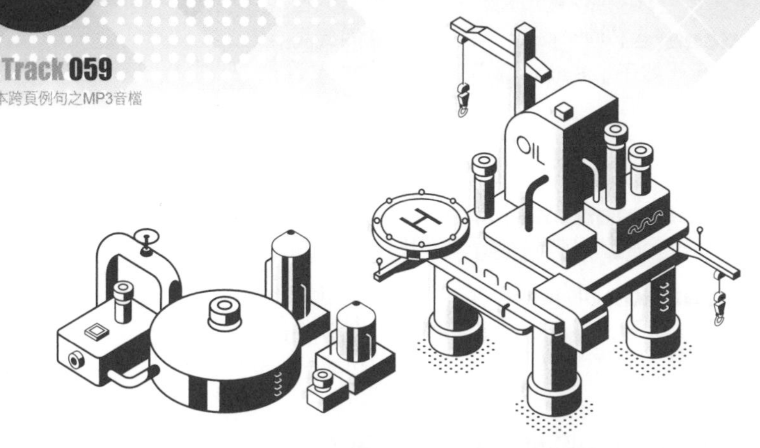

01 The fresh water is circulated through large **ducts** to all parts of the factory. 淡水透過大型管道輸送到工廠各個地區。

duct [dʌkt]
duct「引導」
n. 輸送管、導管、管道、管路

同義詞 tube n. 管、道
延伸片語
tear duct 淚管

02 The police caught the man who tried to **abduct** the girl. 警察抓住了那位企圖拐走女孩的人。

abduct [æb`dʌkt]
ab-「離開」+ duct「引導」
v. 誘拐、綁架、劫持

記憶秘訣
引導使之離開 → 綁架
同義詞
kidnap v. 綁架、挾持

03 There is an **aqueduct** underneath the building. 這棟建築底下有一條導水管。

aqueduct [`ækwɪˏdʌkt]
aque-「水」+ duct「引導」
n. 溝渠、導水管、高架

記憶秘訣
引導水的東西 → 導水管
同義詞
channel n. 管道、通道、航道、電視台

04 They will **conduct** a survey of learners' preference.
他們將進行一個學習者偏好的調查。

conduct [kən`dʌkt]
con-「一起」+ duct「引導」
v. 引導、帶領、進行、管理、指揮（樂隊等）、傳導（熱、電等）

記憶秘訣
一起引導 → 指揮；管理；帶領
同義詞
direct v. 管理、指導

05 Semi-**conductor** is a kind of material that has been widely used in electronic industry.
半導體是一種廣泛運用於電子業的材料。

conductor [kən`dʌktɚ]
con-「一起」+ duct「引導」+ -or「行為者」
n. 領導者、管理人、指揮、導體

近義詞
director/ manager n. 管理者／主管
反義詞
employee n. 員工

06 What can you **deduce** from the clues?
從這些線索你能推斷出什麼？

deduce [dɪ`djus]
de-「下」+ duce「引導」
v. 演繹、推論

記憶秘訣
向下推演 → 推論；追溯
同義詞
surmise v. 推測、臆測

07 It's a story about how a young **duke** initiated a campaign to help local peasants.
這是關於一位年輕公爵發起運動幫助本地農夫的故事。

duke [djuk]
duke「領導；引導」
n. 公爵、（舊時歐洲部分小公國的）君主

記憶秘訣
領導的人 → 公爵；君主

08 The aroma of the herb can **induce** sleep.
這種藥草的香氣會使人昏昏欲睡。

induce [ɪn`djus]
in-「進入」+ duce「引導」
v. 引誘、勸、引起、導致

記憶秘訣
引導進入 → 引發；導致
近義詞
coax/ persuade v. 哄騙／說服

unit 060 equa(i) 相等的；均等的；平穩的

內含本跨頁例句之MP3音檔

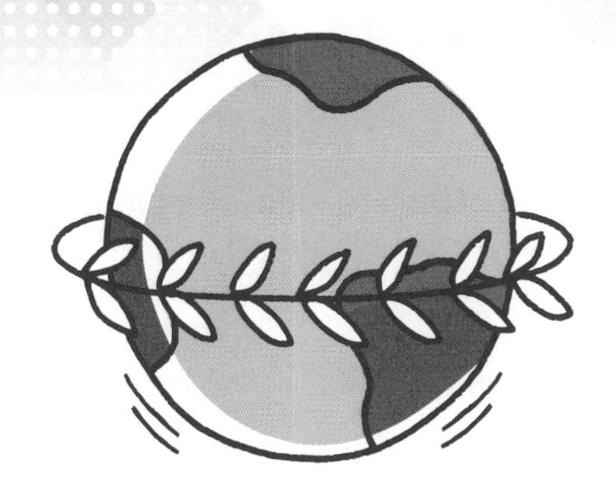

01 He conducted an anthropological research in a small town near the **equator**. 他在赤道附近的一個小鎮進行人類學的研究。

equator [ɪˋkwetɚ]

equat(e)「使成為均等」+ -or「名詞字尾」 n. 赤道

記憶秘訣

均分地球的一條線 → 赤道

02 The space in the food court is not **adequate** to accommodate crowds of diners on weekends.
美食街的空間無法容納假日用餐的人潮。

adequate [ˋædəkwɪt]

ad-「朝向」+ equate「相等的」

adj. 足夠的、適當的、勝任的

記憶秘訣

符合要求的標準 → 合適的

同義字 competent n. 有能力的、稱職的

03 We need a new policy to **equalize** the distribution of resources throughout the country.
我們需要一個新政策，讓資源在全國分配均衡。

equalize [ˋikwəl͵aɪz]

equal「相等的」+ -ize「動詞字尾」

v. 使相等、使平等、使均等

近義片語

even up 使平均

反義字 differ v. 與……不同

04 He faced the predicament with **equanimity**.
他冷靜地面對困境。

equanimity [ˌikwəˋnɪmətɪ]
equ「平穩的」+ anim「心」+ -ity「名詞字尾」
n. 平靜、鎮定

記憶秘訣
平穩的心 → 平靜；鎮定
同義字
calmness/ serenity n. 平靜

05 They expect to achieve the **equilibrium** of supply and demand by the end of the month.
他們預期能在月底之前達成供需的平衡。

equilibrium [ˌikwəˋlɪbrɪəm]
equi「相等的」+ librium「平衡」
n. 相稱、平衡、均勢、心情平靜

記憶秘訣
平衡穩定的狀態
→ 均衡
同義字 calmness n. 冷靜

06 The vernal **equinox** had already passed.
春分已經過了。

equinox [ˋikwəˌnɑks]
equi「相等的」+ nox「夜」
n. 晝夜平分時、春分、秋分

記憶秘訣
日夜長度相等 → 晝夜平分時
延伸片語
the vernal/ autumn equinox 春／秋分

07 She's doing the **equivalent** job but for less money.
她的工作內容性質相同，但錢比較少。

equivalent [ɪˋkwɪvələnt]
equi「相等的」+ val(e)「強大的」+ -ent「形容詞／名詞字尾」
adj. 相等的；相同的；等價的
n. 相等物、等價物、同義字

記憶秘訣
力量或價值相等 → 相等的；相同的
近義字
comparable/ equal adj. 相當的、可比的／相當的

08 He was rather **equivocal** about her marriage.
他對於自己的婚姻的講法很模稜兩可。

equivocal [ɪˋkwɪvəkl̩]
equi「相等的」+ vocal「叫喊」 adj. 有歧義的、模稜兩可的、不確定的

記憶秘訣 相等的音量或重要性
→ 模稜兩可的
同義詞 ambiguous adj. 含糊不清的

unit 061

erg, org 工作；造成；引起；進行

Track 061
內含本跨頁例句之MP3音檔

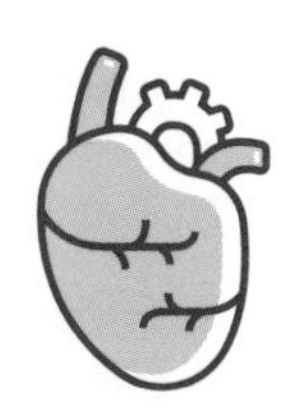
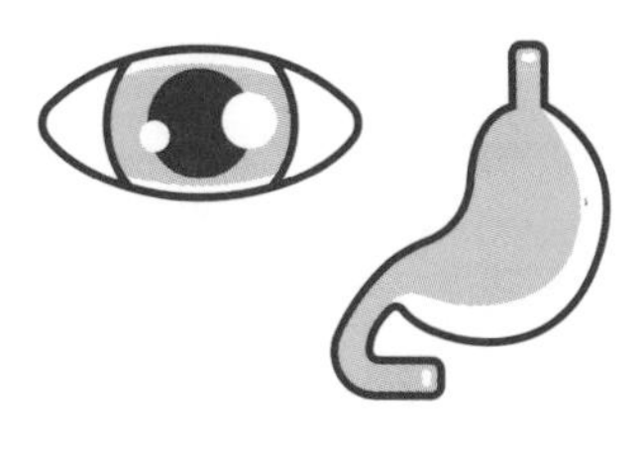

01

More than 1000 people are on the waiting list for **organ** transplants. 有一千多人在器官移植的等待名單中。

organ [ˋɔrgən]
org「工作」+ an「名詞字尾」
n. 器官、組織、管風琴

記憶秘訣
the one that works 人體中進行工作的事物 → 器官

延伸片語
an external/ internal/ reproductive organ 外部／內部／生殖器官

02

They were surprised by the **energetic** supporters. 他們為了精力旺盛的支持者而感到驚喜。

energetic [͵ɛnɚˋdʒɛtɪk]
en-「在裡面」+ erg「工作」+ e + tic「形容詞字尾」
adj. 精力旺盛的、有活力的、積極的

記憶秘訣
形容內在產生運作的能力 → 精神飽滿的

同義詞
lively/ spirited adj. 活躍的／有精神的

03

Susan needs a cup of coffee every morning to **energize** her mind. 蘇姍每天早上都要喝一杯咖啡來提神醒腦。

energize [ˋɛnɚ͵dʒaɪz]
en-「在裡面」+ erg「工作」+ -ize「使……化」
v. 使精力充沛、激發

同義詞
invigorate v. 使活躍

反義詞
calm v. （使）冷靜

04 He learned about materials science and **metallurgy** from his grandfather. 他從祖父那裡學到材料科學和冶金術。

metallurgy [ˋmɛtḷ͵ɝdʒɪ]
metal-「金屬」+ l + urgy「工作」
n. 冶金術

記憶秘訣
冶煉金屬的工作 → 冶金術

05 **Organic** food is considered better for our health. 人們認為有機食品對我們的健康比較好。

organic [ɔrˋgænɪk]
organ「器官」+ -ic「形容詞字尾」
adj. 器官的、有機體的、有機的

同義詞
biological adj. 生理的
延伸片語
organic food/ farmer 有機食品／實行有機栽培的農民

06 The human body is an **organism** that is very complex and delicate. 人體是一個很複雜且脆弱的有機體。

organism [ˋɔrgən͵ɪzəm]
organ「器官」+ -ism「名詞字尾」
n. 生物、有機體、有機組織

同義詞
creature n. 生物
延伸片語
human organism 人體組織

07 He aspired to work for a non-profit environmental **organization**. 他立志要在一個非營利的環保組織工作。

organization [͵ɔrgənəˋzeʃən]
organiz(e)「組織；安排」+ -ation「名詞字尾」
n. 組織、機構、團體

同義詞
institution n. 機構、團體
延伸片語
World Health Organization 世界衛生組織

08 A life of wild **orgies** had cost him his health. 縱慾狂歡的生活讓他賠上了健康。

orgy [ˋɔrdʒɪ]
orgy「引起」
n. 狂歡、放縱

記憶秘訣
進行秘密儀式 → 狂歡；放縱
同義詞 rampage n. 撒野、橫衝直撞、狂暴行為

unit 062 eu 好

內含本跨頁例句之MP3音檔

01 The president wrote the **eulogy** for the late foreign minister. 總統親自為已故的外交部長寫頌詞。

eulogy [ˋjulədʒɪ]

eu-「好」+-logy「說話」

n. 頌詞、讚頌、悼詞

記憶秘訣

好的話 → 頌詞

反義字

blame n. 指責、怪罪

02 For a while, a lot of people promoted **eugenics**. 有一陣子，很多人提倡優生學。

eugenics [juˋdʒɛnɪks]

eu-「好」+ gen「出生」+ -ics「學科；領域」

n. 優生學

延伸片語

to promote eugenics 提倡優生學

03 The firefighter was **eulogized** as a hero. 這位消防員被讚譽為英雄。

eulogize [ˋjulədʒaɪz]

eu-「好」+ -log(y)「說話」+ -ize「動詞字尾」

v. 頌揚

記憶秘訣

說好的話 → 頌揚

近義字

applaud v. 鼓掌、讚許

Part 2 ● 字根 Root

04 "Pass away" is an **euphemism** for "die."
「過世」是「死」的委婉語。

euphemism [`jufəmɪzəm]

eu-「好」+ phem(e)「說話」+ -ism「名詞字尾」

n. 婉轉說法、委婉語

記憶秘訣

好聽的話 → 婉轉的說法

05 The country experienced a period of **euphoria** after winning the championship of the World Cup.
贏得世界盃冠軍之後，這個國家過了一段興奮的時光。

euphoria [ju`forɪə]

eu-「好」+ phoria「承受」

n. 幸福愉悅感、興奮

記憶秘訣

特別指生病時仍維持好的心情 → 心情愉快

同義字

elation n. 興高采烈

06 The public has not reached a consensus on the legalization of **euthanasia**. 大眾對於安樂死的合法化尚未取得共識。

euthanasia [ˌjuθə`neʒɪ]

eu-「好」+ thanas「死亡」+ -ia「名詞字尾」

n. 安樂死

記憶秘訣

好的、快樂的死亡 → 安樂死

延伸片語

to practice euthanasia 實行安樂死

07 The **euphonious** music that the host of the party played was a famous symphony.
派對主人播放的悅耳音樂是一首著名的交響樂。

euphonious [ju`fonɪəs]

eu-「好」+ phon「聲音」+ i + ous「形容詞字尾」

adj. 悅耳的、聲音和諧的

同義字

harmonious adj. 悅耳的

反義字

squawky adj. 刺耳的

08 "Senior citizen" is an **euphemistic** alternation of "old people." 「資深公民」是「老人」的婉轉用語。

euphemistic [jufə`mɪstɪk]

eu-「好」+ phem「說話」+ -istic「形容詞字尾」

adj. 委婉的、婉言的

同義字

inoffensive adj. 無害的、不冒犯人的

反義字

offensive adj. 冒犯人的

unit 063

fac(t), fic, fect

做；製造

Track 063
內含本跨頁例句之MP3音檔

01

He has collected a lot of **artifacts** of Taiwanese aborigines. 他收集了許多台灣原住民的手工藝品。

artifact [ˋɑrtɪ͵fækt]

art「人工」+ i + fact「做」

n. 人工製品、手工藝品、加工品

記憶秘訣

人工製造（的）→ 手工藝品

同義字

handicraft n. 手工藝品

02

The advance of artificial intelligence has greatly **affected** our life. 人工智慧的發展已經影響我們的生活。

affect [əˋfɛkt]

af「朝向」+ fect「做」

v. 影響、對……發生作用

記憶秘訣

對……做某事 → 影響；對……發生作用

同義字

influence v. 影響

03

I am sure she has no **affectation** at all.
我確信，她一點也不做作。

affectation [͵æfɪkˋteʃən]

af「朝向」+ fect「做」+ -ation「名詞字尾」

n. 做作、假裝、裝模作樣

記憶秘訣

特意去做出某種的行為
→ 裝模作樣

反義詞 honesty n. 誠實、誠信

04

He seldom uses **artificial** sweetener in her coffee.
他很少在咖啡中加入人工糖精。

artificial [ˌɑrtəˋfɪʃəl]
arti「人工」+ fici「做」+ -al「形容詞字尾」
adj. 人工的、人造的、矯揉造作的、不自然的

記憶秘訣
形容人工製造的形式 → 人工的

反義字
genuine adj. 真實的、真誠的

05

The hospital received $0.5 million from an anonymous **benefactor**.
一位不具名的捐款者捐給這家醫院五十萬元。

benefactor ˋbɛnəˌfæktɚ]
bene-「好；善」+ fact「做」+ -or「名詞字尾」
n. 捐助人、恩人、贊助人

記憶秘訣
做善事的人 → 捐助人；恩人

近義字
supporter n. 支持者、擁護者

06

The entrepreneur has sponsored many **beneficent** projects.
這位企業家贊助過很多慈善計畫。

beneficent [bɪˋnɛfəsənt]
bene-「好；善」+ fic「做」+ -ent「形容詞字尾」
adj. 行善的、慈善的

記憶秘訣
做善事 → 行善的

反義字
malicious adj. 惡意的、惡毒的

07

Ketogenic is highly **beneficial** to your health.
生酮飲食對你的健康很有幫助。

beneficial [ˌbɛnəˋfɪʃəl]
bene-「好；善」+ fic「做」+ -ial「形容詞字尾」
adj. 有益的、有利的、有幫助的

記憶秘訣
能帶來好處的 → 有益的；有利的

同義字
helpful adj. 有益的

unit 064 fer 攜帶；承受；生產；結果

Track 064
內含本跨頁例句之MP3音檔

01

This is how these projects **differ**.
這正是這些方案的不同之處。

differ [ˋdɪfɚ]
dif-「離開」+ fer「攜帶」
v. 不同、相異、意見不同

記憶秘訣
carry apart 帶離開彼此 → 不同；相異

同義字
diverge/ vary v. 出現差異／（使）不同

02

We have to **confer** with the client before we draw up the contract. 我們得在草擬合約前和客戶商議一下。

confer [kənˋfɝ]
con-「一起」+ fer「攜帶」
v. 商談、授予（學位）、賦予

記憶秘訣
把意見一起帶來 → 商談；授予

同義字
negotiate v. 協商

03

The **conference** will be held in Singapore next year.
會議明年將在新加坡舉行。

conference [ˋkɑnfərəns]
confer「商談」+ -ence「名詞字尾」
n. 會議、討論會、協商會、會談、（體育隊等的）聯盟

記憶秘訣
一起商談的場合 → 會議

同義詞
meeting n. 會議

04 The manager **deferred** the decision for two weeks.
經理推遲了兩個星期才做決定。

defer [dɪˋfɝ]
de-「離開」+ fer「攜帶」
v. 推遲、使展期

記憶秘訣
carry apart 帶離 → 推遲；使延期
同義詞
delay/ postpone v. 延期、延遲

05 As a child, he was able to **differentiate** varieties of insects. 還是小孩子時，他就能鑑別各種昆蟲。

differentiate [ˏdɪfəˋrɛnʃɪˏet]
dif-「離開」+ fer「攜帶」+ enti「形容詞字尾」+ ate「動詞字尾」
v. 使有差異、構成……間的差別、區別、鑑別

記憶秘訣
使產生差異 → 使有差異
近義字
discern v. 辨別；識別

06 She tracks her **fertility** by monitoring her menstruation cycle. 她記錄自己的月經周期來追蹤易受孕期。

fertility [fɝˋtɪlətɪ]
fert-「生產」+ -ility「名詞字尾」
n. 繁殖力、肥沃

記憶秘訣
能夠產生後代 → 繁殖力
同義字
potency n. （男子的）性能力

07 I **infer** that his proposal has been rejected.
我推測他的建議已被拒絕。

infer [ɪnˋfɝ]
in-「進來」+ -fer「攜帶」
v. 推斷、推論、意味著

記憶秘訣
帶進一種想法 → 推斷；推論
同義字
assume v. 假設

08 I am grateful to their kind **offer** of help.
我很感激他們想給予幫助的好意。

offer [ˋɔfɚ]
of-「朝向」+ -fer「攜帶」
v. 提供、拿出、提議、開價
n. 提供；提議；開價

記憶秘訣
帶到面前 → 提供；拿出；提議
同義字
provide v. 提供

unit 065 fid 信任

內含本跨頁例句之MP3音檔

01 She is **confident** that her son can survive the challenge.
她很有信心，她兒子會通過考驗。

confident [ˋkɑnfədənt]

con-「一起」+ -fid「信任」+ -ent「形容詞字尾」

adj. 確信的；有信心的

記憶秘訣

全然信任 → 確信的；有信心

反義字

doubtful adj. 疑惑的

02 He is my lifelong friend and **confidant**.
他是我的終生好友以及知己。

confidant [ˏkɑnfɪˋdænt]

con-「共同」+ -fid「信任」+ -ant「名詞字尾」

n. 知己、密友

記憶秘訣

非常信任的人 → 知己；密友

反義字

enemy/ foe n. 敵人

03 The novice worker **confided** the confidential information to the opponent. 新進人員把機密資訊都透露給對手知道。

confide [kənˋfaɪd]

con-「全然」+ -fide「信任」

v. 透露；吐露；吐露秘密

記憶秘訣

相信而分享秘密 → 透露；吐露

同義字

admit/ confess v. 承認

04

The leak of **confidential** information was connected to the corruption of the officer.
這次機密情報的洩漏與官員貪污有關。

confidential [ˌkɑnfəˋdɛnʃəl]
confident-「自信的」+ -ial「形容詞字尾」
adj. 秘密的、機密的

記憶秘訣
只有信賴的人才能知道 → 秘密的

同義字
revealed adj. 揭露的

05

He **defied** the law and left graffiti on the wall of the historic relics. 他蔑視法律，並在古蹟牆上留下塗鴉。

defy [dɪˋfaɪ]
de-「離開」+ fy「信賴」
v. 公然反抗、蔑視、向……挑戰

記憶秘訣
離開信賴的狀態 → 違抗

近義字
oppose/ confront v. 反對／對抗

06

He fought for a chance to become a member of this new **federal** system of government.
他爭取成為新聯邦政府一員的機會。

federal [ˋfɛdərəl]
feder-「信念上同盟」+ -al「形容詞字尾」
adj. 聯邦的

記憶秘訣
基於同一信念的契約 → 聯邦的

延伸片語
federal government 聯邦政府

07

She is a **diffident**, gentle person.
她是一個害羞、溫和的人。

diffident [ˋdɪfədənt]
dif-「離開」+ fid-「信任」+ -ent「形容詞字尾」
adj. 缺乏自信的、羞怯的

記憶秘訣
形容脫離自信的狀態 → 缺乏自信的

反義字
aggressive adj. 好鬥的、挑釁的

08

Jack never doubts his wife's **fidelity**.
傑克從不懷疑他太太的忠貞。

fidelity [fɪˋdɛlətɪ]
fidel-「信任；信仰」+ -ity「名詞字尾」
n. 忠誠；忠貞

同義字
devotion/ loyalty n. 忠誠

反義字
disloyalty n. 不忠誠

unit 066 fin 結束；界限；限制；邊界

Track 066
內含本跨頁例句之MP3音檔

01 He was **confined** to bed, for he suffered from bone fracture in the car accident. 他因為在車禍中骨折而臥病在床。

confine [kən`faɪn]
con-「一起」+ fine「限制」
v. 限制、幽禁、使臥床

記憶秘訣
限制在同個範圍內 → 限制

同義字
constrain/ restrict v. 限制／約束

02 Japanese has some **affinity** to Mandarin. 日文和中文有些相似。

affinity [ə`fɪnətɪ]
af-「朝向」+ fin「邊界」+ ity「名詞字尾」
n. 類同、喜好、傾向、密切關係

記憶秘訣
兩者的邊界接合在一起
→ 傾向；相像；緊密關係

同義字
affection n. 喜愛、摯愛

03 How do you **define** beauty? 你如何定義「美」？

define [dɪ`faɪn]
de-「全然」+ fine「限制」
v. 解釋、給……下定義、使明確

記憶秘訣
描述所有的界限
→ 定義

近義字
characterize v. 歸納為……的特徵

04 The encyclopedia gives a clear **definition** of this professional term.
百科全書對這個專有名詞下了清楚的定義。

definition [ˌdɛfəˋnɪʃən]
de「下」+ fin「限制」+ ition「名詞字尾」
n. 定義、釋義、（攝影的）清晰度

近義字
explanation/ interpretation n. 解釋、說明
反義字
question n. 問題、疑問

05 This might be their **final** chance.
這可能是他們的最後一次機會。

final [ˋfaɪnḷ]
fin「末端」+ -al「形容詞字尾」
adj. 最後的、最終的、決定性的
n. 決賽、期末考

同義字
eventual/ ultimate adj. 最終的
反義字
beginning n. 開頭、開端

06 The fireworks were the grand **finale** of the festival.
慶典的終曲是盛大的煙火。

finale [fɪˋnɑlɪ]
finale「末端」
n. 終曲、末樂章、終場

字根小教室
finale原為義大利文。
同義字
denouement n. （故事的）結局、結果

07 This educational project is adequately **financed**.
這個教育計劃資金充足。

finance [faɪˋnæns]
fin「結束」+ ance「名詞字尾」
n. 財政、金融、財政學、資金
v. 供資金給……

記憶秘訣 訂出還款的期限 → 財政；金融
同義字
fund v. 資助、為……提供資金

08 He paid a fifty-dollar **fine** for speeding.
他因超速付了五十元的罰金。

fine [faɪn]
fin「結束」+ e
n. 罰金 v. 處……以罰金

記憶秘訣
案件結束時所繳的錢 → 罰金
同義字
punishment n. 懲罰

unit 067 flo(u)r 花

Track 067
內含本跨頁例句之MP3音檔

01

We don't encourage using **flowery** sentences in your composition. 我們不鼓勵在作文中使用詞藻華麗的句子。

flowery [ˋflaʊərɪ]

flower「花」+ -y「形容詞字尾」

adj. 花的、花似的、用花裝飾的、多花的、詞藻華麗的

同義字

grandiloquent adj. 賣弄詞藻的、言詞浮誇的

反義字

plain adj. 樸實的、單純的

02

Water pollution is damaging the **flora** and fauna of the island. 水污染正在危害島上的動植物群。

flora [ˋflorə]

flor「花」+ a

n. 植物群

同義字

plant n. 植物

延伸片語

flora and fauna 動植物群

03

This music genre did not reach full **florescence** until the 1980s. 這個音樂類型直到1980年代才達到全盛期。

florescence [floˋrɛsns]

floresc「花」+ -ence「名詞字尾」

n. 開花、全盛期

記憶秘訣

從花初開到盛開
→（花）全盛期

同義詞

blossoming n. 開花

04 We found some unknown alpine **florets** by the hiking trail. 我們在登山步道旁發現不知名的高山小花。

floret [ˋflorɪt]

flor「花」+ -et「小」

n. 小花

延伸片語

alpine floret 高山小花

05 The landlord used most of his farms for **floriculture**. 地主用大部分的農地來進行花卉栽培。

floriculture [ˋflorɪˏkʌltʃɚ]

flori「花」+ culture「栽培」

n. 花卉栽培（業）、花卉園藝學

延伸片語

floriculture industry 花卉產業

06 This type of flower **flourishes** in the temperate zones. 這種花在溫帶地區生長茂盛。

flourish [ˋflɝɪʃ]

flour「開花」+ -ish「動詞字尾」

v.（植物）繁茂；（事業）興旺；處於旺盛時期；手舞足蹈；揮舞

記憶秘訣

如花盛開 → 繁茂；興旺

同義詞

prosper v. 繁榮、昌盛

07 Mix the **flour** and butter to make pastry. 把麵粉和奶油混在一起做成麵糰。

flour [flaʊr]

flour「粉」

n.（穀類磨成的）麵粉

記憶秘訣

花是植物最纖細的部份，如同麵粉是纖細的粉末 → 麵粉；粉

延伸片語

unbleached flour 未漂白的麵粉

08 He only had some **cauliflower** and mashed potatoes for dinner. 他晚餐只吃了一些花椰菜和馬鈴薯泥。

cauliflower [ˋkɔləˏflaʊɚ]

caul「芸苔類植物」+ i + flower「花」

n. 花椰菜

記憶秘訣

flowered cabbage 開花的甘藍菜 → 花椰菜

unit 068 flu 流動

內含本跨頁例句之MP3音檔

01 We should keep **fluid** balance to prevent dehydration.
我們要保持體內水分平衡，防止脫水狀態。

fluid [ˋfluɪd]

flu「流動」+ id「名詞／形容詞字尾」

n. 流體、液體

adj. 流動的、液體的、易變的、不固定的

記憶秘訣

流動的物體 → 液體；流動的

同義字

unstable adj. 不穩定的、易變動的

02 He lives in an **affluent** and upper-class district.
他住在一個富裕、高級的地區。

affluent [ˋæfluənt]

af-「朝向」+ flu「流動」+ -ent「形容詞字尾」

adj. 富裕的、豐富的

記憶秘訣

金錢四處流動 → 富裕的；富饒的

同義字

wealthy adj. 富裕的

03 The **effluent** from the factory was dumped into the river.
這家工廠的污水排入河中。

effluent [ˋɛfluənt]

ef-「向外」+ flu「流動」+ -ent「名詞／形容詞字尾」

n. 廢水、污水、排出物 adj. 流出的

近義字

sewage n. 汙水

04 The doctor confirmed that a resident in the city has died from H5N1 avian **flu**. 醫師證實，社區一位居民已死於H5N1禽流感。

flu [flu]

flu「流行性感冒」

n. 流行性感冒

近義字

disease/ epidemic n. 疾病／傳染病

延伸片語

to catch/ get/ have (the) flu 患／染／得流感

05 The price of gold can **fluctuate** from day to day. 黃金價格每日波動。

fluctuate [ˋflʌktʃʊˏet]

fluct「流動」+ uate「動詞字尾」

v. 波動、變動

近義字

oscillate v. 來回擺動、震動、震盪

反義字

remain v. 維持、停留

06 She was **fluent** in Korean and Japanese. 她能講流利的韓文與日文。

fluent [ˋfluənt]

flu「流動」+ -ent「形容詞字尾」

adj. 流利的；流暢的

近義字

eloquent adj. 雄辯的、有說服力的

反義字

unfluent adj. 不流利的、不流暢的

07 These foreign investors had too much **influence** over government policy. 這些外國投資者對政府政策有太大的影響。

influence [ˋɪnflʊəns]

in-「進入」+ flu「流動」+ -ence「名詞字尾」

n. 影響、作用、權勢、有權勢者

v. 影響

記憶秘訣

力量流入人體 → 影響

同義字

impact/ effect v. 影響

08 A large **influx** of immigrants filled the building. 大批湧進的移民者擠滿了大樓。

influx [ˋɪnflʌks]

in-「進入」+ flux「流動」

n. 湧進、匯集、流入、河流的匯流處

同義字

inflow n. 湧入、流入

反義字

retreat v. 退卻、撤退

unit 069

fort 強壯的；有力的

Track 069
內含本跨頁例句之MP3音檔

01 This hill is used as a **fortress** of the wealthy man's mansion. 這座山丘被當作是保護有錢人家豪宅的堡壘。

fortress [ˋfɔrtrɪs]
fortr「強壯的」+ -ess「名詞字尾」
n. 要塞；堡壘

同義字
citadel n. 要塞、城堡、堡壘

02 My religious belief gave me **comfort** in those hard times. 我的宗教信仰使我在那段艱困時期獲得撫慰。

comfort [ˋkʌmfɚt]
com「加強」+ fort「強壯的」
n. 安逸；舒適；安慰
v. 安慰

記憶秘訣
使具有力量 → 安慰

延伸片語
to comfort sb. 安慰某人

03 The **force** of the explosion destroyed several buildings. 爆炸的力量摧毀了幾間建築。

force [fors]
force「有力的」
n. 力、力量、暴力、武力、影響

同義字 strength n. 力量

延伸片語
force sb. to do sth. 強迫某人做某事

04 The Bohemian girl made a **forceful** impression on me.
波西米亞女孩給我留下了很深刻的印象。

forceful [forsfəl]

force「有力的」+ ful「形容詞字尾」

adj. 強有力的

同義字

vigorous/ energetic adj. 有力量的／有精力的

反義字 inactive/ weak adj. 不活躍的／虛弱的

05 Track and field is his **forte**.
田徑是他的特長。

forte [ˋforte]

forte「強壯的」

n. 特長、專長

記憶秘訣

最有力的那個點 → 特長；專長

反義字

inability n. 無能

06 His position is **fortified** because of the national prosperity. 最近國運興旺，使他的地位更為加強。

fortify [ˋfɔrtəˏfaɪ]

fort「強壯的」+ i + -fy「動詞字尾」

v. 築防禦工事於、增強、加固……的結構、支持

記憶秘訣

使產生力量 → 增強；加固……的結構；支持

近義字

support v. 支持

07 He met all the difficulties in life with great **fortitude**.
他以無比堅忍的態度面對人生中的所有困難。

fortitude [ˋfɔrtəˏtjud]

fort「強壯的」+ i + -tude「名詞字尾」

n. 剛毅、堅忍

同義字

grit n. 勇氣、毅力、砂礫

反義字

cowardice n. 懦弱

08 The river banks were **reinforced** with tons of sandbags.
河的兩岸以大量的沙袋補強。

reinforce [ˏriɪnˋfɔrs]

re-「再」+ in-「使」+ force「強壯的」

v. 加強、補充、加固、強化

記憶秘訣

使之更有力量 → 加強

反義字

diminish v. 減少、降低

unit 070 form 形狀

內含本跨頁例句之MP3音檔

01 It usually takes many years to **deform** a plastic bag.
分解一個塑膠袋通常要花上好幾年的時間。

deform [dɪˋfɔrm]

de「反轉；解除」+ form「形狀」

v. 分解、腐敗

近義字

deface v. 毀壞外觀；損壞

延伸片語

to be deformed by anger

因生氣而變形

02 Activists are now calling for a **reform** of an inhumane act.
激進分子呼籲改革不人道的行為。

reform [ˏrɪˋfɔrm]

re「重新」+ form「形狀」

v. 改革，革新

近義詞

amend v. 修訂；改善

反義詞

ruin v. 使毀滅

03 I think you should write a **formal** letter to show your appreciation. 我認為你應該要寫一封正式的信以表感激。

formal [ˋfɔrml̩]

form「形狀」+ al「形容詞字尾」

adj. 正式的；形式上的

近義詞

offical adj. 官方的

反義詞

informal adj. 非正式的

04 We are required to **conform** to some really absurd staff rules. 我們被要求遵守一些很奇怪的員工規範。

conform [kən`fɔrm]
con「共同」+ form「形狀」
v. 遵照，遵守

記憶秘訣
一起變成一個形狀
→ 遵照；使一致

延伸片語
to conform to 遵守

05 I sit on **platform** A, waiting for the home bound train to arrive. 我坐在A月台上，等待返家的火車進站。

platform [`plæt͵fɔrm]
plat「平的」+ form「形狀」
n. 月台

同義詞
podium n. 講台

延伸片語
platform shoes 厚底鞋

06 You should **inform** him about the change of policy. 你應該要告知他政策上的改變。

inform [ɪn`fɔrm]
in「進入」+ form「形狀」
v. 告知；通知

延伸片語
to inform sb. about sth.
告訴某人某事

近義片語
let sb. know 讓某人知道

07 Students were asked to wear **uniform** to school in the past. 過去學生需要穿制服上學。

uniform [`junə͵fɔrm]
uni「單一」+ form「形狀」
adj. 一致的；相同的 n. 制服

反義字
disorderly adj. 雜亂的

延伸片語
school uniform 學校制服

unit 071

gen, kin

出生；性別；種類；種族

Track 071
內含本跨頁例句之MP3音檔

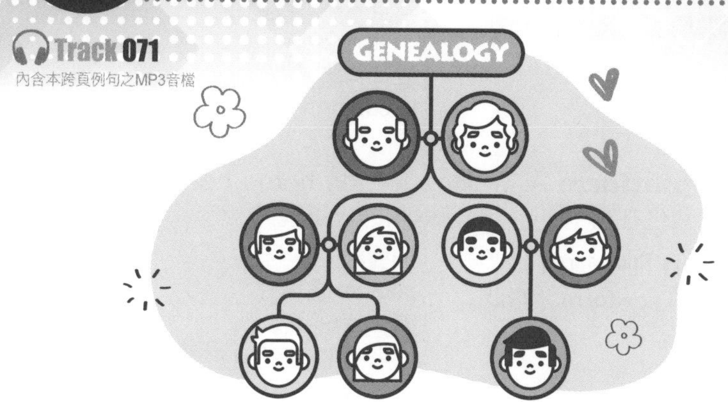

01 The actress studies her **genealogy** to find out where her ancestors were from.
這位女演員追蹤家系譜想知道她的祖先是從哪裡來的。

genealogy [ˌdʒinɪˋælədʒi]
genea「種族」+ logy「學」
n. 家譜、系譜、宗譜學

記憶秘訣
關於種族的歷史的學問
→ 家系

02 The anthropologist visited the **aboriginal** tribe and studied their language.
人類學家拜訪原住民部落，去研究他們的語言。

aboriginal [ˌæbəˋrɪdʒənl]
ab「源自」+ ori「起源」+ gin「種族」+ al「形容詞字尾」
adj. 土著的、原始的、土生土長的

記憶秘訣
起源的種族 → 原始的；土生土長的
反義字 modern adj. 現代的

03 I met a few people **congenial** to me in that city.
我在那個城市裡遇到幾位和我意氣相投的人。

congenial [kənˋdʒinjəl]
con「共同」+ gen「種類」+ ial「形容詞字尾」
adj. 意氣相投的、舒適宜人的

記憶秘訣 同類的
→ 一致的；適合的
反義字
aloof adj. 冷漠的

04 According to the study, heavy metals in food can cause **degeneration**. 根據研究，食物中的重金屬可能導致退化。

degenerate [dɪˋdʒɛnəˏrɪt]

de「離開」+ gener「種類」+ ate「動詞字尾」

v. 退化、惡化、蛻變、衰退、墮落

記憶秘訣

遠離祖傳的特質 → 退化、衰退

同義字

worsen v. 惡化

05 The newspaper's editorial **engendered** controversy. 這家報紙的社論引發爭議。

engender [ɪnˋdʒɛndɚ]

en「使……」+ gender「出生」

v. 引起、產生

記憶秘訣

使之具有某些特性而出生 → 引起

近義字

arouse/ provoke v. 引起／引發

06 The government should ensure security and equality to every citizen regardless of their race, age, and **gender**. 政府應該確保每個國民都享有安全和平等，無論他們的種族、年齡、性別為何。

gender [ˋdʒɛndɚ]

gender「性別」

n. 性別、性

延伸片語

gender discrimination 性別歧視

gender studies 性別研究

07 Scientists are not sure whether depression is caused by **genes** or environment. 科學家不確定憂鬱症是由基因還是環境因素造成的。

gene [dʒin]

gene「出生；種族」

n. 基因

延伸片語

gene therapy 基因治療法

defective gene 缺陷基因

08 The **general** opinion was that the prime minister's speech was a fiasco. 大眾普遍認為首相的演講是個敗筆。

general [ˋdʒɛnərəl]

gener「種類」+ al「形容詞字尾」

n. 普遍的；一般的；概括性的

記憶秘訣

在特定類別中都可看到的 →大眾的

同義詞

individual adj. 個人的、獨特的

unit 072 geo 土地

Track 072
內含本跨頁例句之MP3音檔

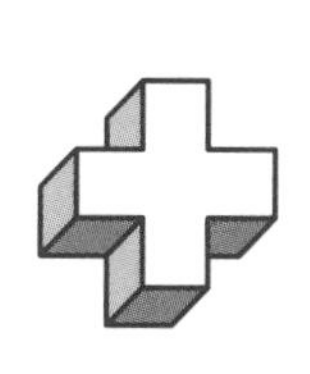
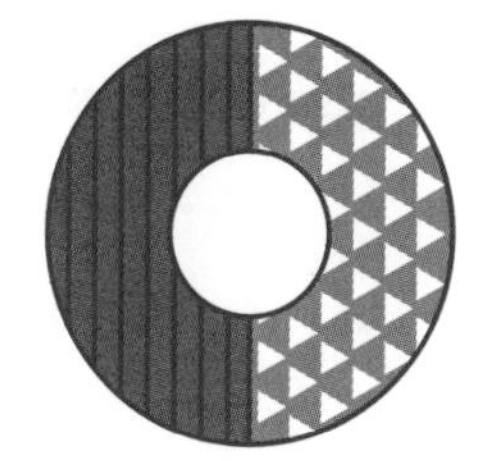
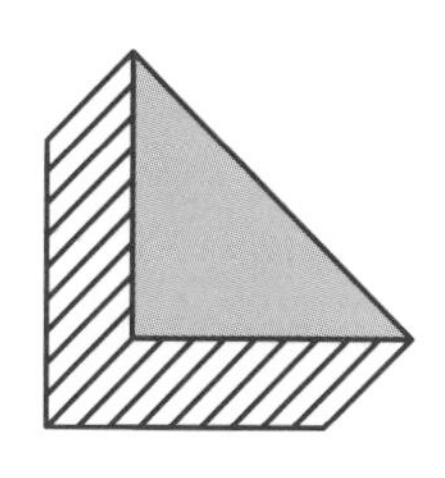

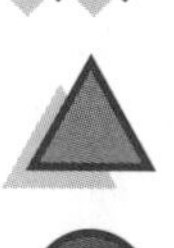

01

Geometric patterns are composed of regular shapes or lines. 幾何圖案是由基本的形狀和線條組成的。

geometric [dʒɪəˋmɛtrɪk]
geo「土地」+ metric「測量」
adj. 幾何的

記憶秘訣
描述測量土地形狀的 → 幾何的

字根小教室
geometry「幾何學」可能源自古埃及測量尼羅河氾濫後的土地的技術。

02

He is interested in the interrelations between **geology** and politics. 他對地理和政治兩方面的交互關係很感興趣。

geology [dʒɪˋɑlədʒɪ]
geo「土地」+ logy「學科」
n. 地理學、地質

記憶秘訣
研究土地的科學 → 地質學；地質情況

03

It's impossible to figure out the **geography** of this hospital. 沒有辦法弄清楚這家醫院的佈局。

geography [ˋdʒɪˋɑgrəfɪ]
geo「土地」+ graphy「畫；寫」
n. 地理學；地形；地勢

記憶秘訣
土地的圖像
→ 地理學；地形

延伸片語
the geography of somewhere
（某地區的）地勢

04 A **geocentric** theory describes the universe as a geocentric system. 地心理論將宇宙描述為一個地心系統。

geocentric [ˌdʒioˋsɛntrɪk]

geo「土地」+ centr「中心」+ ic「形容詞字尾」

adj. 以地球為中心的、由地心出發的

延伸片語

geocentric theory 地心說

05 The **geologist** who found the geyser made this place a tourist spot. 發現間歇泉的地質學家，把這個地方變成一個觀光景點。

geologist [dʒɪˋɑlədʒɪst]

geolog(y)「地質學」+ ist「行為者」

n. 地質學家

延伸片語

to become a geologist
成為地質學家

06 He studies **geophysics** with great enthusiasm. 他興致勃勃地學習地球物理學。

geophysics [ˌdʒioˋfɪzɪks]

geo「土地」+ physics「物理學」

n. 地球物理學

延伸片語

geophysics journal
地球物理學期刊

07 The earth itself is a big **geomagnetic** field. 地球本身就是一個巨大的地磁場。

geomagnetic [ˌdʒiomægˋnɛtɪk]

geo「土地」+ magnet「磁石」+ ic「形容詞字尾」

adj. 地磁的

延伸片語

geomagnetic reversal 地磁逆轉

08 **Geothermal** energy was considered to show tremendous potentiality . 人們認為地熱的前景看好。

geothermal [ˌdʒioˋθɝməl]

geo「土地」+ thermal「熱」

n. 地熱

延伸片語

geothermal power station
地熱發電站

unit 073

grad, gred

步；階；梯級；走

內含本跨頁例句之MP3音檔

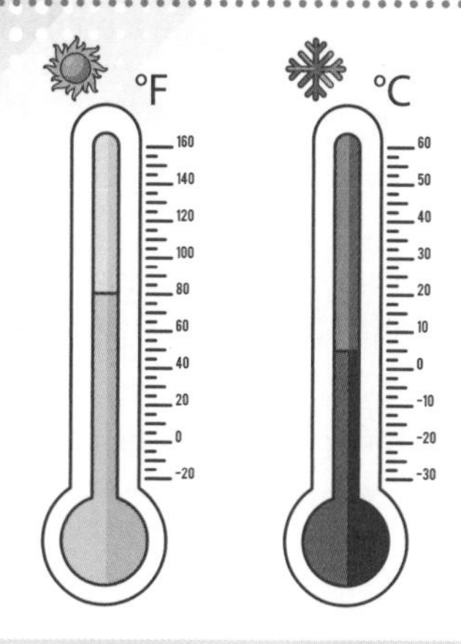

01

The temperature is 34 degrees **centigrade**.
溫度是攝氏34度。

centigrade [ˋsɛntəˏgred]

centi「百」+ grade「部；級」

adj. 百分度的、攝氏的

記憶秘訣
分為100級的
→ 百分度的；攝氏的

延伸片語
centigrade scale 攝氏分度

02

Watch out! These bear are very **aggressive**.
注意！這些熊是具有攻擊性的。

aggressive [əˋgrɛsɪv]

ag「朝向」+ gress「走」+ ive「形容詞字尾」

adj. 侵略的、好鬥的、挑釁的、有幹勁的

記憶秘訣 走出去的
→ 侵略的；好鬥的

近義字
threatening / destructive adj.
威脅的／毀滅性的

03

The scientist found that the cell wall between adjacent cells had **degraded**. 科學家發現，相鄰細胞的細胞壁已經退化。

degrade [dɪˋgred]

de「向下」+ grade「階級」

v. 使降級、降低、剝蝕、退化

記憶秘訣
階級下降
→ 使降級；剝蝕

近義字 deteriorate / diminish v. 惡化／減少

04 The material of these bags is **biodegradable**.
這些袋子的材質是生物可分解的。

biodegradable [ˋbaɪodɪˋgredəbl̩]

bio「朝向」+ degrad「使降解」+ able「形容詞字尾」

v. 使降級、降低、剝蝕、退化

記憶秘訣
可以被細菌分解的
→ 生物可分解的

延伸片語
biodegradable material
可生物分解的材料

05 Members of **Congress** in both houses are directly elected by citizens.
兩個院會的國會議員都是由人民直選的。

congress [ˋkɑŋgrəs]

con「一起」+ gress「走」

n. 會議、代表大會、立法機關

記憶秘訣
大家走到一起交換意見
→ 會議；協會

延伸片語
an international congress
國際代表大會

06 The host of the conference **digressed** for a moment to political issues.
研討會的主持人暫時偏離主題，講到政治議題。

digress [daɪˋgrɛs]

di「離開」+ gress「走」

v. 走向岔道、脫離主題

記憶秘訣
離開原本的道路
→ 走向岔路；離題

延伸片語
digress from...
從某處（話題、主題）偏題

07 It is a hill with a **gradient** of 1 in 3.
這座小山的傾斜度為1:3。

gradient [ˋgredɪənt]

grad「走」+ i + ent「名詞字尾」

n. 坡度、斜度、梯度變化曲線

記憶秘訣
人走的路面
→ 坡度；傾斜度

延伸片語
a steep / gentle gradient 陡／緩坡

unit 074 grat, grac 感激；令人滿意的

Track 074
內含本跨頁例句之MP3音檔

01 I am **grateful** to you for your timely help.
我感激你及時的幫助。

grateful [ˋgretfəl]
grate「感激的」+ ful「形容詞字尾」
adj. 感謝的、感激的

近義字
pleased adj. 開心的、滿意的
反義字
ungrateful adj. 不懂感激的

02 I **congratulate** you on your new position.
我祝賀你的升遷。

congratulate [kənˋgrætʃəˏlet]
con「一起」+ gratul「滿意的」+ ate「動詞字尾」
v. 祝賀、恭喜

記憶秘訣
一起表示快樂 → 祝賀；恭喜
延伸片語
congratulate on sth. 為某事祝賀

03 The scandal was a **disgrace** to the company.
這個醜聞是公司的恥辱。

disgrace [dɪsˋgres]
dis「離開」+ grace「滿意的」
n. 丟臉、恥辱 v. 使丟臉

記憶秘訣
不滿意的行為 → 不光彩
同義字 defame / dishonor v. 詆毀／恥辱

04 The model walked on the catwalk with **grace**.
這位模特兒優雅地走在伸展台上。

grace [gres]
grac「滿意的」+ e
n. 優美、優雅、恩典

記憶秘訣
一種非常滿意的態度
→ 優美；優雅
同義字
elegance n. 優雅

05 Audrey Hepburn played a **graceful** princess in Roman Holiday. 奧黛麗赫本在《羅馬假期》中扮演一位優雅的公主。

graceful [ˋgresfəl]
grace「優雅的」+ ful「形容詞字尾」
adj. 優美的、典雅的

同義字
elegant adj. 優雅的
反義字
ugly adj. 醜陋的

06 He showed his **gratitude** by donating millions of dollars to the nursing home.
他捐了數百萬給這家安養院表示感激。

gratitude [ˋgrætəˏtjud]
grat「感謝的」+ i + tude「名詞字尾」
n. 感激、感謝

同義字
appreciation n. 感謝、欣賞
反義字
condemnation n. 譴責

07 She was saddened by his son's **ingratitude**.
她對兒子的忘恩負義感到很悲傷。

ingratitude [ɪnˋgrætəˏtjud]
in「不」+ grat「感謝的」+ i + tude「名詞字尾」
n. 忘恩負義

近義字
thanklessness n. 不感激
反義字
appreciation n. 欣賞、感謝

unit 075

hab, hibit 有；持有

Track 075
內含本跨頁例句之MP3音檔

01

In this country, some senior citizens would **cohabit** to lower daily expenses.
在這個國家，有些老年人會同居以節省開銷。

cohabit [ko`hæbɪt]
co「一起」+ habit「擁有；居住」
v. 同居

記憶秘訣
一起居住 → 同居

延伸片語
cohabit with sb. 與某人同居

02

He has **exhibited** his sculptures in the art museum.
他在美術館中展出他的雕刻作品。

exhibit [ɪg`zɪbɪt]
ex「向外」+ hibit「持有」
v. 展示、顯出、舉辦展示會
n. 展示品

記憶秘訣
把擁有的東西拿出來
→ 展示

同義字
display v. 展示

03

The house is so small that it is scarcely **habitable**.
這房子這麼小，不適合居住。

habitable [`hæbɪtəbl]
habit「居住」+ able「形容詞字尾」
adj. 可居住的、適於居住的

同義字
livable adj. 可居住的

反義字
uninhabitable adj. 不可居住的

04 The swamp is a **habitat** for some endangered species.
這塊沼澤地是某些瀕危物種的棲地。

habitat [ˋhæbə͵tæt]
habit「居住」+ at「於某處」
n. 棲地、產地

近義字
territory n. 領土、活動範圍
延伸片語
to conserve a habitat 保存棲息地

05 The village has about three hundred **inhabitants**.
這個村子大約有三百個居民。

inhabitant [ɪnˋhæbətənt]
in「在裡面」+ habit「居住於」+ ant「名詞字尾」
n. 居民；棲居的動物

記憶秘訣
居住於某地的人或動物 → 居住的人或動物
同義字
citizen / settler n. 市民／定居者、移民者

06 Don't let negative emotions **inhibit** you from doing your work. 別讓負面情緒妨礙你完成你的工作。

inhibit [ɪnˋhɪbɪt]
in「在裡面」+ hibit「持有」
v. 禁止、阻止

記憶秘訣
從內部捉住 → 約束
同義字
forbid / prohibit v. 禁止

07 They were **prohibited** from discussing salaries with colleagues. 他們被禁止與同事討論薪資。

prohibit [prəˋhɪbɪt]
pro +「先前」+ hibit「持有」
v.（以法令）禁止；阻止

記憶秘訣
事先捉住 → 妨礙、阻礙
同義字
ban v. 禁止

08 A small tribe **inhabited** the riverbank.
有一個小部落居住在河邊。

inhabit [ɪnˋhæbɪt]
in「在裡面」+ habit「居住」
v. 居住於、棲息於

記憶秘訣
住在裡面 → 居住於；棲息於
同義字
reside v. 定居

unit 076 jud, jur, jus
正確；法律；公正

Track 076
內含本跨頁例句之MP3音檔

01 The **jury** found the mother not guilty.
陪審團判定這個母親無罪。

jury [ˋdʒʊrɪ]
jur「法律」+ y
n. 陪審團

記憶秘訣
在法律前宣示的人 → 陪審團

延伸片語
be / sit / serve on a jury
當陪審團（成員）

02 We can't **judge** a person only by appearance.
我們不能只根據外表來評斷一個人。

judge [dʒʌdʒ]
jud「宣示；法律」+ ge
v. 審判、判決、判斷、裁決
n. 法官、裁判

記憶秘訣
說出正確的看法 → 判決；判斷

字根小教室
judge為jus與dicus這兩個字根的複合字。

03 The victim's family demanded an independent **judicial** inquiry. 受害者的家屬要求獨立的司法調查。

judicial [dʒuˋdɪʃəl]
judic「裁判」+ ial「形容詞字尾」
adj. 司法的、法庭的、公正的、公平的

延伸片語
the judicial system 司法制度
a judicial enquiry / review
司法質詢／審查

04 It is **judicious** to show respects to veterans on formal occasions. 在正式場合對老兵表示尊重是明智的。

judicious [dʒuˋdɪʃəs]
judic「裁判」+ i + ous「形容詞字尾」
adj. 有見識的、明智而審慎的

延伸片語
be judicious to 做（某事）是明智的
同義字
sensible adj. 明智的

05 The UN court may not have **jurisdiction** over non +members. 聯合國法庭對非成員國可能不具有裁判權。

jurisdiction [ˏdʒurɪsˋdɪkʃən]
juris「法律」＋ diction「說法」
n. 司法、司法權、管轄權、管轄範圍

延伸片語
under the jurisdiction of
在……的管轄內
the jurisdiction over
對……的裁判權

06 A prestigious **jurist** made a comment on this constitutional amendment. 這位有聲望的法學家對憲法修正案發表了意見。

jurist [ˋdʒʊrɪst]
jur「正確；法律」+ ist「行為者」
n. 法學家、法律學者、法官

同義字
barrister n.（英國、澳大利亞等國的）大律師

07 Children usually have a strong sense of **justice**. 小孩通常有很強的正義感。

justice [ˋdʒʌstɪs]
just「正確；法律」+ ice「名詞字尾」
n. 正義、合法、司法、審判

記憶秘訣
最正確的見解 → 正義；公平
延伸片語
do justice to sb. / sth.
公平的對待、合理的處理

08 I am not going to **prejudge** the case until more evidence is discovered. 對這個案件我不想在發現更多證據之前就預先判斷。

prejudge [priˋdʒʌdʒ]
pre「先」+ judge「判斷」
v. 對……預先判斷

延伸片語
to prejudge an issue
對一個議題預先論斷

unit 077

lect, leg, lig

選擇；收集；讀

Track 077

內含本跨頁例句之MP3音檔

01 He promises to provide subsidies for elderly people who need dentures if he is **elected**.
他保證若是當選，他會提供老年人裝假牙的補助。

elect [ɪˋlɛkt]

e「在外」+ lect「選擇」

v. 選舉、推選

記憶秘訣

向外做選擇 → 選舉；推選

近義字

nominate v. 提名

02 This connoisseur **collects** masterpieces by 12 artists.
這位鑑賞家收集了12位藝術家的傑作。

collect [kəˋlɛkt]

col「一起」+ lect「收集」

v. 收集、採集

記憶秘訣

把東西收集在一起 → 收集；聚集

同義字

gather/ assemble v. 聚集、聚會／組合

03 More than a quarter of the **eligible** voters cast their ballots yesterday. 昨天，超過四分之一的合格選民投下選票。

eligible [ˋɛlɪdʒəbl]

e「在外」+ lig「選擇」+ ible「形容詞字尾」

adj. 有資格當選的、合格的、（婚姻等）合適的

記憶秘訣

被挑選出來的 → 有資格的

同義字

acceptable / qualified adj. 可接受的／符合資格的

04 Marriage has turned the **intelligent** woman into a plain housewife. 婚姻使得這個才女變成一個普通的家庭主婦。

intelligent [ɪnˋtɛlədʒənt]

intel「在……間」+ lig「選擇」+ ent「形容詞字尾」

adj. 有才智的、聰明的、明智的

記憶秘訣

有辦法在眾多項目中做出選擇的 → 聰明的

同義字

brilliant adj. 聰明的

05 Professor Lin gave a **lecture** on modern art. 林教授講授現代藝術。

lecture [ˋlɛktʃɚ]

lect「讀」+ ure「名詞字尾」

n. 授課、演講、訓斥

v. 授課、演講

同義字

lesson n. 課、經驗、教訓

延伸片語

lecture on sth. 針對某議題演講、批評

06 The film is based on the **legend** of a folklore hero in Taiwan. 這部電影是根據台灣一個民間英雄的傳奇故事所寫出來的。

legend [ˋlɛdʒənd]

leg「讀」+ end「名詞字尾」

n. 傳說、傳奇故事

記憶秘訣

被傳頌的故事（things to be read）→ 傳奇；傳說

同義字

folklore n. 民間傳說

07 Though written about half a century ago, the signature is still **legible**. 雖然是大約50年前左右所寫的，簽名字跡仍然很清楚。

legible [ˋlɛdʒəbl]

leg「讀」+ ible「形容詞字尾」

adj. （字跡）清楚的、易讀的

記憶秘訣

容易閱讀的 →（字跡）清楚的

同義字

readable adj. 可閱讀的

08 His generosity won him a **legion** of friends. 他的慷慨為他贏得很多朋友。

legion [ˋlidʒən]

leg「挑選；徵集」+ ion「名詞字尾」

n. 軍團、軍隊、眾多、大量

記憶秘訣

被挑選出來的人 → 軍團；眾多

同義字

army n. 軍隊

unit 078 leg 法律

Track 078

內含本跨頁例句之MP3音檔

01 There have been moves to **legalize** sports gambling.
一直有人在推動運動博弈合法化。

legalize [ˋligəl͵aɪz]

legal「法律」+ ize「動詞字尾」

v. 使在法律上得到認可、使合法化

近義字

enact v. 實行、制定（法律）

反義字

prohibit v. 禁止

02 They are trying to find the **legitimate** heir to the real estate property. 他們正在尋找這筆不動產的合法繼承人。

legitimate [lɪˋdʒɪtəmɪt]

leg「法律」+ itim「形容詞字尾」+ ate「形容詞字尾」

adj. 正統的、合法的、正統婚姻所生的

近義字 appropriate adj. 合適的、正當的

反義字 illegal adj. 違法的

03 They actually tried to persuade the **legislature** to expedite legal reforms.
事實上，他們曾試圖說服立法機構能加速進行法律改革。

legislature [ˋlɛdʒɪsˏletʃɚ]
legislat「立法」+ ure「名詞字尾」
n. 立法機關、州議會

同義詞 chamber n. 議院、辦公室、廳
延伸片語
state ledislature 州立法機關

04 I studied at a medical **college** in New York three years ago.
三年前，我在紐約的一所醫學院就讀。

college [ˋkɑlɪdʒ]
col「共同」+ leg「法律」+ e
n. 大學；學院

延伸片語
a college professor 一位大學教授
a medical college 一所醫學院

05 He decides to take **legal** action after the accident.
發生意外後，他決定採取法律行動。

legal [ˋligḷ]
leg-「法律」+ -al「形容詞字尾」
adj. 法律的；合法的

延伸片語
take legal action 訴諸法律
legal obligation 法律義務

06 Cocaine is an **illegal** drug in Taiwan.
古柯鹼在台灣式一種違法的毒品。

illegal [ɪˋligḷ]
il「否定」+ leg-「法律」+ -al「形容詞字尾」
adj. 違法的

同義字
illegitimate adj. 非法的；非婚生的
反義字
legal adj. 合法的

07 The **delegation** from the White House has arrived Spain.
白宮的代表團已抵達西班牙。

delegation [ˏdɛləˋgeʃən]
de「向下」+ leg-「法律」+ -ation「名詞字尾」
n. 代表團；委派；授權

近義字
commission n. 委員會
近義片語
a group of representatives 一群代理人

unit 079 loc 地方；放置

= place

Track 079
內含本跨頁例句之MP3音檔

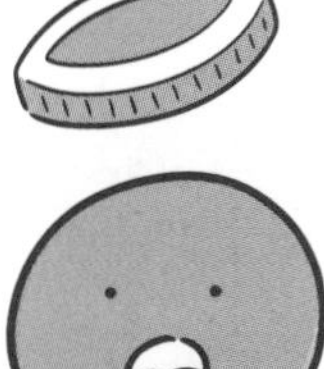

01 The disaster relief fund will be **allocated** to the earthquake victims. 賑災專款將會分配給地震的難民。

allocate [ˋæləˏket]

al「朝向」+ loc「放置」+ -ate「動詞字尾」

v. 分配、分派

記憶秘訣

放置到預定的地點→分配

近義字

apportion v. 分配、分擔

02 The **local** government is devoted to improving infrastructures for the citizens.
地方政府致力於為市民改善基礎建設。

local [ˋlokəl]

loc-「地方」+ -al「形容詞字尾」

adj. 地方性的、本地的、鄉土的

n. 當地居民、本地人

同義字

regional adj. 地方性的

反義字

alien adj. 外國的、異域的

03 A restaurant like this is a perfect **locale** for a retirement party. 像這樣的餐廳是個開退休慶祝會的絕佳場所。

locale [loˋkæl]

local「地方」+ e

n.（事情發生的）現場

字根小教室

locale是源自local的變體字，注意重音改變。

同義字

venue n. 發生場所、舉行地點

04 "Fulfill" **collocates** with "expectations." 「符合」和「期望」是搭配字。

collocate [ˋkɑləˏket]

col-「一起」+ loc-「放置」+ -ate「動詞字尾」

v.（語言）搭配、把……放在一起

記憶秘訣

放置在一起→（語言）搭配；把……放在一起

反義字

distribute / scatter v. 分派／打散

05 The police are trying to **locate** the suspect. 員警正在努力尋找嫌疑犯。

locate [loˋket]

loc-「放置」+ -ate「動詞字尾」

v. 位於……；坐落於……

延伸片語

be located in... 位於……

locate sth. 確認……的位置

06 I love the **location** of our new villa. 我很喜愛我們新別墅的地點。

location [loˋkeʃən]

loc-「放置」+ -ation「名詞字尾」

n. 位置；地點；場所

近義字

position n. 位置

07 Bats **localize** objects by using ultrasound. 蝙蝠運用超聲波定位物體。

localize [ˋloklˌaɪz]

loc-「放置」+ -al「形容詞字尾」+ ize「動詞字尾」

v. 使局部化；使具地方色彩；定位

近義字

pinpoint v. 準確指出／確定（位置／時間）

unit 080

log, loq

說話；演講；字；理性

Track 080

內含本跨頁例句之MP3音檔

01

We **apologized** for late delivery of the goods.
我們為了延誤出貨而表示歉意。

apologize [əˋpɑlə͵dʒaɪz]

apo「源自」+ log(y)「說話」+ ize「動詞字尾」

v. 道歉、認錯、辯解

延伸片語

apologize to sb. 向某人道歉

apologize for sth. 為某事道歉

02

Artificial Intelligence can learn by **analogies** when we feed it with a lot of data.
我們如果提供人工智慧很多資料，它就可以透過類比來學習。

analogy [əˋnælədʒɪ]

ana「一樣」+ logy「說話」

n. 相似、類似、比擬

記憶秘訣 說一樣的話 → 可以相比 → 相似；類比

近義字 metaphor n. 隱喻

03

The teacher said that the human heart is **analogous** to a pump. 老師說人類的心臟和水泵類似。

analogous [əˋnæləgəs]

ana「一樣」+ log「類似」+ ous「形容詞字尾」

adj. 類似的、可比擬的

近義字 comparable adj. 類似的、相當的

反義字

dissimilar adj. 不同的、有區別的

04 You owe her an **apology** for being disrespectful to her in public occasion. 你要為了在公共場合對她不尊敬向她道歉。

apology [ə`pɑlədʒɪ]
apo「源自」+ logy「說話」
n. 道歉、陪罪、辯解

記憶秘訣
說話來答辯自己的立場 → 道歉
延伸片語
to make an apology 道歉

05 She made an **eloquent** appeal for legalizing gay marriage yesterday. 昨天她就同志婚姻合法化發出了強而有力的呼籲。

eloquent [`ɛləkwənt]
e「向外」+ loqu「說話」+ ent「形容詞字尾」
adj. 雄辯的、有說服力的

記憶秘訣
speak out 能把話講出來的
→ 能言善道的；有說服力的
同義字
persuasive adj. 有說服力的

06 The book contains three parts: a prologue, the main body, and an **epilogue**.
這本書包括三個部分：序言、主體、以及尾聲。

epilogue [`ɛpəˏlɔg]
epi「上方；附加」+ logue「說話」
n. 結束語、尾聲、跋、收場白

記憶秘訣
最後加上去的話 → 結束語
反義字
introduction n. 開始、介紹

07 There is no **logic** in any of his claims.
他任何的索賠請求都沒有道理。

logic [`lɑdʒɪk]
logic「講述；論述；記憶」
n. 邏輯、邏輯學、推理、道理

記憶秘訣
論述的學問 → 邏輯；推理
同義字
sense / rationale n. 理智／基本原理

08 The **logo** must be stitched on the shirts.
標誌一定要縫在襯衫上。

logo [`logo]
log「文字」+ o
n. 標識、標誌

同義字
label n. 標籤、標牌

unit 081

luc, lux, lust, lumin 光 = light

Track 081
內含本跨頁例句之MP3音檔

01 The **highlight** of the trip was visiting Grand Canyon.
這趟旅程最精采的事情就是參觀大峽谷。

highlight [ˋhaɪ͵laɪt]
high「高」+ light「光；亮」
v. 強調、使突出、用螢光筆做記號
n. 最明亮部分、最精彩的部分

記憶秘訣
最光亮的部分 → 強調
同義字
feature v. 以……為特色、特徵

02 He quoted scientific research to **illustrate** his point.
他引用科學研究來說明他的論點。

illustrate [ˋɪləstret]
il「朝向；進入」+ lustr「光」+ ate「動詞字尾」
v. 說明、闡明

記憶秘訣
使產生光亮 → 闡明
同義字
clarify v. 澄清、闡明

03 He lives a **luxurious** life but I don't envy him at all.
他過著奢華的生活，但是我一點都不羨慕他。

luxurious [lʌgˋʒʊrɪəs]
lux「光」+ urious「形容詞字尾」
adj. 奢侈的

近義詞 epicurean adj. 熱愛美食的；奢侈享受的
延伸片語
a luxurious mansion 豪華的豪宅

04 While answering an essay question, you had better write in a clear and **lucid** style.

做問答題時，你最好要保持寫作風格簡單清晰。

lucid [ˋlusɪd]

lu「明亮」+ cid「形容詞字尾」

adj. 明晰的、清澈的

同義字

luminous adj. 發亮的、夜光的

反義字

gloomy adj. 幽暗的、憂愁的

05 My bracelet is made of **luminous** material.

我的手環視夜光材質做成的。

luminous [ˋhaɪˏlaɪt]

lumin「光」+ ous「形容詞字尾」

adj. 發光的、夜光的、照亮的、清楚的

字根小教室

lumen「流明」，為光束的能量單位。

同義字

brilliant adj. 明亮的

06 The living room was **illuminated** with a huge chandelier.

客廳被一盞大吊燈照亮。

illuminate [ɪˋluməˏnet]

il「進去」+ lumin「光」+ ate「動詞字尾」

v. 照亮；用燈裝飾

記憶秘訣

讓光亮進入 → 照亮

近義詞

brighten v. 使明亮

07 Her pearl necklace has a beautiful **luster**.

她的珍珠項鍊光澤很美。

luster [ˋlʌstɚ]

luster「光」

n. 光輝

同義字

sheen n. 光彩、光輝

反義字

darkness n. 黑暗

unit 082 man 手

Track 082
內含本跨頁例句之MP3音檔

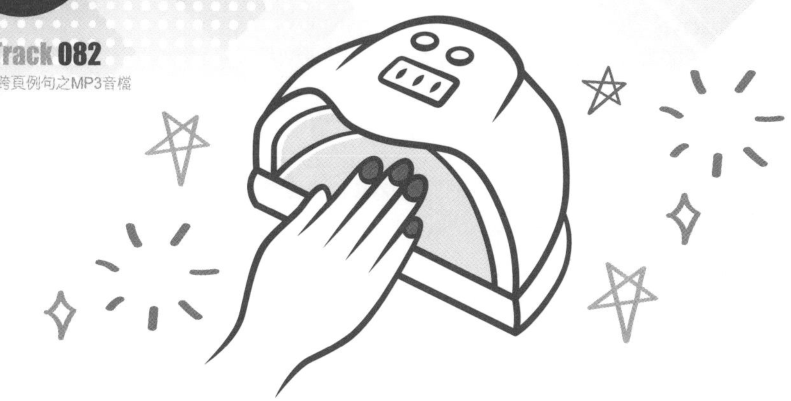

01 She is going to have a **manicure** before attending the wedding reception party. 她在參加婚宴之前要去修指甲。

manicure [ˋmænɪˏkjʊr]
mani「手」+ cure「照料」
n. 修指甲
v. 修（指甲）、替……修指甲

記憶秘訣
照料手部 → 修指甲
延伸片語
to give sb. a manicure
替某人修指甲

02 I hope this automatic production line will **emancipate** us from all the hard work.
我希望這條自動生產線能使我們從繁重的工作中解脫。

emancipate [ɪˋmænsəˏpet]
e「向外」+ man「手」+ cip「拿；取」+ ate「動詞字尾」
v. 解放、使不受束縛

記憶秘訣
把奴隸（即手被拿住的人）放出來 → 解放
同義字
liberate v. 解放、使自由

03 They put **manacles** around the criminal's wrists.
他們在這名罪犯的手腕處戴上鐐銬。

manacle [ˋmænəkəl]
manacle「手銬」
n. 手銬、腳鐐、束縛

近義字
chain n. 鎖鏈

04 The celebrity knows how to **manipulate** the media to create a positive image.
名人懂得如何操弄媒體，創造自己的正面形象。

manipulate [mə`nɪpjə͵let]
manipul「手」+ ate「動詞字尾」
v. 操作、運用、巧妙地處理、操縱（市場等）

記憶秘訣
用手操作 → 操控
同義字
control v. 操控、控制

05 Russia is holding the biggest military **maneuver** within a decade. 俄國正在舉行十年之內最大規模的軍事演習。

maneuver [mə`nuvɚ]
man「手」+ euver「運作」
n. 調動、軍事演習、策略

記憶秘訣
用手操作 → 策謀
近義字
drill n. 訓練、練習

06 It's immoral for him to take himself as an intellectual and disdain **manual** labor jobs.
他自視為知識分子，輕視勞力工作，是不道德的。

manual [`mænjʊəl]
manu「手」+ al「形容詞字尾」
adj. 手的、手工的、用手操作的、體力勞動的
n. 手冊、指南

同義字
guide / handbook n. 指南、手冊
延伸片語
instruction manual 操作手冊

07 The **manufacture** of iPad 6 involves the most up-to-date technology. iPad第6代的製造要用到最新的技術。

manufacture [͵mænjə`fæktʃɚ]
manu「手」+ fact「做」+ ure「名詞字尾」
v.（大量）製造、加工、捏造
n. 製造

記憶秘訣
用手做出來 →製造
近義字
create v. 創造

08 Our library has the extant **manuscript** of this playscript.
我們的圖書館有這份劇本尚存的手稿。

manuscript [`mænjə͵skrɪpt]
manu「手」+ script「寫」
n. 手稿、原稿

記憶秘訣
手寫的東西 → 手稿；原稿
延伸片語
ancient manuscript 古老手稿

unit 083

med, mid 中間的；中央的

Track 083
內含本跨頁例句之MP3音檔

01 The **median** age of this idol group is 24.
這個偶像團體的年齡中間值為24歲。

median [ˋmidɪən]

median「中間」

adj. 中間值的、中央的、中位數

反義字

extreme n. / adj. 極端／極端的

延伸片語

median age 年齡中位數

02 People who were injured in the train derailment need **immediate** medical care. 火車出軌意外的傷者需要立即的醫療。

immediate [ɪˋmidɪɪt]

im「不」+ medi「中間」+ ate「形容詞字尾」

adj. 立即的、即刻的、當前的

記憶秘訣

中間沒有介入任何事情的
→ 立即的；即刻的

同義字

prompt adj. 迅速的、敏捷的

03 The **intermezzo** was very impressive.
間奏曲非常令人印象深刻。

intermezzo [ˏɪntɚˋmɛtso]

inter「在……之間」+ mezzo「中間；一半」

n. 插曲、間奏曲

記憶秘訣

中間一半插入的表演
→ 插曲；間奏曲

04 A drop in the **mean** score in the exam may show a regression in students' learning attitude.
平均分數下降可能代表學生學習態度退步。

mean [min]
mean「中間的」
adj. 中間的、中等的、平均的

記憶秘訣
介於中間的性質
→ 中間的；平均的
延伸片語
no mean sth. 很好的

05 I thought her latest composition was pretty **mediocre**.
我認為她的最新作曲很普通。

mediocre [ˋmidɪ͵okɚ]
medi「中間的」+ ocre「山」
adj. 中等的、二流的

記憶秘訣
中間的山丘 → 中等的高度
→平庸的
同義詞
undistinguished adj. 不突出的

06 The counselor was asked to **mediate** in the dispute.
有人請這位顧問調解這次的紛爭。

mediate [ˋmidɪ͵et]
medi「中間」+ ate「動詞字尾」
v. 調停解決、傳達

記憶秘訣
進到中間 → 調解
近義詞
arbitrate v. 仲裁、裁決

07 Generally, the crop can only thrive in a **Mediterranean** climate. 一般而言，這種作物只會在地中海型氣候區發現。

Mediterranean
[͵mɛdətəˋrenɪən]
medi「中間」+ terra「土地」+ nean「形容詞字尾」
adj. 地中海的、地中海沿岸地區的
n. 地中海

記憶秘訣
土地中央的海洋 → 地中海
延伸片語
a Mediterrranean climate
地中海氣候

08 Trump was at the **meridian** of his power after he won the election. 川普勝選後獲得最高權力。

meridian [məˋrɪdɪən]
meridian「日中」
n. 子午線、（太陽對地面而言的）最高點、全盛期、正午

反義詞
nadir n. 最低點、最糟糕的時刻
延伸片語
meridian fame 最高名譽

unit 084

mem(or), ment

記得；思考

= mind

Track 084

內含本跨頁例句之MP3音檔

01 Do you **mind** telling me what you think?
你介意告訴我你的想法嗎？

mind [maɪnd]

mind「記憶」

n. 頭腦、智力、主意、理性、精神、心

v. 介意、留意

反義字

body n. 身體

延伸片語

all in the mind 全是心理作用、只是憑空想像

02 A parade will be held to **commemorate** the team's victory.
我們將會舉辦遊行來慶祝這個隊伍的勝利。

commemorate [kəˋmɛməˏret]

com「增強語氣的字首」+ memor「記住的」+ ate「動詞字尾」

v. 慶祝、紀念

記憶秘訣

使大家更能夠想起來

→ 慶祝；紀念

同義詞 celebrate v. 慶祝

03 Your **comments** are highly regarded when we rank the top 10 pop songs. 我們在排名前十大流行歌曲時，非常重視您的評論。

comment [ˋkɑmɛnt]

com +「增強語氣的字首」+ ment「思考」

n. 評論、解釋、指責 v. 評論、解釋

記憶秘訣

心中構成的意見

→ 註釋；意見

同義詞 review v. 評論

04 One **memorable** afternoon, we visited the Eiffel Tower.
在一個令人難忘的下午，我們參觀了巴黎鐵塔。

memorable [ˋmɛmərəbl̩]
menor「記住的」+ able「形容詞字尾」
adj. 值得懷念的、難忘的、顯著的

同義字
meaningful / impressive adj. 有意義的／令人印象深刻的
反義字
dull adj. 枯燥的、乏味的

05 A war **memorial** will be built in front of the congress building. 國會大樓前方將建立一個戰爭紀念碑。

memorial [məˋmorɪəl]
memori「記憶」+ al「名詞／形容詞字尾」
n. 紀念物、紀念碑
adj. 紀念的

記憶秘訣
能使人記憶起來的標誌 → 紀念物
同義字
commemorative n. 紀念

06 He avoided **mentioning** his health during the interview.
在訪問期間，他避免提到他的健康狀況。

mention [ˋmɛnʃən]
ment「記得」+ ion「名詞字尾」
n. 提到、說起
v. 提到、說起、寫到

同義詞
remark n. 評論、言詞
反義詞
ignorance n. 忽略、忽視

07 The dish **reminds** me of my hometown.
這道菜使我想起家鄉。

remind [rɪˋmaɪnd]
re「再度」+ mind「記憶」
v. 想起、提醒

記憶秘訣
再度記憶起來 → 提醒
延伸片語
remind sb. of sth. 使某人想起某事

08 The way he smiled was **reminiscent** of his father.
他笑的樣子讓人想起他的父親。

reminiscent [ˌrɛməˋnɪsnt]
re「再度」+ minisc「記憶」+ ent「形容詞字尾」
adj. 憶往事的、懷舊的

近義字
evocative adj. 引起（愉快）回憶的、產生（美好）聯想的

unit 085

meter, metri, mens 測量

內含本跨頁例句之MP3音檔

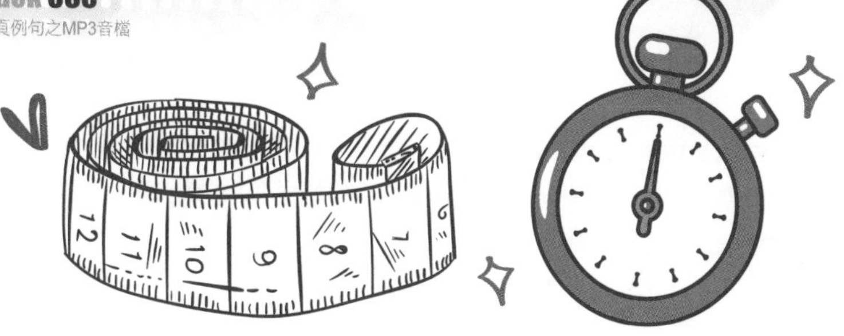

01 The water **meter** reads 111.
水錶的讀數是111。

meter [ˋmitɚ]

meter「測量」

n. 計量器、儀錶、（詩歌等的）韻律、格律、米、公尺

記憶秘訣

測量用的儀器→ 計量器

延伸片語

square meter 平方公尺

02 Go online, and you can find several webpages to convert inches to **centimeters**.
上網就可以找到好幾個換算英尺為公分的網頁。

centimeter [ˋsɛntə͵mitɚ]

centi +「百分之一」+ meter「公尺」

n. 公分

記憶秘訣

百分之一公尺 → 公分

延伸片語

square centimeter 平方公分

03 Salary will be **commensurate** with efficiency and experience. 薪水將與效率以及經驗相對應。

commensurate [kəˋmɛnʃərɪt]

com「一起」+ mensur「測量」+ ate「形容詞字尾」

adj. 同量的、相稱的

記憶秘訣

兩邊的測量一致
→ 同量的；相稱的

近義詞

in accord with 一致；與相符

04 I have difficulty understanding the professor's lecture on **geometry**.
我無法了解教授關於幾何學的講課內容。

geometry [dʒɪ`ɑmətrɪ]
geo「土地」+ metry「測量」
n. 幾何學

記憶秘訣
土地的測量 → 幾何學
延伸片語
the geometry of sth. 某物的幾何形狀、幾何結構、幾何構造

05 In ancient times, the whole area was an **immense** forest.
在古代，這個地方曾是廣大的森林。

immense [ɪ`mɛns]
im「不」+ mense「測量」
adj. 巨大的、廣大的、無邊際的

記憶秘訣
不能測量的 → 巨大的；無限的
同義詞
endless / gigantic adj. 無止境的／巨大的

06 The **metric** system is used in many countries around the world, but the U.S. is not one of them.
公制系統在大部分國家通用，但是美國不包含在內。

metric [`mɛtrɪk]
metric「測量」
adj. 公尺的、公制的、韻律的

延伸片語
the metric system 公制

unit 086

mit, miss 送出；派

Track 086
內含本跨頁例句之MP3音檔

01 She has the qualifications for **admission** to law school.
她具備進入法學院的條件。

admission [əd`mɪʃən]

ad「朝向」+ miss +「送」+ ion「名詞字尾」

n. （學校、俱樂部等的）進入許可、入場費、入場券、承認

記憶秘訣
送進去 → 進入；許可

同義字
confirmation n. 確認

02 We have to **admit** that he is an eloquent public speaker.
我們必須承認他是一位很有口才的公眾演說者。

admit [əd`mɪt]

ad「朝向」+ mit「送」

v. 准許進入、承認、可容納

記憶秘訣
送進去 → 進入；承認

近義詞
agree / concede v. 同意／承認（失敗）

03 He **committed** a crime and was sent to prison.
他犯罪而被送進監獄。

commit [kə`mɪt]

com「一起」+ mit「送」

v. 提交、犯（罪）、承諾、保證

記憶秘訣
把相關的事物全部交出去 → 犯（罪）；承諾

近義詞
promise v. 承諾

04 The meeting was **dismissed** after the issues of the motion was resolved.
臨時動議提出的議題解決了之後，會議就解散了。

dismiss [dɪsˋmɪs]
dis「離開」+ miss「送」
v. 讓⋯⋯離開、把⋯⋯打發走、解雇、不考慮

記憶秘訣
送走 → 解雇；不考慮
同義字
expel / reject v. 驅逐、除名／拒絕

05 The machine in operation may **emit** hazardous particles into the air. 運轉中的機器可能會排放有害微粒到空氣中。

emit [ɪˋmɪt]
e「向外」+ mit「送」
v. 散發、放射、發出（光、熱、聲音等）

記憶秘訣
送出去 → 散發；放射
同義字
discharge v. 排放、排出（尤指廢液或廢氣）、允許某人離開、允許某人出院

06 During the **intermission**, we had a chat to catch up with each other's lives. 中場休息時，我們聊了一下，了解彼此的近況。

intermission [ˏɪntɚˋmɪʃən]
inter「在⋯⋯中間」+ miss「送」+ ion「名詞字尾」
n. 間歇、暫停、（戲劇等中間的）休息時間

記憶秘訣
幕間的休息 → 間歇；暫停
同義字
interval n. 間距、間隔

07 The weather forecast is for sun, with **intermittent** showers. 天氣預報是晴天，有間歇陣雨。

intermittent [ˏɪntɚˋmɪtn̩t]
inter「在⋯⋯中間」+ mitt「送」+ ent「形容詞字尾」
adj. 間歇的、時斷時續的、週期性的

記憶秘訣
形容兩段時間中間的短暫時間 → 間歇的
近義字
recurring / periodic adj. 再次出現／週期性的

08 Finally, his name was **omitted** from the VIP guest list.
最後，他的名字被從VIP客戶名單中剔除了。

omit [oˋmɪt]
o「朝向」+ mit「送；放」
v. 遺漏、省略、刪去、忽略

記憶秘訣
送走；放走 → 遺漏；忽略
同義字
eliminate v. 排除、淘汰

unit 087 mob, mot, mov 移動

Track 087
內含本跨頁例句之MP3音檔

01 The robber drove away in an **automobile**.
那名搶匪開車走了。

automobile [ˋɔtəmə͵bɪl]
auto「自動的」+ mobile「移動」
n. 汽車

記憶秘訣
自己具有動力可以移動 → 汽車
近義字 transportation / van n. 交通工具／箱型車

02 The sergeant was **demoted** to private because of the scandal. 這名中士將因為醜聞被降級為士兵。

demote [dɪˋmot]
de「翻轉」+ mote「移動」
v. 降級

記憶秘訣
往升遷的反方向移動 → 降級
反義字
promote v. 升遷、推廣、促銷

03 She could not concentrate on her work because of the negative **emotions**. 她因為負面的情緒而無法專注在工作上。

emotion [ɪˋmoʃən]
e「外面」+ motion「移動」
n. 感情、情感、激動

記憶秘訣
呈現出感受 → 感情；激動
同義字
feeling n. 感受

04 The **mob** looted the stores and committed vandalism.
暴民掠奪商店、任意破壞。

mob [mɑb]
mod「移動」
n. 暴民、人群、群

記憶秘訣
四處移動的群眾 → 暴民
同義字
crowd / riot n. 人群／暴亂

05 He did not regain **mobility** until a few days after the operation. 手術後，他過了好幾天才恢復移動的能力。

mobility [moˋbɪlətɪ]
mobil「移動」+ity「名詞字尾」
n.（職業等的）流動性、移動能力、流動

近義字
flexibility n. 適應力、靈活性

06 They failed to **mobilize** the surplus labor.
他們未能調用多餘的勞動力。

mobilize [ˋmoblˌaɪz]
mobil「移動」+ ize「使成為」
v. 動員、調動、調用、使流通

記憶秘訣
使人動起來 → 動員；調動
反義字
disperse n.（使）擴散、（使）散開、（使）分散

07 The campaign for reform started to gather **momentum** in the second half of the year. 改革運動的勢力在下半年開始增強。

momentum [moˋmɛntəm]
momentum「運動」
n. 推進力、動力、衝力

字根小教室
拉丁文momentum的意思為movement（運動）。
同義字
energy / strength n. 精神、力量

08 They watched the video in slow **motion** and in freeze frame to analyze the opponent's strategy on the court.
他們用慢動作和定格的方式看這卷錄影帶很多次，以分析對手在球場上的策略。

motion [ˋmoʃən]
mot「移動」+ ion「名詞字尾」
n.（物體的）運動、（天體的）運行、動作、動議

近義字
act / gesture n. 動作／姿勢
延伸片語
slow motion 慢動作

unit 088

mort 死亡；mount 爬；向上

Track 088
內含本跨頁例句之MP3音檔

01 The old lady slowly **mounted** the stairs.
老太太慢慢爬上樓梯。

mount [maʊnt]
mount「爬」
v. 登上、爬上、騎上、架置

同義字
climb v. 攀、爬
反義字
descend v. 下降、走下、降下

02 William Shakespeare's literary works are considered **immortal**. 莎士比亞的文學作品被視為是不朽的。

immortal [ɪˋmɔrtl]
im「不」+ mort「死亡」+ al「名詞／形容詞字尾」
adj. 不朽的、永世的、不死的
n. 不朽的人物、神

同義字
eternal / everlasting adj. 永恆的
反義字
mortal adj. 終有一死的、致命的

03 **Mortality** from flu among toddlers is considerably high.
幼兒患流感的死亡率相當高。

mortality [mɔrˋtælətɪ]
mortal「死亡的」+ ity「名詞字尾」
n. 死亡數、死亡率、必死性

同義字
fatality n. 死亡、死者
反義字
birth n. 出生

04 We decided to use Lotto prize money to pay off the **mortgage**. 我們決定用樂透彩券獎金來清償貸款。

mortgage [ˋmɔrgɪdʒ]
mort「死亡」+ gage「擔保品」
n. 貸款、抵押借款、抵押契據

記憶秘訣
用擔保品抵押借錢 → 貸款

字根小教室
mortgage 的字源意義是：貸款清償之後約束力才會失效（die）的合約

05 The basement in this building used to serve as the **mortuary**. 這棟大樓的地下室以前是作太平間使用。

mortuary [ˋmɔrtʃʊˏɛrɪ]
mortu「死亡」+ ary「地方」
n. 停屍間、太平間

同義字
morgue n. 太平間、停屍房

06 She was the first Asian woman to climb the **mountain**. 她是第一個攀登這座山的亞洲女性。

mountain [ˋmaʊntn]
moutain「升起」
n. 山

反義字
plain n. 平原

延伸片語
climb a mountain 爬山

07 During the trade war, each country regarded their own interests as **paramount**. 貿易戰期間，各國以自己的國家利益為重。

paramount [ˋpærəˏmaʊnt]
para「在旁邊」+ mount「向上」
adj. 至高無上的、最主要的

記憶秘訣
接近高處 → 至高無上的；最主要的

同義字
preeminent adj. 超群的

08 He tried to **surmount** all the difficulties in order to realize his dreams. 他為了圓夢，努力克服所有困難。

surmount [sɚˋmaʊnt]
sur「上方」+ mount「爬」
v. 克服、越過、登上、高於

記憶秘訣
爬過 → 克服；登上

同義字
conquer v. 克服、戰勝

unit 089

nasc, nat 出生

Track 089

內含本跨頁例句之MP3音檔

01 The Cherokee is one of the **native** American tribes.

切羅基人是美國原住民的一支部落族群。

native [ˋnetɪv]

nat「出生」+ ive「形容詞／名詞字尾」

adj. 出生地的、本國的、土生的

n. 本地人、本國人、本地的動植物

同義字

homegrown adj. 本國的、土生土長的

延伸片語

native language / tongue 母語

02 “Chief” and “chef” are **cognates**.

chief和chef這兩個字為同源字。

cognate [ˋkɑg͵net]

co「一起」+ gnate「出生」

adj. 同族的、同源的

n. 同源字、同系語言

記憶秘訣

一起出生於同個地方

→ 同源的（字、語言）

字根小教室

gnasci字根是nasci字根的原始形式。

03 The country’s **nascent** semiconductor industries have attracted funds from foreign investors.

這個國家新興的半導體製造業吸引外國投資者投入資金。

nascent [ˋnæsnt]

nasc「出生」+ ent「形容詞字尾」

adj. 發生中的、開始存在的、初期的、初生的

近義字

undeveloped adj. 未開發的、未耕種的

反義字

developed adj. 發展的、發達的

04 These turtles will return to their **natal** island to breed when they grow up. 這些海龜長大後，會回到出生的島嶼繁殖。

natal [ˋnetəl]
nat「出生」+ al「形容詞字尾」
adj. 出生的、出生時的

延伸片語
natal home 原生家庭

05 It seemed the entire **nation** was concerned about the stock market plunge. 全國的人似乎在擔心股票下跌。

nation [ˋneʃən]
nat「出生」+ ion「名詞字尾」
n. 國家、國民、民族

近義字
community n. 社區、團體

延伸片語
foreign nation 外國

06 Human activity has had tremendous impact on **nature**. 人類活動對大自然有很大的影響。

nature [ˋnetʃɚ]
nat「出生」+ ure「名詞字尾」
n. 自然、自然界、天性、本質

記憶秘訣
生命的起源 → 自然（界）

近義字
environment n. 環境

07 At that time, she was **pregnant** with her first child. 那時候，她正懷著第一個孩子。

pregnant [ˋprɛgnənt]
pre「在……之前」+ gnat「出生」
adj. 懷孕的、懷胎的、充滿的

記憶秘訣
形容出生前的階段
→ 懷胎的；充滿某物的

延伸片語
pregnant with (twins) 懷了（雙胞胎）

08 She underwent **prenatal** screening test in the first three months of pregnancy. 她在懷孕前三個月接受了產前檢查。

prenatal [priˋnetl]
pre「在……之前」+ nat「出生」+ al「形容詞字尾」
adj. 產前的、出生之前的

記憶秘訣
出生之前的 → 產前的

延伸片語
prenatal care 產前保健

unit 090 neg 否定

Track 090
內含本跨頁例句之MP3音檔

01 Do not willingly **negate** other people's well-intentioned efforts. 不要隨意否定別人出自於好意的努力。

negate [nɪˋget]
neg「否定」+ ate「使……成為」
v. 否定；使無效

近義字
nullify v. 使無效
延伸片語
be negated by 被……抵銷

02 This breakup is like the **negation** of all my previous attempts to make things work.
這場分手彷彿是一種否定，否定了我所有讓感情延續的試圖。

negation [nɪˋgeʃən]
neg「否定」+ at(e)「使……成為」+ ion「名詞字尾」
n. 否定；反對

反義字
allowance n. 允許
延伸片語
double negation 雙重否定

03 How could you **neglect** such important details?
你怎麼能忽略怎麼重要的細節？

neglect [nɪgˋlɛkt]
neg「否定」+ lect「挑選」
v. 忽視；忽略

近義字
ignore v. 忽視
反義字
respect v. 敬重

04 Just ignore the **negative** comments and focus on what you can improve on.
就忽略那些負面的評論吧，然後專注在你可以精進的東西上。

negative [ˋnɛgətɪv]
neg「否定」+ ative「形容詞字尾」
adj. 負面的

近義字
adverse adj. 相反的；不利的

反義字
positive adj. 正面的；積極的

05 It's a shame that units concerned all tried to **abnegate** their responsibilities.
相關單位全都想推卸責任，真是讓人遺憾。

abnegate [ˋæbnɪˏget]
ab「遠離」+ neg「否定」+ ate「動詞字尾」
v. 放棄（權力等）

延伸片語
to abnegate responsibility 推卸責任
to abnegate powers 放棄權利

06 Just because I didn't write the words down doesn't mean you can take them as **neglectable** information.
就算我沒有把話寫下來，你也不能把它們當作不重要的資訊。

neglectable [nəˋglɛktəbəl]
neg「否定」+ lect「挑選」+ able「形容詞字尾」
adj. 可忽視的；不太重要的

近義字
negligible adj. 可以忽略的

反義字
pivotal adj. 中樞的；重要的

unit 091 nov, neo 新

內含本跨頁例句之MP3音檔

01 These transportation **innovations** have enhanced the mobility of people. 運輸的創新提升了人們的行動力。

innovation [ˌɪnəˋveʃən]

in「進入」+ nova「新」+ tion「名詞字尾」

n. 改革、創新、新事物

記憶秘訣

引進到新的狀態 → 創新

反義詞

stagnation n. 停滯

02 The exterior of the museum was decorated in a **neoclassical** style.
這個博物館的外牆是以新古典主義的風格來裝飾的。

neoclassical [ˌnioˋklæsɪkəl]

neo「新」+ classic「古典主義的」+ al「形容詞字尾」

adj. 新古典主義的

延伸片語

neoclassical style 新古典主義風格

03 The veteran craftsman was reluctant to train the **neophyte**. 經驗老道的工匠不想要訓練新手。

neophyte [ˋniəˌfaɪt]

neo「新」+ phyte「植物；種植」

n. 新信徒、生手

記憶秘訣

新種的植物 → 新手

同義字

novice n. 新手、初學者

Part 2 ● 字根 Root

04

The archeologist proposed that the **Neolithic** site should be preserved with care.
考古學家呼籲應該要小心保存新石器時代的遺跡。

Neolithic [ˏniəˋlɪθɪk]
neo「新」+ lith「石頭」+ ic「形容詞字尾」
adj. 新石器時代的

延伸片語
Neolithic tools / artifacts / settlements 新石器時代的工具／手工製品／村落
the Neolithic period 新石器時代

05

Jing yong's **novels** have been adapted into several famous TV dramas and movies.
金庸的小說被改編成一些著名的電視劇和電影。

novel [ˋnɑvəl]
novel「新」
n. 小說
adj. 新穎的、新奇的

記憶秘訣
新的故事 → 小說

字根小教室
novel源自義大利文novella，意思是「短篇小說」。相對於舊的文類，如史詩、戲劇、散文等，小說算是文學史中很新穎的文學類型。

06

The kids left the toys aside after the **novelty** wore off.
一旦沒有新鮮感了，小朋友就把玩具丟在旁邊。

novelty [ˋnɑvəltɪ]
novel「新」+ ty「名詞字尾」
n. 新穎、新奇

近義字
uniqueness n. 獨特性

反義字
habit n. 習慣

07

Gina is a **novice** for rock climbing.
吉娜是攀岩的新手。

novice [ˋnɑvɪs]
nov「新」+ ice「名詞字尾」
n. 新手、初學者

同義字
beginner n. 初學者

08

I think your kitchen needs **renovation**.
我認為你的廚房需要翻修。

renovation [ˏrɛnəˋveʃən]
re「再度」+ nov「新」+ ation「名詞字尾」
n. 更新、修理、改善、恢復、翻修

記憶秘訣
再成為新的狀態 → 翻新

反義字
demage / destruction n. 破壞／毀滅

unit 092 par 相等

01 Life is often **compared** to a journey.
人生常被比擬為一段旅程。

compare [kəmˋpɛr]

com「一起」+ pare「相等的」

v. 比較、對照、比擬

記憶秘訣
把相當的事物放在一起
→ 比較

近義字
correlate / contrast v. 相關／差異、對比

02 He is quite self-disciplined in **comparison** with Jason.
與傑森相比，他相當自律。

comparison [kəmˋpærəsn]

com「一起」+ par「相等」+ ison「名詞字尾」

n. 比較、類似

延伸片語
in comparison with sb.
與某人相比

近義字
contrast n. 差別、差異、對照、對比

03 The talk show host made **disparaging** remarks about the mayor. 這位談話節目主持人作了貶低市長的言論。

disparage [dɪˋspærɪdʒ]

dis「缺乏」+ par「平等」+ age「動詞字尾」

v. 貶低、輕視、毀謗

同義字
belittle / defame v. 輕視

反義字
admire v. 仰慕、欽佩

04 She bought a **pair** of Jimmy Choo shoes.
她買了一雙Jimmy Choo名鞋。

pair [pɛr]
pair「相等的」
n. 一對、一雙、兩部分形成的一件

記憶秘訣
一樣的兩個 → 一對；一雙
同義字
couple n. 一對、一雙

05 There is a **disparity** between the wages of senior workers and neophyte in this factory. 這家工廠中，老手和新手的薪資有別。

disparity [dɪsˋpærətɪ]
dis「不」+ par「相等的」+ ity「名詞字尾」
n. 不同、不等

同義字
discrepancy / divergence n. 不一致／差異、分歧
反義字
similarity n. 相似處

06 He **peered** into the cave, trying to find out what kind of creature was hidden in it.
他凝視洞穴，想知道裡面藏著什麼生物。

peer [pɪr]
peer「相等的」
n. 同輩、同事
v. 凝視、盯著看

記憶秘訣
同樣地位的人 → 同輩；同事
字根小教室
動詞「凝視」亦拼為peer。但這個動詞peer和名詞peer無關。動詞peer與appear「出現」為同源字。

07 The player was thrown out of the game for using foul language at the **umpire**.
這個球員被驅逐出場，因為他對裁判口出惡言。

umpire [ˋʌmpaɪr]
um「不」+ pire「偶數的」
n.（棒球、板球等的）裁判

字根小教室
umpire的字源解析：um- = not 不 + pire = even 對等的。原意指「奇數」，意思就是兩個對手之外的第三者，即「裁判」。
同義字
judge n. 評審

unit 093 part 部份

內含本跨頁例句之MP3音檔

01 My parents **departed** in the early morning for Chicago.
我爸媽一早就動身前往芝加哥。

depart [dɪ`pɑrt]
de「遠離」+ part「部分」
v. 啟程、出發、違反
→ departure n. 啟程、離開、背離

反義字
arrive v. 到達
延伸片語
to depart from A to B
從 A 出發至 B

02 Let's never grow **apart** from each other.
讓我們永遠都不要分開。

apart [ə`pɑrt]
a「朝向」+ part「部分」
adv. 分開地、散開地

記憶秘訣 各自朝向不同部分 → 分散地
延伸片語 apart from 除了

03 Our presentation was only a **partial** success because I messed up the ending remarks.
我們的報告只有部分成功，因為我搞砸了結語。

partial [`pɑrʃəl]
part「部分」+ ial「形容詞字尾」
adj. 部分的、不完整的、偏袒的

反義字
impartial n. 公平、公正
延伸片語
be partial to sb 偏愛某人

04 My parents invited our new neighbor and his **partner** over for dinner.
我爸媽邀請我們的新鄰居以及他的另一半到家裡吃晚餐。

partner [ˋpɑrtnɚ]
part「部分」+ ner「人」
n. 伙伴、合夥人、伴侶
v. 合作、合夥

延伸片語
to partner with sb 與某人合作
to partner to v. 合夥做某事

05 I study in the **department** of English.
我就讀英語系。

department [dɪˋpɑrtmənt]
de「遠離」+ part「部分」+ ment「名詞字尾」
n. (各種)部門

延伸片語
department store 百貨公司
Accounting Department 會計部門

06 These two paintings are **counterparts** in terms of the use of colors.
就顏色的使用來說，這兩幅畫極為相似。

counterpart [ˋkaʊntɚˏpɑrt]
counter「相對的」+ part「部分」
n. 對應(極像)的人、事、物、副本

延伸片語
to have no counterpart
沒有可比擬的人、事、物

07 I have no knowledge to **impart** on this specific topic.
在這個特定的題目上，我無法貢獻什麼知識。

impart [ɪmˋpɑrt]
im「向內」+ part「部分」
v. 給予、傳授、透露

記憶秘訣
給予部分 → 傳遞、給予

延伸片語
to impart knowledge 傳播知識

unit 094 pass, path, pati

感受；承受

01 Suddenly, he felt a strong **antipathy** toward this reality show. 突然之間，他對這個實境秀節目感到很反感。

antipathy [æn`tɪpəθɪ]
anti「反對」+ pathy「感覺」
n. 反感

記憶秘訣
反對的感覺 → 反感
同義字
animosity n. 仇恨、憎惡

02 Even the most **apathetic** students began to care about the racial issue on campus.
甚至最冷淡的學生也開始關注校園中的種族議題。

apathetic [ˏæpə`θɛtɪk]
a「沒有」+ path「感覺」+ etic「形容詞字尾」
adj. 冷淡的、無動於衷的

記憶秘訣
沒有感覺的 → 冷淡的
反義字
compassionate adj. 有同情心的

03 The missionary showed great **compassion** for those who suffer from the epidemic.
傳教士對感染流行病的病患表示同情。

compassion [kəm`pæʃən]
com「一起」+ pass「遭受」+ ion「名詞字尾」
n. 憐憫、同情

同義字
empathy n. 同情
反義字
cruelty n. 殘忍、冷酷無情

04 The candidate gave an **impassioned** speech to his supporters. 候選人對支持者發表了激昂的演說。

impassioned [ɪmˋpæʃənd]

im「進入」+ passion「情愛」ed +「形容詞字尾」

adj. 充滿激情的、熱烈的

記憶秘訣

情愛充滿一個人的心中 → 滿是激情的

同義字

ardent adj. 熱烈的、激情的

05 She is a **passionate** believer in herbal medicines. 她是一個狂熱的草藥信徒。

passionate [ˋpæʃənɪt]

passion「情愛」+ ate「形容詞字尾」

adj. 熱情的、狂熱的

同義字

ardent / romantic adj. 熱烈的、激情的／浪漫的

反義字

cool / dull adj. 冷酷的／枯燥的

06 She brought the **pathetic** little dog home. 她把可憐的小狗帶回家。

pathetic [pəˋθɛtɪk]

path「受苦」+ etic「形容詞字尾」

adj. 引起憐憫的、可悲的、可憐兮兮的

記憶秘訣

受苦的 → 引起憐憫的；可悲的

同義字

pitiful adj. 可憐的

07 I saw a real human liver in the **pathology** lab. 我在病理學實驗室中看到真人的肝臟。

pathology [pæˋθɑlədʒɪ]

path「受苦；疾病」+ o + logy「學科」

n. 病理學、病狀

記憶秘訣

疾病的學問 → 病理學

延伸片語

cellular pathology 細胞病理學

08 The medical practitioner is very **patient** with the patient. 醫護人員對病患非常有耐心。

patient [ˋpeʃənt]

pati「受苦」+ ent「形容詞／名詞字尾」

adj. 有耐心的、能忍受的

n. 病人

記憶秘訣

受苦的人 → 病人

近義字

sufferer / victim n. 受苦者／受害者

unit 095

pac, peac 和平

Track 095
內含本跨頁例句之MP3音檔

01

Taking all the observations into consideration, I don't think **peace** is possible.
把所有觀察納入考量，我不覺得和平有可能發生。

peace [pis]
peac「和平」+ e「名詞字尾」
n. 和平；（心的）平靜；（社會）治安，秩序

反義字
chaos n. 混亂
延伸片語
inner peace 內心的平靜

02

To remain in **peacetime**, we need to collaborate and stick to each other.
為了維持和平時代，我們必須合作並支持彼此。

peacetime [ˋpis͵taɪm]
peac「和平」+ e「名詞字尾」+ time「時間」
n. 平時；和平時期

延伸片語
during peacetime
在和平時期期間

03

The **Pacific** Ocean harbors great resources.
大西洋蘊含著豐富的資源。

pacific [pəˋsɪfɪk]
paci「和平」+ fic「形容詞字尾」
adj. 愛好和平的；溫和的；平靜的；（大寫）太平洋的

反義詞
Atlantic adj. 大西洋的
延伸片語
pacific coast 太平洋海岸

04 My mom gave my sister, a 9-year-old baby, a **pacifier** to lull her into sleep.
我的媽媽給我九歲的妹妹一個奶嘴哄她入睡。

pacifier [ˋpæsə͵faɪɚ]
pacif(y)「慰藉」+ i + er「名詞字尾」
n. 慰撫的人事物；奶嘴；鎮定物

近義詞
soother n. 安撫寶寶的東西（奶嘴、娃娃等）
延伸片語
suck a pacifier 吸奶嘴

05 The government tried to **pacify** the protesters but in vain due to its incompetence.
政府雖試圖安撫抗議人士，但因無能仍毫無幫助。

pacify [ˋpæsə͵faɪ]
paci「和平」+ fy「動詞字尾」
v. 使平靜；撫慰

近義字
placate v. 撫慰
延伸片語
to pacify an area
平息一個地區的紛擾

06 Why couldn't we maintain a **peaceful** relationship?
為什麼我們不能保持和平關係？

peaceful [ˋpisfəl]
peac「和平」+ e「名詞字尾」+ ful「形容詞字尾」
adj. 和平的

近義字
harmonious adj. 和諧的
反義字
agitative adj. 煽動的

07 I wonder what could possibly **appease** the anger of the crowd.
我在想怎麼樣可以平息群眾的怒火。

appease [əˋpiz]
ap「朝向」+ pease「=peace 和平」
v. 緩和；平息

近義字
pacify v. 使平靜
反義字
aggravate v. 加劇；激怒

unit 096

phone 聲音

01

He raised his **megaphone** to guide people in the queue to move into the auditorium.
他拿起擴音器引導排隊中的人往禮堂移動。

megaphone [ˋmɛgə͵fon]
mega「大」+ phone「聲音」
n. 擴音器、話筒

記憶秘訣
把聲音放大的器具
→ 擴音器；話筒

同義字
bullhorn n. 喇叭、話筒、擴音器

02

Tourists packed the plaza and all around was a bubbling **cacophony** of voices.
觀光客擠滿了廣場，到處都發出吵雜的聲音。

cacophony [kæˋkɑfənɪ]
caco「不好」+ phony「聲音」
n. 雜音、不和諧音

記憶秘訣
不好聽的聲音
→ 噪音；刺耳的聲音

近義字
noise n. 噪音

03

The **euphonious** sound of his piano performance fascinated the audience. 他悅耳的鋼琴演奏聲讓觀眾陶醉。

euphonious [juˋfonɪəss]
eu「好的」+ phon「聲音」+ ious「形容詞字尾」
adj. 聲音和諧的、悅耳的

記憶秘訣
聽起來好聽的
→ 悅耳的；動聽的

04 The **microphone** suddenly stopped working when the politician was about to begin his speech.
那位政治人物要開始演說的時候，麥克風就突然壞了。

microphone [ˋmaɪkrə͵fon]
micro「小」+ phone「聲音」
n. 麥克風

記憶秘訣
讓人聽見微小聲音的器具 → 麥克風

字根小教室
其他與文字語音相關的單字包括phonetics為「語音學」、phonology「音系學」、phonics「語音教學法；拼讀法」。

05 A **phonogram** is a written character which represents a speech sound. 音標符號是一個代表某個語音的書寫符號。

phonogram [ˋfonə͵græm]
phono「聲音」+ gram「符號；字母」
n. 表音符號、音標符號、（留聲機的）唱片

記憶秘訣
標示聲音的符號
→ 表音符號；音標符號

06 He used to be the conductor of the national **symphony** orchestra. 他曾經擔任國家交響樂團的指揮。

symphony [ˋsɪmfənɪ]
sym「一起」+ phony「聲音」
n. 交響樂、交響樂團、和聲、和諧

記憶秘訣
集合各種聲音的和諧之音
→ 交響樂

近義字
orchestra n. 管絃樂隊

07 Jane started learning **xylophone** in high school.
珍在高中時開始學木琴。

xylophone [ˋzaɪlə͵fon]
xylo「木」+ phone「聲音」
n. 木琴

記憶秘訣
木質的聲音 → 木琴

延伸片語
play the xylophone 演奏木琴

unit 097

plen, plet, ply

填滿；滿的

Track 097
內含本跨頁例句之MP3音檔

01 My family and my job fulfill separate but **complementary** needs in my life.
家庭和工作是我生活中兩個彼此分離又互補的部分。

complementary [ˌkɑmpləˋmɛntərɪ]
com「全部」+ ple「補足」+ ment「名詞字尾」+ ary「形容詞字尾」
adj. 互補的、相配的、補充的

近義字
integral adj. 構成整體所必須的

延伸片語
complementary colors / skills 互補色／技能

02 The tech company has taken its full **complement** of interns this year. 這家科技公司今年接收的畢業實習生已經額滿。

complement [ˋkɑmpləmənt]
com「全部」+ ple「填滿」+ ment「動詞／名詞字尾」
v. 補足、補充
n. 補足物、足數

記憶秘訣
完全填滿 → 補足

延伸片語
full complement of sth. 全體的、完整的、全面的……

03 By the end of 2011, they had **completed** the project.
到2011年年底，他們已經完成這項工程。

complete [kəmˋplit]
com「全部」+ plet「填滿」+ e
adj. 完整的、全部的、結束的、完全的
v. 使齊全、完成、結束

記憶秘訣
全部填滿 → 完整的

同義詞
accomplish / achieve v. 完成

04 We should **comply** with the UN resolution.
我們應遵守聯合國的決議。

comply [kəm`plaɪ]
com「全部」+ ply「滿足」
v. 依從、順從、遵從

記憶秘訣
滿足要求 → 遵從
延伸片語
comply with sth. 遵從某事

05 The workers are physically and mentally **depleted** due to overtime hours. 員工因為超時工作而身心俱疲。

deplete [dɪ`plit]
de「離開」+ plet「填滿」+ e
v. 用盡、使減少、耗盡

記憶秘訣
遠離填滿的狀態 → 消耗；減少
同義詞
drain v. 消耗

06 She has **plentiful** supply of games to keep the children amused. 她有充足的遊戲，可以供應給小孩玩。

plentiful [`plɛntɪfəl]
plent(y)「充滿」+ i + ful「充滿」
adj. 大量的、充足的、豐富的

記憶秘訣
滿之又滿 → 富裕的；充足的
同義詞
ample / bountiful adj. 充足的／大量的

07 Doing **plenty** of exercise is essential for mastering a skill.
充足的練習對於熟練一項技巧是很重要的。

plenty [`plɛntɪ]
plenty「充滿」
n. 大量、充足、豐富

反義詞
lack n. 缺少
延伸片語
plenty of sth. 很多某物

08 The pond is **replete** with algae and plankton.
這個池塘裡充滿藻類和浮游生物。

replete [rɪ`plit]
re「再度」+ plet「裝滿」+ e
adj. 充滿的、裝滿的、充斥的、很飽的

記憶秘訣
形容再次裝滿的 → 充滿的；完備的
反義詞
unfilled adj. 空缺的

unit 098

plic, plex, ply 摺疊

內含本跨頁例句之MP3音檔

01 Can you show me how to **duplicate** page in Word?
你可以教我如何在Word檔案中複製頁面嗎？

duplicate [ˋdjupləkɪt]

du「二」+ plic「折疊」+ ate「動詞字尾」

v. 複製、複寫、影印、拷貝

記憶秘訣

使成為兩倍 → 複製

同義字

copy / replicate v. 複製

02 Over ten **applicants** sent in their resumes.
超過十位應徵者寄來了他們的履歷表。

applicant [ˋæpləkənt]

ap「朝向」+ plic +「折疊」+ ant「人」

n. 申請人

記憶秘訣

朝著某個職位靠過去的人 → 申請人

延伸片語

applicant for sth. 申請（某份工作）的人

03 This rule **applies** to anyone who is born in this country.
這條規則適用於每個在這個國家出生的人。

apply [əˋplaɪ]

ap「朝向」+ ply「折疊」

v. 塗、敷、申請、適用

記憶秘訣

朝著皮膚某處黏附過去；朝著某個職位靠過去 → 塗；申請

同義字

cover v. 蓋上、覆蓋

04 What **complicates** the issue is the interference of the stakeholders. 股票持有人的介入使事情更加複雜。

complicate [ˋkɑmpləˏket]
com「一起」+ plic「折疊」+ ate「動詞字尾」
v. 使複雜化、使難對付、使惡化

記憶秘訣
摺疊在一起 → 使變得複雜

反義字
simplify v. 使簡化、使簡易

05 Mr. Thompson has a **duplex** apartment for rent. 湯普森先生有一棟複式公寓要出租。

duplex [ˋdjuplɛk]
du「二；複」+ plex「折疊」
n. 複式公寓、複式住宅

記憶秘訣
雙倍的 → 複式公寓；複式住宅

06 The teacher **explicated** the poem for his students line by line. 這位老師逐行解釋這首詩給學生聽。

explicate [ˋɛksplɪˏket]
ex「向外」+ plic「折疊」+ ate「動詞字尾」
v. 解說、說明

記憶秘訣
把摺疊部分向外打開 → 解釋

同義字
elucidate v. 闡明、解釋

07 The PE teacher gave us **explicit** instructions on how to warm up. 體育老師詳細地告訴我們該如何暖身。

explicit [ɪkˋsplɪsɪt]
ex「向外」+ plic「折疊」+ it「形容詞字尾」
adj. 詳盡的、明確的

記憶秘訣
把摺疊向外打開
→ 詳盡的；清楚的

同義字
precise adj. 精確的

08 Did you gather the **implications** of his message? 你猜到他留言的隱含意義了嗎？

implication [ˏɪmplɪˋkeʃən]
im「進入」+ plic「折疊」+ ation「名詞字尾」
n. 牽連、涉及、捲入、含意

記憶秘訣
把……摺疊進去 → 牽連；暗示

同義字
overtone n. 暗示、弦外之音

unit 099 poli 城市

Track 099
內含本跨頁例句之MP3音檔

01 Tokyo is a **metropolis** where entertainment industry thrives. 東京是一個大都會，娛樂產業相當發達。

metropolis [mə`traplɪs]
metro「母親」+ polis「城市」
n. 大都會、首府、都市中心

記憶秘訣
母都市 → 大都市
同義字
capital n. 首都

02 We wondered on the broad top of the **acropolis**.
我們在衛城寬闊的頂樓漫步。

acropolis [ə`krapəlɪs]
acro「最高處」+ polis「城市」
n. 衛城

記憶秘訣
城市最高處的城垛 → 衛城
延伸片語
ancient acropolis 古老衛城

03 Living in a **cosmopolitan** city like New York, I think my dream has come true.
住在紐約這樣的大都會裡，我想我的夢想已成真。

cosmopolitan [͵kazmə`palətn]
cosmo「世界」+ poli「城市」+ tan「形容詞字尾」
adj. 國際性的、無狹隘偏見的

記憶秘訣
形容世界性的城市 → 世界性的；四海為家的
反義字
unrefined adj. 不優雅的、粗俗的

04 Young people may not be able to afford houses outside **metropolitan** areas. 年輕人可能買不起大都會區的房子。

metropolitan [ˌmɛtrəˋpɑlətn]
metro「母親」+ poli「城市」+ tan「形容詞字尾」
adj. 大都市的

記憶秘訣
形容母都市的 → 大都市的
同義字
urban adj. 城市的、城鎮的

05 The **police** spokesman did not reveal the details of the investigation. 警方發言人無法釐清整個事件的情況。

police [pəˋlis]
police「城市」
n. 警察、警方

記憶秘訣
城市的管理 → 警察；警方

06 The controversial **policy** has attracted national censure. 這個有爭議的政策引起了全國的譴責。

policy [ˋpɑləsɪ]
poli「城市」+ cy「名詞字尾」
n. 政策

記憶秘訣
城市的管理方式 → 政策
延伸片語
foreign policy外交政策

07 The incident totally changed my perception of **politics**. 這個事件完全改變我對政治的看法。

politics [ˋpɑlətɪks]
poli「城市；公民」+ tics「學科；領域」
n. 政治

記憶秘訣
關於公民事務的科學 → 政治
延伸片語
one's politics （某人的）政治見解、政治觀點

08 Citizenship is a relationship between an individual and a **polity**. 公民的權利與義務就是個人與國家之間一種關係。

polity [ˋpɑlətɪ]
polity「城市」
n. 政體、國體、政府、政治機構

記憶秘訣
城市的規則 → 政體
字根小教室
「城邦政治」算是最早的政治形式之一。

unit 100 pon, pos 放置

Track 100

內含本跨頁例句之MP3音檔

01

Who **composed** the symphony “Pastorale”?
《田園交響曲》是由誰所作的？

compose [kəmˋpoz]

com +「一起」+ pose「放置」

v. 作（詩、曲）、構圖、組成、構成

記憶秘訣

把音符或文字放在一起
→組成一個作品

反義字

destroy / demolish v. 摧毀／拆毀

02

In the phrase, “her father, George”, “George” is in **apposition** to “her father.” 在「her father, George」這段話中，George是her father的同位語。

apposition [ˏæpəˋzɪʃən]

ap「朝向」+ posit「放置」+ ion「名詞字尾」

n. 並置、同位語

記憶秘訣

兩個意義相當的名詞並列
→ 並置；同位語

03

This handset consists of hundreds of **components**.
這台手機由數百個零件組成。

component [kəmˋpoz]

com「一起」+ pon「放置」+ ent「名詞字尾」

n. 構成要素、零件、成分

記憶秘訣

放在一起的東西
→ 構成要件；成分

同義字

ingredient n. 成分

04 The general planned a rebellion to **depose** the tyrant.
將軍籌畫一場叛亂行動以推翻暴君。

depose [dɪ`poz]
de「下面」+ pose「放置」
v. 罷免、廢（王位）

記憶秘訣
讓某個人走下位置
→ 罷免

同義字
dethrone / impeach v. 罷黜、使下台／控告、彈劾（公職人員）

05 They have put down a 5% **deposit** on the house.
他們已經支付房屋的5%作為訂金。

deposit [dɪ`pɑzɪt]
de「下面」+ posit「放置」
v. 放下、寄存、沉澱、儲存
n. 沉澱、存款、訂金

記憶秘訣
放置物品 → 沉澱

近義字
accumulate v. 累積、積聚

06 They have tons of treasures stored in their **depository**.
他們在貯藏室裡存放了許多寶物。

depository [dɪ`pɑzəˏtorɪ]
de「下面」+ posit「放置」+ ory「地方」
n. 儲藏所、受託者、保管者

記憶秘訣
放置物品的地方 → 貯藏所

同義字
storehouse n. 倉庫

07 A lot of hazardous waste is waiting to be **disposed** of.
許多有毒廢料正等著被處理。

dispose [dɪ`spoz]
dis「分開」+ pose「放置」
v. 配置、佈置、處置、處理

記憶秘訣
分開放置物品 →處置

近義字
adapt v. 改造、適應

08 Public policy decision is no longer in our **disposition**.
大眾議題的決定再也不是由我們支配。

disposition [ˏdɪspə`zɪʃən]
dis「分開」+ posit「放置」+ ion「名詞字尾」
v. 配置、處理、性情、傾向

近義詞
arrangement n. 安排、配置

unit 101 popul, publ 人

Track 101
內含本跨頁例句之MP3音檔

01 There has been zero **population** growth in the past few decades. 過去幾十年來人口零成長。

population [ˌpɑpjəˋleʃən]
popul「人」+ aion「名詞字尾」
n. 人口

延伸片語
population control 人口控制

02 The prolonged drought could **depopulate** this whole region. 這個沒完沒了的旱災，可能會讓這整個地區的人口減少。

depopulate [diˋpɑpjəˏlet]
de「消失」+ popul「人」+ ate「動詞字尾」
v. 使人口減少

近義字
decimate v. 毀滅、大量殺戮

反義字
bloom v. 茂盛生長

03 The **populace** at large is supportive of the legislation. 民眾普遍贊成這條法規。

populace [ˋpɑpjələs]
popul「人」+ ace「名詞字尾」
n. 平民、百姓、人口

同義字
public n. 公眾、民眾

延伸片語
the general populace
一般民眾

04 The Portuguese began to **populate** this region in the 15th century. 葡萄牙人於十五世紀開始殖民於這個地區。

populate [ˋpɑpjə͵let]
popul「人」+ ate「動詞字尾」
v. 居住於、移民於、殖民於

同義字
colonize / inhabit / occupy v. 殖民於／居住於／佔領於
反義字
depart v. 啟程、出發

05 There is an increasing demand of medical care in this **populous** town.
在這個人口眾多的鎮上，醫療的需求逐漸增加。

populous [ˋpɑpjələs]
pop「人」+ ulous「充滿的」
adj. 人口眾多的

同義字
crowded adj. 擁擠的、人多的
反義字
deserted adj. 空無一人的、空蕩蕩的

06 Her case has evoked **public** sympathy.
她的案例引起公眾的同情。

public [ˋpʌblɪk]
publ「人」+ ic「形容詞字尾」
adj. 公眾的、公用的、公然的
n. 公眾、民眾

近義字
communal adj. 公共的、共有的
反義字
private adj. 私人的、私有的

07 The politician promoted his political ideals in his **publications**. 這名政治人物在自己的出版刊物中宣傳政治理念。

publication [͵pʌblɪˋkeʃən]
public「公開給大眾」+ ation「名詞字尾」
n. 出版、發行、出版物、發表

記憶秘訣
公開給大眾 → 出版（物）；發行
近義字
announcement n. 公告、聲明

08 The **Republic** of China was established in 1912.
中華民國誕生於一九一二年。

republic [rɪˋpʌblɪk]
re「事情」+ public「人」
n. 共和國、共和政體

記憶秘訣
以人民為先的政治體制
→ 共和政體
延伸片語
the People's Republic of China
中華人民共和國

unit 102 port 搬運；負擔

Track 102
內含本跨頁例句之MP3音檔

01 Those illegal immigrants will be **deported** immediately.
非法移民者將立即被驅逐出境。

deport [dɪˋport]
de「離開」+ port「搬運」
v. 驅逐（出境）、放逐

記憶秘訣
帶走 → 驅逐

同義字
expel v. 驅逐、除名、開除

02 I bought my daughter a **portable** computer.
我買了一臺手提電腦給我女兒。

portable [ˋportəbəl]
port「攜帶」+ able「形容詞字尾」
adj. 便於攜帶的、手提式的、輕便的

同義字
handy adj. 便利的、有用的

延伸片語
a portable size
可以隨身攜帶的大小

03 The student showed the professors a **portfolio** of his art works. 這位學生向教授展示他的藝術作品選集。

portfolio [portˋfolɪ͵o]
port「攜帶」+ folio「紙張」
n. 整套作品、代表作選輯、文件夾、組合

記憶秘訣
可攜帶的紙上作品 → 作品集

延伸片語
without portfolio 不掌管部門的（官員）

04 A company is **reported** to have devised a new way to generate electricity. 據說有一家公司發展出一種新的發電方式。

report [rɪˋport]
re「回來」+ port「攜帶」
v. 報告、報導、描述、告發
n. 報告、報導、成績單

記憶秘訣
帶回來的東西 → 報告；報導
近義字
news n. 新聞報導

05 He **supported** his theory with abundant statistical data. 他用大量的數據資料來支持自己的理論。

support [səˋport]
sup「下方」+ port「攜帶」
v. 支撐、擁護、贊成、資助、證實
n. 支撐、支柱、維持生計

記憶秘訣
在下方產生支撐 → 支撐；贊成
近義字
justify v. 為……辯護

06 More and more commuters travel on public **transport**. 愈來愈多的通勤者運用大眾運輸系統。

transport [ˋtræns͵pɔrt]
trans「橫越」+ port「攜帶」
v. 運送、運輸
n. 交通運輸系統、運輸工具、旅行方式

記憶秘訣
從一地運到另一地 → 運輸
同義字
carry v. 搬、載、抬、扛

07 The government gives free **transportation** for commuters whose trip is shorter than 10 kilometers. 政府提供通勤距離不到10公里的人免費搭乘大眾運輸的福利。

transportation
[͵trænspɚˋteʃən]
trans「橫越」+ port「攜帶」+ ation「名詞字尾」
n. 運輸、輸送、運輸工具

記憶秘訣
從一地運到另一地 → 運輸
延伸片語
form / means of transportation
交通工具的種類

08 About thirty percent of cars are **imported** from Japan. 大約百分之三十的汽車是從日本進口的。

import [ˋɪmport]
im「往內的」+ port「攜帶」
n. 進口、進口貨物、輸入勞務
v. 進口、輸入、引進

同義字
introduce v. 引進、採用、推行、介紹
反義詞
export v. 出口

unit 103

poten 能力

內含本跨頁例句之MP3音檔

01

I think you have great **potential** for cooking.
我覺得你在料理方面很有潛力。

potential [pə`tɛnʃəl]

poten「能力」+ tial「（多為）形容詞字尾」

adj. 潛在的，可能的 n. 潛力，潛能

近義字

promising adj. 大有可為的

反義字

unlikely adj. 不太可能的

02

The **potentiality** of the end of the world is getting bigger and bigger.
世界末日的可能越來越大了。

potentiality [pə͵tɛnʃɪ`ælətɪ]

poten「能力」+ tiality「名詞字尾」

n. 可能性；潛在的能力

延伸片語

the potentiality of sth.
某事物的潛力

03

It is inevitable to feel **impotent** when one confronts dictatorship.
對抗獨裁政權時，一個人感到無能為力是難以避免的。

impotent [`ɪmpətənt]

im「沒有；無」+ poten「能力」+ t

adj. 沒有力量的；無能的

同義字

incapable adj. 不能

延伸片語

an impotent leader
無能的領導者

04

No one is **omnipotent**, not even the one you worship the most.
沒有人是萬能的，就算是你最崇拜的人也一樣。

omnipotent [ɑm`nɪpətənt]
omni「全」+ poten「能力」+ t
adj. 萬能的

近義字
almighty adj. 有無限權力的

延伸片語
the Omnipotent 全能者（指上帝）

05

The **potency** of this drug for pancreatic cancer is still unclear.
此種針對胰臟癌的藥之效力目前尚不清楚。

potency [`potnsɪ]
poten「能力」+ cy「名詞字尾」
n. 潛力；效力；影響力

近義字
capability n. 能力

延伸片語
the potency of ……的力量

06

Remaining a small circle of allies is always benefical to solidify one's military **potence**.
維持小盟友圈對於鞏固軍事力量總是有幫助的。

potence [`potns]
poten「能力」+ ce「名詞字尾」
n. 效力；力量

同義字
potency n. 能力

反義字
weakness n. 軟弱

07

This pill can **potentiate** the drug you're now taking.
這個藥丸可以加強你現在正在吃的藥。

potentiate [pə`tɛnʃɪ͵et]
potent「能力」+ iate「做」
v. 使具有力量；使加強；使成為可能

記憶秘訣
製造力量出來
→ 使某事物具有動能；賦予力量

unit 104 press 壓

內含本跨頁例句之MP3音檔

01 He **compressed** the file before sending it by email.
他先將檔案壓縮，再用email寄出。

compress [kəmˋprɛs]
com「一起」+ press「壓」
v. 壓縮、濃縮

記憶秘訣
壓在一起 → 壓縮；濃縮
反義字 enlarge v. （使）擴充

02 She became **depressed** because she lost her precious necklace.
她弄丟了珍貴的項鍊，變得十分沮喪。

depressed [dɪˋprɛst]
de「向下」+ press「壓」+ ed「形容詞字尾」
adj. 沮喪的、憂鬱的

記憶秘訣
壓下的 → 沮喪的；憂鬱的
近義字
unhappy adj. 不開心的

03 The aroma therapy is a great choice to treat **depression** and chronic anxiety.
芳香療法在治療憂鬱症以及慢性焦慮方面是一個不錯的選擇。

depression [dɪˋprɛʃən]
de「向下」+ press「壓」+ ion「名詞字尾」
n. 沮喪、蕭條

記憶秘訣
壓下的狀態 → 意志消沉；（經濟）不景氣；蕭條
近義字
desperation n. 絕望

04 We **express** doubt about whether the police's conduct was legal. 對於警察的行為是否合法，我們表示疑問。

express [ɪk`sprɛs]

ex「向外」+ press「壓」

v. 表達、表示

記憶秘訣

把感覺或想法往外壓出來

→ 表達

同義字

convey v. 傳達

05 The figures in the painting has grotesque **expressions** on their faces. 這幅畫上的人，表情奇怪恐怖。

expression [ɪk`sprɛʃən]

ex「向外」+ press「壓」+ ion「名詞字尾」

n. 表達、表示、表情、措辭

記憶秘訣

被壓出來的感覺或想法

→ 表達；表情

同義字

interpretation n. 解釋、闡釋

06 I'm **impressed** that these ninth graders have sophisticated ideas regarding same-sex marriage. 我很驚訝這些九年級學生對於同性婚姻有成熟的看法。

impress [ɪm`prɛs]

im「進入」+ press「壓」

v. 給……很深的印象

記憶秘訣

壓進去，留下壓痕

→ 使印象深刻

近義字

inspire v. 賦予靈感、激發（想法）、激勵

07 Rohingya people have been considered to be pagans and **oppressed** for years. 羅興雅人被視為異教徒，多年來遭到壓迫。

oppress [ə`prɛs]

op +「反」+ press「壓」

v. 壓迫、壓制

記憶秘訣

從對立面壓過來

→ 壓迫；壓制；使煩惱

同義字

suppress v. 壓制、壓抑

unit 105

prin, prim
最先；主要；統治

Track 105
內含本跨頁例句之MP3音檔

01 Keeping regular hours is of **primary** importance for maintaining a good health condition.
作息規律對於維持好的健康狀況來說是最重要的。

primary [ˋpraɪ,mɛrɪ]
prim「首要的」+ ary「形容詞字尾」
adj. 最初的、原始的、基本的、首位的、第一流的

同義字
essential / dominant adj. 必要的／主要的
反義字
inessential / minor adj. 不必要的／次要的

02 He is one of Europe's **premier** chefs.
他是歐洲名廚之一。

premier [ˋprimɪɚ]
premier「首要的」
n. 首相、總理
adj. 首位的、首要的、最著名的

同義字
leading adj. 主要的、頂尖的
反義字
auxiliary / extra adj. 輔助的／額外的

03 The anchorman alluded vaguely to the **prime** minister's resignation.
新聞主播含糊地提到首相的辭職。

prime [praɪm]
prime「首要的」
adj. 最初的、原始的、基本的、首位的、第一流的

反義詞
worst adj. 最糟的
延伸片語
prime minister 總理

04 His works display a fusion of **primitive** and modern art.
他的作品為原始藝術與現代藝術的融合。

primitive [ˋprɪmətɪv]
primit「最新的」+ ive「形容詞字尾」
adj. 原始的、早期的、粗糙的、純樸的、自然的

記憶秘訣
形容最早的 → 原始的；粗糙的
同義字
ancient / barbaric adj. 古老的／野蠻的、原始的

05 The **principal** aim of the research is to find a cure to the epidemic disease.
這個研究的主要目的是替這個傳染病找到治療方式。

principal [ˋprɪnsəpəl]
princip「主要的」+ al「形容詞／名詞字尾」
adj. 主要的、重要的
n. 校長、主角

同義字
dominant / major / main adj. 主要的
反義字
insignificant adj. 不重要的、無足輕重的

06 In **principle**, it's feasible. But in reality, it's not.
原則上這是合理的，但實際上並不可行。

principle [ˋprɪnsəpəl]
princip「主要的」+ le「名詞字尾」
n. 原則、原理、信條

記憶秘訣
主要的信念 → 原則
同義字
doctrine n. 信條、教義

07 Some scientists believe that life in its **primordial** form still exists around hot spots on the ocean bottom.
有些科學家相信，原始的生命形式仍存在於海底地熱點附近。

primordial [praɪˋmɔrdɪəl]
prim「第一」+ ord「順序」+ ial「形容詞字尾」
adj. 原始的、最初的、根本的

近義字
prehistoric adj. 史前的
反義字
modern adj. 現代的

08 They are willing to pay a **premium** for the best solution.
為了得到最好的解決方案，他們願意多付點錢。

premium [ˋprimɪəm]
prem「第一」+ ium「名詞字尾」
n. 獎品、獎金、額外補貼、津貼、酬金
adj. 高價的、優質的

反義字
inferior adj. 次等的
延伸片語
be at a premium 非常稀罕

unit 106

quer, quest, quir

尋；問；追求

內含本跨頁例句之MP3音檔

01 The politician has an invariable answer to the **inquiry** about her husband's corruption scandal, "No comment!"
這位政治人物對於她丈夫涉入貪務弊案的問題有個不變的答案，就是「沒有論」。

inquiry [ɪnˋkwaɪrɪ]
in +「進入」+ quiry「問」
n. 詢問、打聽、質詢

記憶秘訣
探問 → 詢問；探聽

反義字
answer n. 答案

02 The company has just **acquired** 50 new computers.
這家公司剛剛買到五十台電腦。

acquire [əˋkwaɪr]
ac +「朝向」+ quire「追求」
v. 取得、獲得、學到

同義字
earn / get v. 賺取／得到

反義字
lose v. 失去

03 He put on airs after the **acquisition** of the company.
他收購了這家公司以後，就擺起架子了。

acquisition [ˌækwəˋzɪʃən]
ac +「朝向」+ quisit「追求」+ ion「名詞字尾」
n.（知識的）獲得、得到、購得物

同義字 gain / puschase v. 獲得／購買

反義字
forfeit n. 喪失物、（因違規而）喪失

04 The only way to **conquer** your fear is to face it.
克服你的恐懼的唯一方法就是面對它。

conquer [ˋkɑŋkɚ]
con「加強表示」+ quer「搜尋」
v. 佔領、克服、征服、擊敗

記憶秘訣
努力追索 → 佔領；克服
反義字
surrender v. 投降

05 The basic aim of our foundation is the **conquest** of epidemics. 本基金會的基本宗旨是征服傳染病。

conquest [ˋkɑŋkwɛst]
con「一起」+ quest「搜尋」
n. 佔領、克服、征服、擊敗、被俘虜的人

記憶秘訣
一起努力追索的目標 → 佔領
同義字
invasion / takeover n. 侵略／佔領

06 The whole garden is a monument to his **exquisite** craftsmanship. 整座花園是個不朽作品，展現出他的精美工藝。

exquisite [ˋɛkskwɪzɪt]
ex「向外」+ quis「探索」+ ite「形容詞字尾」
adj. 精美的、精緻的、強烈的、敏銳的

記憶秘訣
徹底的追索出來 → 精美的
同義字
delicate adj. 嬌貴的、脆弱的

07 She called to **inquire** about job vacancies.
她打電話去詢問工作職缺。

inquire [ɪnˋkwaɪr]
in「進入」+ quire「問」
v. 訊問、查問、調查

記憶秘訣
探問 → 詢問；打聽
同義字
investigate v. 調查

08 She answered in a **querulous** voice.
她用發牢騷似的聲音回答。

querulous [ˋkwɛrələs]
quer「抱怨」+ ulous「形容詞字尾」
adj. 愛發牢騷的、易怒的

反義字
easy-going adj. 隨和的

unit 107

rect, reg, scope

正確；直的；看

Track 107
內含本跨頁例句之MP3音檔

01 She folded a piece of paper into a neat **rectangle**.
她將一張紙摺成一個整整齊齊的長方形。

rectangle [rɛk`tæŋgəl]
rect「直的」+ angle「角度」
n. 矩形、正方形

同義字
square n. 正方形、四方形、廣場

02 You should look carefully at the **corrections** the journal reviewers have made on your essay.
你要仔細看一下期刊文章審查者對你文章修改過的地方。

correction [kə`rɛkʃən]
cor「全部」+ rect「直的」+ tion「名詞字尾」
n. 訂正、修改、校正、懲治

同義字
amendment n. 修正、修訂

延伸片語
make correction（做出）修正

03 The system maintenance engineer helped us to **rectify** this problem right away.
系統維修工程師當下就幫我們解決了這個問題。

rectify [`rɛktə͵faɪ]
recti「正確的」+ fy「動詞字尾」
v. 矯正、改正

記憶秘訣
使變成正確 → 矯正；改正

近義字
amend v. 修正、修訂

04 The scholar is a person of the utmost **rectitude**.
這位學者是一個非常正直的人。

rectitude [ˋrɛktə͵tjud]
recti「正義的；正確的」+ tude「名詞字尾」
n. 正直、公正

同義字
decency / integraty n. 正直

反義字
corruption n. 腐敗、貪汙、墮落

05 NSAS is ending the Kepler space **telescope's** science operation after it had collected space data for nine years.
美國國家太空總署宣布克卜勒望遠鏡在收集資料九年之後即將退役。

telescope [ˋtɛlə͵skop]
tele「遠」+ scope「看」
n. 望遠鏡

記憶秘訣
從遠處觀看 → 望遠鏡

06 We found a **kaleidoscope** of handcrafts in the bizarre.
我們在那裡的市集發現各式各樣的手工藝品。

kaleidoscope [kəˋlaɪdə͵skop]
kal「美麗的」+ eido「形狀」+ scope「看；鏡」
n. 萬花筒、千變萬化

延伸片語
kaleidoscope of sth. 各式各樣的／混合交錯的某物

07 We can observe the structure of a cell with the aid of a **microscope**.
我們可以借助顯微鏡來看細胞的結構。

microscope [ˋmaɪkrə͵skop]
micro「小」+ scope「看；鏡」
n. 顯微鏡

延伸片語
put sth. under the microscope
仔細檢查、仔細考慮

unit 108 reg 領導；統治

01 It was a **regal** banquet to celebrate the national army's victory. 這豪華的盛宴是為了慶祝國軍的勝利。

regal [ˋrigəl]

reg「國王」+ al「形容詞字尾」

adj. 帝王的、王室的、豪華的

延伸片語

a regal manner 王者風範

02 His book of Zhou Gong's **Regency** was reprinted twice. 他所寫的關於周公攝政的書再版了兩次。

regency [ˋridʒənsɪ]

reg「統治」+ ency「名詞字尾」

n. 攝政統治、攝政團、攝政政府

近義字

authority n. 威信、權力、管轄權

延伸片語

during / under the regency

在（某位在職政府）攝政期間

03 The execution of the **regicide** took place today. 弒君者今天被處決了。

regicide [ˋrɛdʒə͵saɪd]

regi「統治」+ cide「殺」

n. 弒君、弒君者

記憶秘訣

殺死國王 → 弒君；弒君者

延伸片語

commit regicide 犯弒君罪

04

This military regime was overthrown by the people who have long been oppressed.
這個軍事政權被長久受壓抑的人民推翻。

regime [rɪˋʒim]
regime「統治」
n. 政體、政權

同義字
government n. 政府

延伸片語
under / during the regime
在該政體期間

05

There are at least seven ethnic groups living in this **region**.
這個地區至少住了七個種族。

region [ˋridʒən]
reg「統治；界線」+ ion「名詞字尾」
n. 地區、行政區、領域、範圍

記憶秘訣
統治的地區
→ 領域；範圍

近義字
district n. 區域

06

These operations of the websites are strictly **regulated** by law.
這些網站受到法律嚴格的控制。

regulate [ˋrɛgjəˏlet]
regul「統治；規範」+ ate「動詞字尾」
v. 管理、控制、制訂規章；調節

記憶秘訣
使接受統治
→ 管理；校準

同義字
adjust v. 調整

unit 109 rupt 破裂；打破

Track 109
內含本跨頁例句之MP3音檔

01

The volcano **erupted** last week, causing thousands of local people homeless.
上週火山爆發，導致數千人無家可歸。

erupt [ɪ`rʌpt]
e「向外」+ rupt「破裂」
v. 噴出、爆發、發疹

記憶秘訣
向外爆發 → 爆發

同義字
burst v.（使）迸裂、（使）爆發、（使）充滿

02

The clerk's **abrupt** reply annoyed some of the customers. 這位店員粗魯的回答讓顧客很生氣。

abrupt [ə`brʌpt]
ab「離開」+ rupt「破裂」
adj. 突然的、意外的、魯莽的

記憶秘訣
突然中斷 → 突然的

近義字
hasty adj. 倉促的、輕率的

03

More than a dozen officials were involved in this **corruption** scandal. 有十多名官員涉入此項貪汙弊案。

corruption [kə`rʌpʃən]
cor「增強語氣」+ rupt「破裂」+ ion「名詞字尾」
n. 墮落、腐化、貪污

記憶秘訣
道德全部瓦解 → 墮落；貪污

同義詞
exploitation n. 剝削

04

These workers were accused of trying to **disrupt** the construction of the Metro system.
這幾名工人被控試圖干擾捷運系統的建築工程。

disrupt [dɪsˋrʌpt]
dis「分離」+ rupt「破裂」
v. 使分裂、使瓦解、使中斷

記憶秘訣
破裂分開
→ 使瓦解；使中斷

反義詞
appease v. 平息、撫慰

05

It's impolite to **interrupt** the speaker in the middle of a lecture. 在演講中打斷講者是不禮貌的。

interrupt [ˏɪntəˋrʌpt]
inter「在……之間」+ rupt「打破」
v. 打斷、中斷、阻礙

記憶秘訣
在中間打斷
→ 中斷；阻礙

同義字
disturb v. 打斷、干擾

06

This incident has led to a **rupture** in their relationship.
這個事件導致他們的關係破裂。

rupture [ˋrʌptʃɚ]
rupt「破裂」+ ure「名詞字尾」
n. 破裂、不和
v. 破裂、使破裂、使不和

同義字
fracture n. / v. 斷裂、骨折／（使）斷裂

延伸片語
rupture oneself（通常因為舉過重的東西而）引發疝氣

07

The **irruption** of owls has caused great impact on the ecological system in this area.
貓頭鷹數量突然增加，對此地區的生態系統造成很大的影響。

irruption [ɪˋrʌpʃən]
ir「向內的」+ rupt「破裂」+ tion「名詞字尾」
n. 衝進、闖入

同義字
incursion n. 介入、侵入

反義字
retreat n. / v. 撤退、退卻

unit 110

sci 知道

Track 110

內含本跨頁例句之MP3音檔

01

He remained **unconscious** in the ICU for days after the horrible accident. 在那場可怕的意外之後，他不省人事，在加護病房內躺了好幾天。

unconscious [ʌnˋkɑnʃəs]

un「無」+ con「具有」+ sci「知道」+ ous「形容詞字尾」

adj. 不省人事的，失去知覺的；不知道的，未發覺的

反義字

sober adj. 清醒的

延伸片語

be knocked unconscious
被撞暈

02

One should always be **conscious** of one's health condition. 每個人都應該要隨時意識到自己的健康狀況。

conscious [ˋkɑnʃəs]

con「具有」+ sci「知道」+ ous「形容詞字尾」

adj. 神志清醒的、有知覺、覺察到的

近義詞

aware adj. 察覺的

反義詞

unconscious adj. 未察覺的

03

He was found **semiconscious** at the side of the street. 他被發現躺在路邊，呈現半昏迷狀態。

semiconscious [ˏsɛmɪˋkɑnʃəs]

semi「一半」+ con「具有」+ sci「知道」+ ous「形容詞字尾」

adj. 半清醒的；半意識的

延伸片語

to be discovered semiconscious
被發現呈現半昏迷狀態

04 At the **subconscious** level, I know his strange answer was right. 在潛意識的層次上我知道他奇怪的答案是對的。

subconscious [sʌbˋkɑnʃəs]

sub「在……之下」+ con「具有」+ sci「知道」+ ous「形容詞字尾」

adj. 下意識的，潛意識的；意識不清的，意識模糊的 n. 下意識

延伸片語

a subconscious reation
下意識的反應

a subconscious move
下意識的動作

05 I felt very **selfconscious** about the scar on my forehead. 我對額頭上的疤感到很不自在。

selfconscious [ˋsɛlfˋkɑnʃəs]

self「自我」+ con「具有」+ sci「知道」+ ous「形容詞字尾」

adj. 有自我意識的，自覺的；扭捏的，害羞的；難為情的

延伸片語

to feel selfconscious about
對……感到不自在

06 My mother certainly has a **scientific** mind. No wonder she manages things well. 我媽媽確實有個科學頭腦。難怪她極會管理事物。

scientific [ˏsaɪənˋtɪfɪk]

sci「知道」+ en + tific「形容詞字尾」

adj. 科學（上）的

記憶秘訣

關於知識上的東西
→ 科學

延伸片語

scientific system 科學系統

unit 111 sect 切

Track 111

內含本跨頁例句之MP3音檔

01 You can see traffic lights only at major **intersections**.
只有在主要的十字路口，你才能看到交通號誌。

intersection [ˌɪntɚˋsɛkʃən]

inter「在……之間」+ sect「切」+ ion「名詞字尾」

n. 橫斷、交叉、十字路口

記憶秘訣

和……橫切
→ 交叉；十字路口

同義字

crossing / junction n. 十字路口、岔路／樞紐

02 They **dissected** a frog in the biology class.
他們在生物課解剖一隻青蛙。

dissect [dɪˋsɛkt]

dis「分開」+ sect「切」

v. 解剖、切開；仔細研究

記憶秘訣

切開 → 解剖；切開

反義字

combine / connect v. 組合／連接

03 These villagers belonged to an ascetic **sect**.
這些村民屬於一個苦行的教派。

sect [sɛkt]

sect「切」

n. 派別、黨派

記憶秘訣

分割開來的部份 → 派別；黨派

同義字

faction n. 派別、派系、小集團

04 Split up the article into **sections**.
將文章分成段落。

section [ˋsɛkʃən]
sect +「切」+ ion「名詞字尾」
n. 切下的部分、塊、片、段

記憶秘訣
切下的部份 → 塊；片；段
同義字
chunk / segment n. 一部分／部分

05 The **insecticide** contains several chemicals that are harmful to human body.
殺蟲劑含有一些對人體有害的化學成分。

insecticide [ɪnˋsɛktəˏsaɪd]
in「進入」+ sect(i)「切」+ cide「殺」
n. 殺蟲劑

記憶秘訣
殺死昆蟲的藥劑 → 殺蟲劑
同義字
pesticide n. 殺蟲劑

06 I am opposed to **vivisection** because it is unethical.
我反對活體解剖，因為很不道德。

vivisection [ˏvɪvəˋsɛkʃən]
vivi「活著」+ section「切割」
v. 活體解剖

記憶秘訣
切割活的動物 → 活體解剖

07 David has won champion in the tournament for four **consecutive** years.
大衛已經連續四年在這場錦標賽中得到冠軍。

consecutive [kənˋsɛkjʊtɪv]
con「結合」+ sect「切」+ ive「形容詞字尾」
adj. 連續的；連貫的

記憶秘訣
結合分開的段落 → 接續的
同義字
successive adj. 接連的、連續的

08 The **sectarian** battle between Sunni and Shia Islam has lasted for hundreds of years.
遜尼派和什葉派回教信仰的爭執已經持續了好幾百年。

sectarian [sɛkˋtɛrɪən]
sect「切」+ arian「做某事的人」
n. 宗派成員
adj. 宗派的、派別的、偏執的

記憶秘訣
切割事物的人
→ 分派系的人
→ 宗派成員
同義字
partisan n. 黨徒、黨羽

unit 112 sent, sens 感覺

Track 112
內含本跨頁例句之MP3音檔

01

Sensual experiences constitute the foundation of all logical reasoning.
感官經驗構成了所有邏輯推論的根基。

sensual [ˋsɛnʃuəl]
sens「感覺」+ ual「形容詞字尾」
adj. 感官的、肉體上的

延伸片語
sensual pleasures 感官上的愉悅
sensual impulses 感官衝動

02

The homeless man lay there **senseless**, appearing dead.
那名流浪漢不省人事地躺在那，看起來像是死了。

senseless [ˋsɛnslɪs]
sense「感覺」+ less「沒有」
adj. 無知覺的、沒有感覺的

記憶秘訣
缺乏感覺
→ 失去知覺的、無知的

反義字
sensible
adj. 查覺到的、明智的

03

The statement issued by the political party caused a **sensation**. 該政黨所做的發言引起了騷動。

sensation [sɛnˋseʃən]
sens「感覺」+ ation「名詞字尾」
n. 感覺（能力、作用）、轟動

反義字
unconsciousness n. 無意識

04 The view aroused much nostalgic **sentiment** in me.
這篇風景喚起我相當的思鄉情愁。

sentiment [ˋsɛntəmənt]
sent「感覺」+ i + ment「名詞字尾」
n. 情感、感傷、多愁善感

延伸片語
share the sentiment 意見一致
patriotic sentiment 愛國情操

05 This is certainly going to be a **sensational** event!
這絕對會是一場引起轟動的事件！

sensational [sɛnˋseʃənəl]
sens「感覺」+ ation「名詞字尾」+ al「形容詞字尾」
adj. 感覺的、引起轟動的

反義字
ordinary adj. 普通的

延伸片語
sensational news 轟動的新聞

06 If we lack **sensory** stimulation for a long time, we may develop behavoiral disorders.
若我們長期缺乏感官刺激，我們可能會發展出行為上的失調。

sensory [ˋsɛnsərɪ]
sens「感覺」+ ory「形容詞字尾」
adj. 知覺的、感覺（中樞）的

延伸片語
sensory functions 感官功能
sensory deprivation 感覺剝奪

07 How could you possibly be **insensible** to the piercing cry of pain?
你怎麼有辦法對這刺耳的痛苦哭聲毫無感覺？

insensible [ɪnˋsɛnsəbəl]
in「沒有」+ sens「感覺」+ ible「形容詞字尾」
adj. 無感覺的、昏迷的、沒有意識到的

反義字
sensible adj. 明智的、察覺到的

延伸片語
be insensible to 對～毫無感覺（不在意）

unit 113 sequ 追隨其後

Track 113
內含本跨頁例句之MP3音檔

01 These two events are not **sequent**. Don't confuse them together. 這兩件事情不是接續發生的。不要把它們混淆在一起。

sequent [ˋsikwənt]
sequ「接續」+ ent「形容詞字尾」
adj. 接續的、其次的

同義字
ensuing adj. 接著而來的

02 Your **inconsequent** reasoning is very disruptive to the entire discussion. 你不具邏輯的論述擾亂了整個討論。

inconsequent [ɪnˋkɑnsəˏkwɛnt]
in「否定」+ con「一起」+ sequ「接續」+ ent「形容詞字尾」
adj. 不合理的

近義字
illogical adj. 不合邏輯的

延伸片語
an inconsequent conversation
不切題的對話

03 The rise in prize of this year's pomelo was **consequent** upon the typhoon. 因颱風因素，今年柚子價格高漲。

consequent [ˋkɑnsəˏkwɛnt]
con「一起」+ sequ「接續」+ ent「形容詞字尾」
adj. 隨之發生的；邏輯一致的

同義詞
ensuing adj. 因而發生的；隨後的

延伸片語
consequent damage/disaster
隨之而來的破壞；災難

04 In the **sequential** game, the players seem already tired.
再接續的比賽中，選手看起來早已疲累了。

sequential [sɪˋkwɛnʃəl]
sequ「緊接」+ ent「形容詞字尾」+ ial「形容詞字尾」
adj. 相繼的；隨之而來的

近義字
chronological adj. 按年代順序排列的
延伸片語
sequential entries
按順序排列的記錄

05 This book is the **sequel** to the best-selling The Grand Hotel.
這本書是暢銷書《華麗大飯店》的續集。

sequel [ˋsikwəl]
sequ「緊接」+ el「表事物」
n. 繼續（而來的事物）；續集

延伸片語
the sequel to... 某事物的續集／在某事物之後所發生的事情

06 Jack's **obsequious** flatteries make his boss overwhelmed with joy.
傑克的阿諛諂媚之詞讓老闆樂不可支。

obsequious [əbˋsikwɪəs]
ob「共同」+ sequ「跟隨」+ ious「形容詞字尾」
adj. 奉承的

同義詞
butter sb up 巴結某人
延伸片語
be obsequious to 對……阿諛奉承

07 On the day **subsequent** to their divorce, he married another woman.
就在他們離婚的第二天，他就娶了另一個女子。

subsequent [ˋsʌbsɪˏkwɛnt]
sub「下面」+ sequ「跟隨」+ ent「形容詞字尾」
adj. 後來的；隨後的

延伸片語
be subsequent to
在……之後的；繼……之後的

08 You know that sooner or later you'll have to face the **consequence** of your stupid actions, right?
你知道你遲早都要面對你的愚蠢行為所帶來的後果，對吧？

consequence [ˋkɑnsəˏkwɛns]
con「共同」+ sequ「跟隨」+ ence「名詞字尾」
n. 後果；結果

同義字
result n. 結果
outcome n. 結果；結局
aftermath n. 餘波；在……後的時期內

unit 114 soci 群體

Track 114
內含本跨頁例句之MP3音檔

01
It is important that each of us fulfills our **social** responsibility.
我們每個人都付起社會責任是很重要的。

social [ˋsoʃəl]
soci「群體」+ al「形容詞字尾」
adj. 社會（上）的、社交的、社會性的、喜歡交際的

延伸片語
social welfare 社會福利
social media 社群軟體

02
Drunk driving has posed great danger to the **society**.
酒駕已經對社會造成莫大危險。

society [səˋsaɪətɪ]
soci「群體」+ e + ty「名詞字尾」
n. 社會、協會、公會

延伸片語
music society 音樂協會
Royal Society 皇家學會

03
Amy is surely a **sociable** kind of girl.
愛咪確實是喜歡交際的那種女孩。

sociable [ˋsoʃəbəl]
soci「群體」+ able「形容詞字尾」
adj. 善於交際的、社交的

反義字
introverted adj. 內向的、不善交際的

04 **Antisocial** behaviour, once affecting people should reasonably be stopped at once.

一旦影響到他人，反社會行為理當被立刻制止。

antisocial [ˏæntɪˋsoʃəl]

anti「反」+ soci「群體」+ al「形容詞字尾」

adj. 反社會的、不愛交際的

延伸片語

Antisocial Personality Disorder
反社會人格障礙

antisocial behavoiur
反（擾亂）社會行為

05 There are huge differences between being antisocial and **asocial**. 反社會和不具社交性兩者之間是有很大的差別的。

asocial [eˋsoʃəl]

a「無」+ soci「群體」+ al「形容詞字尾」

adj. 缺乏社交性的、不合群的

記憶秘訣

不在群體之內 → 不合群的

06 He is the Marketing **Associate** Manager of this famous company. 他是這間知名公司的行銷企劃副理。

associate [əˋsoʃɪˏet]

as「向、朝」+ soci「群體」+ ate「動詞字尾」

v. 聯想、結交

adj. 副的、夥伴的

n. 夥伴、合夥人

反義字

dissociate v. 使分離

同義字

correlate v. 淨化

07 My father teaches **sociology** in this university and is very popular among students.

我的爸爸在這間大學教社會學，且相當受學生歡迎。

sociology [ˏsoʃɪˋɑlədʒɪ]

soci「群體」+ ology「學科」

n. 社會學

延伸片語

sociology of education 教育社會學

sociology of religion 宗教社會學

unit 115 spect 看

內含本跨頁例句之MP3音檔

01 North Korea regime agreed to let foreign journalists **inspect** their missile sites.
北韓政權同意外國記者去檢查他們的飛彈基地。

inspect [ɪn`spɛkt]
in「進入」+ spect「看」
v. 檢查、審查

記憶秘訣
向內觀看 → 檢視

同義字
investigate v. 調查、審查

02 The tourists love the night market in all its **aspects**, including the atmosphere.
觀光客喜歡夜市的一切，包含它的氣氛。

aspect [`æspɛkt]
a「朝向」+ spect「看」
n. 方面、觀點、外觀

記憶秘訣
朝某個方向看
→ 層面；觀點；外觀

同義字
facet n. 方面、部分

03 The police are **circumspect** about this case for it involves the state governor.
警方對這件事很審慎，因為這件事牽涉到州長。

circumspect [`sɝkəm͵spɛkt]
circum「四周」+ spect「看」
adj. 謹慎的、小心的、周到的

記憶秘訣
朝四周看看 → 謹慎的

同義字
meticulous adj. 謹慎的、一絲不苟的

04 A **conspicuous** towering office block was the first thing we saw in the downtown. 我們在市中心首先看到的就是醒目高聳的辦公大樓。

conspicuous [kən`spɪkjʊəs]
con「增強語氣」+ spicu「看」+ ous「形容詞字尾」
adj. 醒目的、顯著的

記憶秘訣
形容一看就看得到的 → 顯著的；明顯的
同義字
apparent adj. 清晰可見的、顯而易見的

05 Everything he did was to fulfill his parent's **expectations**. 他所作的每件事情，都是為了符合父母的期望。

expectation [ˌɛkspɛk`teʃən]
ex「向外」+ (s)pect「看」+ ation「名詞字尾」
n. 期待、預期、前程

記憶秘訣
向外看 → 預期
同義字
prospect n. 可能性、機會、前途（通常會用複數形式）

06 Having my moments of quiet **introspection** every day can help me improve work efficiency. 每天有安靜內省的時刻可以幫助我提昇工作效率。

introspection [ˌɪntrə`spɛkʃən]
intro「向內」+ spect「看」+ ion「名詞字尾」
n. 內省、反思

記憶秘訣
向內心看 → 內省；反思；反省
同義字
contemplation n. 盤算、沉思、冥想

07 It's advised to see these events from a different **perspective**. 最好是從不同的觀點來看這些事件。

perspective [pɚ`spɛktɪv]
per「穿過」+ spect「看」+ ive「名詞字尾」
n. 透視圖法、觀點、思考方法、景觀

記憶秘訣
以穿透的方式看出遠近 → 透視法；觀點
同義字
viewpoint n. 觀察角度

08 Business **prospects** are improving with more foreign investment. 有了更多外商的投資，商業展望已經有起色。

prospect [`prɑspɛkt]
pro「向前」+ spect「看」
n. 預期、可能性、前景、景象、有望獲勝者

記憶秘訣
往前方看 → 可能性；前景
同義字
anticipation n. 期望、盼望

unit 116 spir 呼吸；氣息

Track 116
內含本跨頁例句之MP3音檔

01

When I was about to deliver the speech, I began to **perspire**. 正要演講的時候，我開始冒汗。

perspire [pɚˋspaɪr]
per「全部」+ spire「呼吸」
v. 出汗、苦幹

記憶秘訣
皮膚持續進行的呼吸作用 → 流汗

反義字
dry v. （使）變乾、（使）乾燥

02

All of us **aspired** to attend a live concert of the world-renowned rock band.
我們都嚮往去參加世界知名搖滾樂團的現場演唱會。

aspire [əˋspaɪr]
as「朝向」+ spire「呼吸」
v. 嚮往、渴望

記憶秘訣
因為渴望而喘著氣 → 嚮往

同義字
crave v. 渴望

03

They **conspired** to embezzle the budget for this project.
他們密謀盜用這個計畫案的預算。

conspire [kənˋspaɪr]
con「一起」+ spire「呼吸」
v. 同謀、密謀

同義字
plot v./ n. 秘密計畫、陰謀

延伸片語
to conspire against 共謀對付

04 My passport will **expire** in a few weeks, so I need to renew it. 我的護照再過幾週就要到期了，所以我得要去更新。

expire [ɪk`spaɪr]

ex「向外」+ spire「呼吸」

v. 滿期、（期限）終止、呼氣、死亡

記憶秘訣
呼氣 → 滿期；終止；呼氣；死亡

近義字
terminate v. 結束、中止

05 A great entrepreneur is able to **inspire** the staff. 一位偉大的企業家能夠啟發員工。

inspire [ɪn`spaɪr]

in「進入」+ spire「呼吸」

v. 鼓舞、激勵、賦予……靈感、啟發

記憶秘訣
氣息進入新中 → 激勵；啟發

近義字
arouse v. 引起、激起

06 The patient is **respiring**. 病人正在呼吸。

respire [rɪ`spaɪr]

re「一再」+ spire「呼吸」

v. 呼吸

記憶秘訣
一再吸氣與呼氣 → 呼吸

同義詞
breathe v. 呼吸

07 The patient's **respiratory** system is vulnerable to infection. 這個病人的呼吸系統易受感染。

respiratory [rɪ`spaɪrə͵torɪ]

re「一再」+ spira「呼吸」+ tory「形容詞字尾」

adj. 呼吸的；與呼吸道相關的

同義字
breathing adj. 呼吸的

延伸片語
SARS (=Severe Acute Respiratory Syndrome) 嚴重急性呼吸系統綜合症

unit 117

sist, st, stitute

站；放置；安置

Track 117
內含本跨頁例句之MP3音檔

01 Our business has expanded, while in **contrast**, theirs has declined. 我們的生意擴展了，相反的，他們的生意下跌了。

contrast [ˋkɑnˏtræst]
contra「反」 + st「站立」
n. 對比、差異

記憶秘訣
站在對立面 → 對比
同義字
comparison n. 比較、對比

02 He seemed to take it for granted that I should **assist** with his daily expenses.
他似乎認為我資助他的日常花費是理所當然的。

assist [əˋsɪst]
as「朝向」 + sist「站立」
v. 幫助、協助

記憶秘訣
去站在旁邊 → 幫助
同義字
aid v. 幫忙、協助

03 I know she would never give up in any **circumstance**.
我知道她在任何情況下都不會放棄。

circumstance [ˋsɝkəmˏstæns]
circum「圍繞」 + st「站立」 + ance「名詞字尾」
n. 情況、環境、情勢

記憶秘訣
環繞在事件四周的一切 → 情況
同義字
situation / condition
n. 情況、現況

04 The monument **consists** of three sculptures.
這個紀念碑由三座雕像構成。

consist [kən`sɪst]

con「一起」+ sist +「放置」

v. 組成、構成

記憶秘訣
全部放在一起 → 組成

延伸片語
consist in sth. 在於、存在於

05 I am fed up with Lucy's **constant** complains about how she is treated in the office.
露西一直抱怨她在辦公室裡受到的對待，我受夠了。

constant [`kɑnstənt]

con「一起」+ stant「站立」

adj. 固定的、不變的、恆定的

記憶秘訣
一起站穩 → 不變的；持續的

同義字
relentless adj. 持續強烈的

06 He is determined to achieve his ambition at all **cost**.
他決定不計代價，以達成他的野心。

cost [kɔst]

co「一起」+ st「站立」

n. 費用、成本、代價、損失

記憶秘訣
固定的價錢 → 花費

近義字
charge v. 收費、要價

07 We all agree to **desist** from this campaign forthwith.
我們都同意立即停止這個活動。

desist [dɪ`zɪst]

de「離開」+ sist「站立」

v. 停止、斷念、結束

記憶秘訣
站開 → 停止；打消念頭

同義字
cease v. 中止、暫停

08 These **destitute** children were forced to become vagrant beggars. 這些貧困的孩子被迫在街頭乞討。

destitute [`dɛstə͵tjut]

de「離開」+ stitute「放置」

adj. 貧困的、缺乏的

記憶秘訣
被拋開了，無法立足
→ 窮困的；沒有的

同義字
poor adj. 貧窮的

unit 118

temp 時間

內含本跨頁例句之MP3音檔

01

The **temporal** character of the human bonds in workplace made her sigh all the time.
職場上人際關係的短暫總是使她感慨。

temporal [ˋtɛmpərəl]

tempor「時間」+ al「形容詞字尾」

adj. 時間的、短暫的、非永恆的、世俗的

近義詞

momentary adj. 片刻的；短暫的

反義字

permanent adj. 永久的

02

He was impressed with the works of some **contemporary** artists.
他對一些當代藝術家的作品印象深刻。

contemporary [kənˋtɛmpərɛrɪ]

con「一起」+ tempor「時間」+ ary「形容詞／名詞字尾」

adj. 當代的、同時代的

n. 同代人、同輩人

記憶秘訣

to be contemporary with 與……同時期

反義字

past adj. 過去的

03

The **extemporaneous** speech of the teenage girl stunned the adults in presence.
這名十幾歲女孩的即席演講使在場的人十分震驚。

extemporaneous
[ɛkˏstɛmpəˋrenɪəs]

ex「向外」+ tempor「時間」+ aneous「形容詞字尾」

adj. 即席的、隨口而出的

記憶秘訣

沒有時間準備的
→ 即席的；不用講稿的

反義字

planned adj. 計畫好的

04

Rub the ointment on the **temple** and forehead areas. It can relieve you from motion sickness.
把這種藥膏抹在太陽穴和額頭上。這樣可以緩解暈車症狀。

temple [ˋtɛmpl]
temp「時間」+ le「名詞字尾」
n. 太陽穴

記憶秘訣
最適時之處，受攻擊時致命之處 → 太陽穴

字根小教室
英文中有另一個temple，來自不同字源，意思是「神殿；聖堂」。

05

Here is a list of basic musical **tempo** markings in sequence from slowest to fastest.
這個表將節奏符號由慢到快依序列出來。

tempo [ˋtɛmpo]
tempo「時間」
n. 速度、節奏、拍子

近義字
pace n. 速度

延伸片語
to up the tempo 加快速度

06

The President nominated a **temporary** deputy to act on his behalf. 總統提名一個臨時代表來代理他自己。

temporary [ˋtɛmpəˏrɛrɪ]
tempor「時間」+ ary「形容詞字尾」
adj. 臨時的、暫時的、一時的

同義字
momentary adj. 片刻的、短暫的

反義字
permanent adj. 永久的

unit 119

tain, ten, tin

保持；抓住；容納

內含本跨頁例句之MP3音檔

01 If human beings **continue** to use natural resources extravagantly, they will soon be depleted.
若人們持續毫無節制地使用自然資源，很快就會耗盡。

continue [kən`tɪnjʊ]
con「一起」+ tin「握住」+ ue「動詞字尾」
v. 繼續、延伸、繼續說

近義字
resume v. 繼續、重新開始

反義字
halt v. 停止

02 The man was asked to **abstain** from gambling.
男子被要求戒賭。

abstain [əb`sten]
abs +「離開」+ tain「持有」
v. 戒除、避開

記憶秘訣
離開持有的狀態
→ 戒除

反義字
accept v. 接受

03 The doctor suggested total **abstinence** from any greasy food. 醫師建議完全不食用任何油膩食物。

abstinence [`æbstənəns]
abstin「戒除」+ ence「名詞字尾」
n. 節制、禁飲、戒酒

記憶秘訣
離開持有習慣的狀態
→ 節制

同義字
restrain v. 阻止、制止

04 Don't allow the toddlers to chew on the toys because the paint on them may **contain** heavy metal.
別允許小孩亂咬玩具，因為上面的塗料可能含有重金屬。

contain [kən`ten]
con「一起」+ tain「持有」
v. 包含、容納、遏止

記憶秘訣
握在一起 → 包含

同義字
accommodate v. 為……提供住宿、空間

05 She is not **content** with her living circumstances now.
她不滿意現在的居住環境。

content [kən`tɛnt]
con +「一起」+ tent「持有」
adj. 滿足的、滿意的
v. 使滿足
n. 滿足、內容物

記憶秘訣
被持有的東西；形容持有東西的高興狀態 → 內容；滿足的

同義字
satisfy v. 滿足

06 The hermit led a life of **continence**.
這位隱士過著清心寡欲的生活。

continence [`kɑntənəns]
con「一起」+ tin「持有」+ ence「名詞字尾」
n. 自制、節制、禁慾

近義字
celibacy n. 禁慾；獨身

反義字
indulgence n. 沉溺、放縱

07 Antarctica is Earth's southernmost **continent**.
南極洲是地球上最南端的大洲。

continent [`kɑntənənt]
con「一起」+ tin「握住」+ ent「名詞字尾」
n. 大陸、陸地、洲

記憶秘訣
連續不斷的土地 → 大陸

延伸片語
the Continent 歐洲大陸

08 Some activists were **detained** for attacking the police in the demonstration. 有些激進份子因為在抗爭活動中攻擊警察而被拘留。

detain [dɪ`ten]
de「離開」+ tain「握住」
v. 留住、使耽擱、拘留

反義字
liberate v. 釋放、使自由
allow v. 允許

unit 120 tend, tens, tent
伸展；奮力

內含本跨頁例句之MP3音檔

01 Several armed groups are **contending** for power.
有幾個武裝集團正在爭奪權力。

contend [kənˋtɛnd]
con「一起」+ tend「奮力」
v. 爭奪、競爭、奮鬥、辯論、聲稱

記憶秘訣
一起奮力
→ 競爭；奮鬥；聲稱

同義字
confront v. 面對、正視、遭遇

02 Most of the shareholders **attended** the annual meeting.
大多數股東都來參加年度會議。

attend [əˋtɛnd]
at「朝向」+ tend「伸展」
v. 照料、出席、參加、上（大學等）

記憶秘訣
把心思伸展過去 → 照顧；出席

近義片語
be present 出席

03 My daughter aspires to be a flight **attendant**.
我的女兒嚮往成為空服員。

attendant [əˋtɛndənt]
attend「照料」+ ant「人」
n. 陪從、隨員、服務員、出席者

記憶秘訣
照料的人
→ 陪從；服務員；出席者

同義字
aide / assistant n. 助理、助手

04 May I have your **attention**, please?
可以注意我這邊嗎？

attention [əˋtɛnʃən]
at「朝向」+ tent「伸展」+ ion「名詞字尾」
n. 注意、專心、照料、立正姿勢（或口令）

記憶秘訣
把心思伸展過去 → 專注；照顧

同義字
concern / concentration n. 擔心、憂慮／專注

05 He is one of the **contenders** for the Best Actor Award.
他是最佳演員獎的其中一位角逐者。

contender [kənˋtɛndɚ]
contend「競爭」+ er「人」
n. 競爭者、角逐者

記憶秘訣
參加競爭的人 → 競爭對手

同義字
contestant / opponent n. 參賽者／對手

06 It is his **contention** that euthanasia is an excuse for legitimizing murder. 他的論點是安樂死是在將謀殺合法化。

contention [kənˋtɛnʃən]
con「一起」+ tent「競爭」+ ion「名詞字尾」
n. 論點、主張、爭論

同義字
argument n. 論點

延伸片語
be in / out of contention for sth.
（尤指在體育運動中）有／沒有機會獲得……

07 Her remark on the issue of refugees is highly **contentious**. 她最近有關難民的言論很可能會引起爭論。

contentious [kənˋtɛnʃəs]
con「一起」+ tent「爭論」+ ious「形容詞字尾」
adj. 愛爭論的、可能引起爭論的

同義字
combative adj. 好戰的

反義字
agreeable adj. 可以接受的、欣然同意的

08 The child with a **distended** belly was rushed to the hospital. 這個腹部腫脹的孩子被緊急送到醫院。

distend [dɪˋstɛnd]
dis「分開」+ tend「伸展」
v. 使膨脹、使擴張

記憶秘訣
向外伸展開來 → 使擴大

同義字
compress v. 壓縮

unit 121

termin 結束；終止；界限

Track 121
內含本跨頁例句之MP3音檔

01 They decided to **terminate** the contract.
他們決定中止這個合約。

terminate [ˋtɝmə͵net]
termin「結束」+ ate「動詞字尾」
v. 使停止；使結束；終止；結束；解雇

近義字
end v. 結束 n. 盡頭
finish v. 結束；完成

02 He was **determined** to win the game.
他決心要贏得那場比賽。

determine [dɪˋtɝmɪn]
de「全部」+ termin「界限」+ e
v. 決定、使下決心、裁定、確定

記憶秘訣
把界限全部畫出來
→ 決定；確立

同義詞
decide v. 決定

03 A huge effort was made to **exterminate** the termites.
根除這些白蟻費了好大的勁。

exterminate [ɪkˋstɝmə͵net]
ex「向外」+ termin「界限」+ ate「動詞字尾」
v. 根除、滅絕、消滅

記憶秘訣
out of the boundary
全部趕到界限外面 → 根絕

同義詞
annihilate v. 毀滅、徹底消滅

04 The industry is in **terminal** decline.
這個行業已經一蹶不振了。

terminal [ˋtɝmən!]

termin「終點」+ al「形容詞／名詞字尾」

adj. 末端的、終點的、（疾病）末期的

n. 終點、總站、航空站

反義字

beginning n. 開始

fatal adj. 致命的

延伸片語

terminal cancer 癌症末期

05 The old man said that he didn't know legal **terminology**.
那位老人說他不懂法律術語。

terminology

[ˌtɝməˋnɑlədʒɪ]

termino「界限」+ logy「語詞」

n. 術語、專門用語

記憶秘訣

界定定義的語詞

→ 術語；專門用語

同義字

jargon n. 行話

06 Some people believe that a person's behavior is **predetermined** by their genes.
有些人相信，一個人的行為是基因中預先決定好的。

predetermined

[ˌpridɪˋtɝmɪnd]

pre「事先」+ de「全部」+ termin「界限」+ ed「形容詞字尾」

adj. 預先決定好的

同義字

prearranged adj. 事先安排好的

反義字

flexible adj. 可變通的、靈活的

unit 122

tract 抽；拉；引

Track 122
內含本跨頁例句之MP3音檔

01

Focus on what you want to achieve instead of being **distracted** by unnecessary things.
專注在你想達成的事物上，別被不必要的事分心了。

distract [dɪˋstrækt]
dis +「離開」+ tract「拉」
v. 轉移、分散、岔開、使分心

記憶秘訣
draw away 把注意力拉走
→ 轉移；使分心

同義字
disturb v. 干擾

02

Beauty is an **abstract** concept. People have different definitions of it.
美是一個抽象概念。人們對它有不同的定義。

abstract [ˋæbstrækt]
abs「離開」+ tract「拉」
adj. 抽象的、深奧的、純理論的、抽象派的
n. 摘要、概要

記憶秘訣
抽離出來的
→ 抽象的；深奧的

反義字
concrete adj. 具體的、確定的

03

"Hasn't" is a **contraction** of "has not".
"hasn't" 是 "has not" 的縮短形。

contraction [kənˋtrækʃən]
con「一起」+ tract「拉」+ ion「名詞字尾」
n. 收縮、縮短、縮短形、收縮、攣縮

記憶秘訣
拉在一起 → 收縮；縮短

反義字
enlargement n. 擴大、擴充

04 National September 11 Memorial & Museum has **attracted** many tourists. 九一一事件紀念館吸引了許多遊客。

attract [əˋtrækt]

at「朝向」+ tract「拉」

v. 吸引、引起注意、引誘

記憶秘訣
拉過來 → 吸引（注意）

反義字
bore v. 使厭煩、使討厭

05 Don't let these trivial things **detract** you from your enjoyment of the show.
別讓這些小事情影響你們觀賞這場表演的興致。

detract [dɪˋtrækt]

de「向下」+ tract「拉」

v. 減損、降低

記憶秘訣
向下拉 → 減少；貶低

近義字
lessen v. 減少、降低、減輕

06 The quality of this new book will silence many of the author's **detractors**.
這次新書的品質會讓那些惡意批評這個作者的人都閉嘴。

detractor [dɪˋtræktɚ]

de「向下」+ tract「拉」+ or「行為者」

n. 誹謗者、貶低者

記憶秘訣
把他人的名聲向下拉的人 → 誹謗者；惡意批評者

近義字
critic n. 批評者

07 This substance is **extracted** from a carnivorous plant.
這種物質是從一種肉食植物提取的。

extract [ɪkˋstrækt]

ex「向外」+ tract「抽；拉」

v. 用力取出、抽出、提煉、蒸餾、摘錄

n. 提取物、摘錄、選粹

記憶秘訣
抽取出來 → 抽出；萃取；摘錄

同義字
derive v. 從……中得到

08 Our experiment still faces **intractable** problems.
我們的實驗仍然面對一些很棘手的問題。

intractable [ɪnˋtræktəbl̩]

in「不」+ tract「操縱」+ able「形容詞字尾」

adj. 不聽話的、倔強的

記憶秘訣
無法操縱的 → 難對付的；倔強的

同義字
stubborn adj. 固執的

unit 123 va(i)n, vac, vaunt 空

Track 123
內含本跨頁例句之MP3音檔

01

The village was **evacuated** because of the damage caused by the earthquake.
由於地震帶來的損害，這個村子已經撤空。

evacuate [ɪ`vækjʊˏet]

e「向外」+ vacu「空的」+ ate「動詞字尾」

v. 撤空、撤離、從……撤退、使疏散

同義字
empty v. 使清空

延伸片語
to evacuate from
從某地撤離

02

What first attracted me were the **evanescent** beauty of the night blooming cereus.
首先吸引我的是那種稍縱即逝的曇花之美。

evanescent [ˏɛvə`nɛsnt]

e「完全」+ van「空的」+ escent「形容詞字尾」

adj. 消失的、迅速遺忘的、稍縱即逝的

記憶秘訣
完全空了 → 轉瞬即逝的

延伸片語
evanescent wave 衰減波

03

The dandy is **vain** and extravagant.
這個花花公子既虛榮又奢侈。

vain [ven]

vain「空的」

adj. 愛虛榮的、自負的、徒然的、空虛的

記憶秘訣
沒有內容的 → 愛慕虛榮的；炫耀的；徒然的

反義字
humble adj. 謙遜的

04 He bought that brand-name bag to gratify his girlfriend's **vanity**. 他買下那個手提包來滿足他女友的虛榮心。

vanity [ˋvænətɪ]
van「空的」+ ity「名詞字尾」
n. 自負、虛榮、虛幻、無價值的東西

同義字
arrogance v. 自負
反義字
humility n. 謙遜

05 He **vaunted** the glories of the days when he served in the army. 他吹噓從前從軍時的光榮時光。

vaunt [ˋvɔnt]
vaunt「誇口」
v. 吹噓

記憶秘訣
形容說話自負的 → 自吹自擂
同義字
brag v. 吹噓

06 She gave the living room a quick **vacuum**. 她用吸塵器把客廳迅速清潔一番。

vacuum [ˋvækjʊəm]
vacuum「空的」
n. 真空、（用吸塵器做的）清掃

延伸片語
vacuum cleaner 真空吸塵器

07 Mr. and Mrs. Lin are on **vacation** in New York. 林先生和林太太正在紐約度假。

vacation [veˋkeʃən]
vac「空的」+ ation「名詞字尾」
n. 休假、假期

記憶秘訣
空閒的時間 → 假期
近義字
holiday n. 假期、假日

08 Emily sent several enquiry letters for job **vacancy** to well-known corporations. Emily寄了幾封職缺詢問信到知名的大企業。

vacancy [ˋvekənsɪ]
vac「空的」+ ancy「名詞字尾」
n. 空缺、空閒

同義字
void n. 空隙
延伸片語
job vacancy 職位空缺

unit 124

ven,vent 來；到來

Track 124
內含本跨頁例句之MP3音檔

01 He **convened** the council members for a morning meeting. 他召集委員會成員開晨間會議。

convene [kən`vin]
con +「一起」+ vene「來」
v. 集會、聚集、召開

記憶秘訣
所有的人一起過來
→ 集會；召開

近義字
gather v. 收集、聚集

02 The **advent** of new technology is revolutionizing the field of education. 新科技的出現使教育產生革命性的改變。

advent [`ædvɛnt]
ad「朝向」+ vent「來」
n. 出現、到來、基督降臨

同義字
arrival n. 到達、到來、來臨

03 He dreams of becoming an astronaut and go on a space **adventure**. 他的夢想是成為太空人，並且去太空冒險。

adventure [əd`vɛntʃɚ]
ad「朝向」+ ven「來」+ ture「名詞字尾」
n. 冒險、冒險活動、投機活動、冒險精神

延伸片語
to go on an adventure
踏上冒險之旅

04 The company plans to **circumvent** the new tax law.
這家公司計畫規避新的稅法。

circumvent [ˏsɝkəmˋvɛnt]
circum「環繞」+ vent「來」
v. 以智取勝、規避、繞行

記憶秘訣
走一圈過來 → 以智取勝；迴避
同義字
bypass v. 繞過、避開

05 It is **convenient** to pay by credit card.
用信用卡付帳很方便。

convenient [kənˋvinjənt]
con「一起」+ veni「集會；召開」+ ent「形容詞字尾」
adj. 合宜的、方便的、便利的

記憶秘訣
適合召集眾人的便利性
→ 合適的；便利的
同義字
advantageous adj. 有利的、有優勢的

06 We have begun the construction of a new **convent**.
我們決定建築一間新的修道院。

convent [ˋkɑnvɛnt]
con「一起」+ vent「來」
n. 修女團、女修道院

延伸片語
convent school 教會學校

07 Women in this conservative society are oppressed by rigid social **conventions**.
保守社會的女性受到嚴格社會規範的壓抑。

convention [kənˋvɛnʃən]
con「一起」+ vent「來」+ ion「名詞字尾」
n. 會議、大會、公約、協定、常規、傳統手法

同義字
meeting n. 會議
近義字
assembly n. 集合；集會

08 We have devoted a lot of efforts in organizing this promotion **event**. 我們投入很多努力策畫這次促銷活動。

event [ɪˋvɛnt]
e「向外」+ vent「來」
n. 事件、（比賽）項目、後果、結果

記憶秘訣
冒出來的事情 → 事件；後果
同義字
situation / case n. 情況／事例

unit 125 vert, vers 旋轉；轉向

內含本跨頁例句之MP3音檔

01 He could only **avert** his eyes from the horrible scene.
他只能把眼睛轉開，不看那可怕的景象。

avert [əˋvɝt]
a「離開」+ vert「轉」
v. 避開、移開、避免

同義詞
avoid v. 避免

反義詞
follow v. 跟隨

02 He showed perseverance in the face of **adversity**.
面對困境時他展現毅力。

adversity [ədˋvɝsətɪ]
ad「反向」+ vers「轉」+ ity「名詞字尾」
n. 逆境、厄運、窘境、災禍

記憶秘訣
轉到反方向的事物 → 厄運；窘境；災禍

同義字
calamity n. 災難、災禍

03 She had an **aversion** to leafy green vegetables.
她很討厭綠色的葉菜。

aversion [əˋvɝʃən]
a「離開」+ vers「轉」+ ion「名詞字尾」
n. 厭惡、反感、討厭的人或事物

記憶秘訣
轉開或避開 → 討厭；厭惡的人或事物

同義字
distaste n. 厭惡、不喜歡

04 There was a fierce **controversy** over the purchase of more ammunition. 對於購買更多軍火彈藥有很大的爭議。

controversy [ˋkɑntrə͵vɝsɪ]

contro「反」+ vers「轉」+ y「名詞字尾」

n. 爭論、辯論、爭議

記憶秘訣
轉到反方向 → 辯論；爭議

同義字
argument n. 爭論

05 To him, online games are just harmless **diversions**. 對他來說，線上遊戲是無害的娛樂活動。

diversion [daɪˋvɝʒən]

di「旁邊」+ vers「轉」+ ion「名詞字尾」

n. 轉向、轉移、分散注意力、娛樂、消遣

記憶秘訣
轉到旁邊去
→ 轉移；分散注意力；消遣

同義字
detour n. 繞行的路、迂迴路

06 The loss of biological **diversity** has become a challenge for the entire planet. 失去生物多樣性，是全球共同面對的問題。

diversity [daɪˋvɝsətɪ]

di「旁邊」+ vers「轉」+ ity「名詞字尾」

n. 差異、不同點、多樣性

記憶秘訣
轉到不同的方向 → 差別；多樣性

同義字
variety n. 多樣化、變化

07 He is such a flamboyant **extrovert** that he catches attention wherever he goes.
他是一個如此浮誇外向的人，以至於他走到哪裡都引人矚目。

extrovert [ˋɛkstrovɝt]

extro「外面」+ vert「轉」

n. 個性外向的人

記憶秘訣
轉向外的人 → 個性外向的人

反義字
introvert n. 個性內向的人

08 The manager has said that it was an **inadvertent** error. 經理已經表示，那是一個不經意的錯誤。

inadvertent [͵ɪnədˋvɝtnt]

in「不」+ ad「朝向」+ vert「轉」+ ent「形容詞字尾」

adj. 疏忽的、非常故意的

記憶秘訣
沒有把注意力轉過去的
→ 疏忽的；非刻意的

同義字
reckless adj. 粗心的

unit 126 vic, vinc 征服；贏得

內含本跨頁例句之MP3音檔

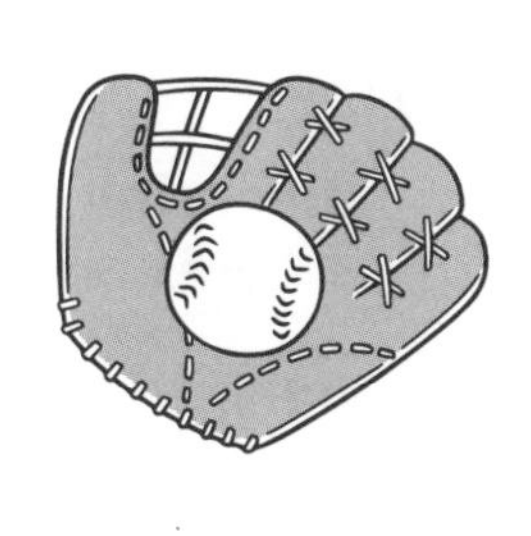

01 The young pitcher's **victory** has silenced many critiques who had doubts on him.
這位年輕投手的勝利讓許多質疑他的評論者啞口無言。

victory [ˋvɪktərɪ]
victor「征服」+ y「名詞字尾」
n. 勝利

同義字
triumph n. 勝利
反義字
failure n. 失敗

02 The judge **convicted** him of corruption.
法官判他犯有貪汙罪。

convict [kənˋvɪkt]
con「增強語氣」+ vict「征服」
v. 證明……有罪、判……有罪、判決

記憶秘訣
在論理上征服對方
→ 判……有罪
同義字
imprison / sentence v. 囚禁／判決

03 He tried to **convince** her to stop hoarding books.
他試著說服她不要再囤積書了。

convince [kənˋvɪns]
con「增強語氣」+ vince「征服」
v. 使確信、使信服、說服

同義字
persuade v. 勸說

04
The tenant was **evicted** for making a mess in the studio apartment. 這個房客因為把套房公寓弄得一團亂而被趕了出來。

evict [ɪ`vɪkt]
e「向外」+ vict「征服」
v. 驅逐、趕出

記憶秘訣
征服且驅逐對方 → 逐出；驅趕
近義字
expel v. 驅逐、除名

05
So far, she never **evinced** any desire to take over the family business.
目前為止，她沒有表現出接管家族事業的意願。

evince [ɪ`vɪns]
e「向外」+ vince「征服」
v. 表現、表明、顯示

反義字
conceal v. 隱藏

06
The team is **invincible** in Europe.
這個隊伍在歐洲所向無敵。

invincible [ɪn`vɪnsəbḷ]
in「不」+ vinc「征服」+ ible「形容詞字尾」
adj. 無敵的、無法征服的

記憶秘訣
不能征服的 → 無敵的
近義字
invulnerable adj. 無法傷害的

07
The correspondent reported that the rebels were **vanquished** once and for all.
那位特派記者報導，叛軍已經被徹底擊垮。

vanquish [`væŋkwɪʃ]
vanqu「征服」+ ish「動詞字尾」
v. 征服、擊敗

同義字
conquer v. 擊敗、克服
反義字
surrender v. 投降、屈服

08
It remains to be seen who the **victor** in the regional tournament will be.
哪一隊將在地區錦標賽中勝出還無法判斷。

victor [`vɪktɚ]
vict「征服」+ or「行為者」
n. 勝利者、戰勝者

同義字
champion n. 冠軍

unit 127

vic, vis 看

Track 127
內含本跨頁例句之MP3音檔

01

These new assembly line workers have to work under **supervision**. 這些新進的產線工人得在監督下工作。

supervision [ˌsupɚˋvɪʒən]

super「上方」+ vis「看」+ ion「名詞字尾」

n. 管理、監督

記憶祕訣
從上方往下看 → 管理；監督

同義字
be judicious to 做（某事）是明智的

02

She is prone to **envy** people smarter and more talented than her. 她常常羨慕比她聰明、有才華的人。

envy [ˋɛnvɪ]

en「對著」+ vy「看」

n. 妒忌、羨慕、羨慕的目標

v. 妒忌、羨慕

記憶祕訣
在一旁看著 → 妒忌；羨慕

近義字
jealous adj. 妒忌

03

Her love for him was **evident** in all that she did.
她所做的一切都清楚地表明她愛他。

evident [ˋɛvədənt]

e「完全」+ vid「看」+ ent「形容詞字尾」

adj. 顯然易見的、明白的

記憶祕訣
可以完全看出來的 → 明顯的

同義字
obvious adj. 明顯的

04 We are here to **provide** assistance for the earthquake victims. 我們來此是為地震災民提供協助。

provide [prəˋvaɪd]

pro +「事先」+ vid「看」+ e

v. 預備、提供、裝備、供給

記憶秘訣
事先看到而預做準備
→ 預備；供給

同義字
grant v. 授予

05 You may need to **revise** your proposal for there are many typos in it.
你可能要修改你的提案，因為裡面有很多打字錯誤。

revise [rɪˋvaɪz]

re「再度」+ vis「看」+ e

v. 修訂、校訂、修改

記憶秘訣
再看一遍 → 校訂；修改

同義字
amend v. 修訂

06 She **surveyed** herself in a mirror before getting on to the stage. 走上舞台之前，她在鏡中端詳自己。

survey [sɚˋve]

sur「上方」+ vey「看」

v. 俯視、眺望、全面考察、審視
n. 調查、調查報告、民意調查

記憶秘訣
俯瞰 → 俯視；考察

同義字
examine v. 檢視、檢查

07 These are the **Video** of the Year nominees for the MTV Music Awards this year.
這些是今年MTV音樂獎，最佳音樂錄影帶獎的提名名單。

video [ˋvɪdɪ͵o]

video「看」

n. 錄影、錄影節目、錄影機、錄影帶

延伸片語
film / record a video 錄製影片

08 His application for a **visa** to visit America was rejected.
他申請參觀美國的簽證遭拒絕。

visa [ˋvizə]

visa「看」

n. 簽證

記憶秘訣
被看過的文件 → 簽證

延伸片語
tourist visa 旅遊簽證

unit 128

viv, vita 生命

內含本跨頁例句之MP3音檔

01 Many of the villagers were lucky enough to **survive** the natural disaster. 許多村民很幸運能夠在天災中存活下來。

survive [sɚˋvaɪv]

sur +「超過」+ vive「活」

v. 比……活得長、活下來、在……之後仍生存下來

近義字

withstand v. 經受、忍受

反義字

decease v. 死亡

02 The club has a **convivial** atmosphere. 這間俱樂部有一種歡樂的氣氛。

convivial [kənˋvɪvɪəl]

con「一起」+ viv「活著」+ ial「形容詞字尾」

adj. 酒宴的、歡樂的

記憶祕訣

大家一起享受活著的快樂感覺 → 歡喜的

同義字

festive adj. 喜慶的、歡樂的

03 To apply for the position of English lecturer, he sent his **curriculum vitae** to the university. 為了申請英文講師的職位，他寄了簡歷給大學。

curriculum vitae [kəˋrɪkjələmˋvaɪtə]

curriculum vitae「生命的歷程」

n. 履歷書、簡歷

同義詞

resume n. 履歷

04

Listening to music may help you to **revive** energy after a tiring work day.
勞累的工作了一天之後，聽音樂或許可以幫你恢復精神。

revive [rɪˋvaɪv]
re「再度」+ vive「活著」
v. 恢復精力、甦醒、復活、重新使用

記憶秘訣
使再度活起來 → 恢復精神
近義字
recover v. 恢復、康復

05

Tourism is **vital** for the Moroccan economy.
旅遊業對於摩洛哥的經濟很重要。

vital [ˋvaɪtəl]
vit「生命」+ al「形容詞字尾」
adj. 生命的、維持生命所必需的、重要的、必不可少的、致命的

同義字
essential adj. 必須的、重要的
反義字
meanginless adj. 無意義的

06

Many salary employees have lost their intellectual **vitality**. 許多領死薪水的職員已經失去了知性的活力。

vitality [vaɪˋtælətɪ]
vita「生命」+ l + ity「名詞字尾」
n. 活力、生氣、生命力

同義字
energy / spirt n. 精力、活力
反義字
inactivity n. 不活潑、休止狀態

07

The presence of the **vivacious** girl brightened up the atmosphere of the gathering.
活力十足的女孩讓聚會的氣氛熱絡起來。

vivacious [vaɪˋveʃəs]
viv「活著的」+ acious「形容詞字尾」
adj. 活潑的、快活的、有生氣的

同義字
lively adj. 活力的、生動的
反義字
dispirited adj. 沮喪的、灰心的、垂頭喪氣的

08

She gave a **vivid** account of her life as a theater actor.
她生動描述了當劇場演員的生活。

vivid [ˋvɪvɪd]
viv「活著的」+ id「形容詞字尾」
adj. 鮮豔的、鮮明的、有生氣的、生動的

記憶秘訣
形容生氣蓬勃的 → 生動的
近義字
powerful adj. 有力量的

unit 129 volu, volv 轉；捲

01

She believes that her son would **evolve** into a better person after solving these problems on his own.
她相信她兒子在獨自解決這些問題後，就會變成更好的人。

evolve [ɪ`vɑlv]
e「向外」+ volve「轉」
v. 演化、展開

近義字
mature v. 成熟
反義字
regress v. 退步；退化

02

I was confused by the **convolutions** of this episode.
我被這個事件的錯綜複雜搞糊塗了。

convolution [͵kɑnvə`luʃən]
con「一起」+ volut「滾；捲」+ ion「名詞字尾」
n. 迴旋、錯綜複雜、盤繞

記憶秘訣
捲在一起 → 曲折離奇
同義字
complexity n. 複雜

03

He was **involved** in a long wrangle over resource allocation. 他捲入一場有關資源分配的冗長爭論。

involve [ɪn`vɑlv]
in「進入」+ volve「轉」
v. 使捲入、連累、牽涉、包含、意味著

記憶秘訣
轉進去 → 牽連
同義字
embroil v. 使捲入（糾紛）、使陷入（困境）

04 The earth **revolves** around the sun.
地球繞著太陽轉。

revolve [rɪˋvɑlv]
re「再度」+ volve「轉」
v. 旋轉、自轉、沿軌道轉、以……為中心

記憶秘訣
一再地轉 → 旋轉；以……為中心
同義字
rotate v.（使）旋轉、（使）轉動

05 He is a **voluble** and sociable person.
他是一個健談且善於交際的人。

voluble [ˋvɑljəbəl]
vol「滾動」+ uble「形容詞字尾」
adj. 健談的、滔滔不絕的、流利的

記憶秘訣
形容講話時能流暢地轉來轉去 → 侃侃而談的
同義字
talkative adj. 健談的、話多的

06 She just published a slim **volume** of essays.
她剛剛出了一本薄薄的散文集。

volume [ˋvɑljəm]
volume「卷」
n. 卷、冊、體積、音量、書籍、大量

記憶秘訣
羊皮紙卷 → 卷；冊；容積
近義字
amount n. 數量

07 The online social network caused a **revolution** in our way of communicating with each other.
社群網路使我們的溝通方式發生了革命性的變化。

revolution [ˏrɛvəˋluʃən]
re「再度」+ volut「轉」+ -ion「名詞字尾」
n.（天體的）公轉、旋轉、週期革命、革命

記憶秘訣
一再地轉
→（天體的）公轉；週期；革命
近義字
transformation
n. 徹底改觀、大變樣

HELLO
ABC

RIGHT!
Part 3
字尾
Suffix
A
B
YES!

unit 130 -able, -ible

能……的；可以……的；適於……的

Track 130
內含本跨頁例句之MP3音檔

01 The **inflammable** and explosive materials should be stored properly. 易燃物或爆炸物要妥善保存。

inflammable [ɪn`flæməbəl]

in「朝向」+ flam(e)「火焰」+ m +able「可以……的」

adj. 可燃的；易燃的；易激動

近義字
combustible adj. 可燃的，易燃的

延伸片語
inflammable material 易燃物質

02 Speak louder, please. Your voice is scarcely **audible**. 請說大聲一點。你的聲音幾乎聽不到。

audible [`ɔdəbəl]

audi「聽」+ ble「能……的」

adj. 可聽見的

反義字
inaudible adj. 聽不到的

延伸片語
to be barely/ scarcely audible 幾乎聽不見

03 I do a lot of yoga so my body is quite **flexible**. 我很常做瑜珈，所以身體相當地柔軟。

flexible [`flɛksəbəl]

flex「彎曲」+ ible「可以……的」

adj. 有彈性的、可彎曲的

近義字
adjustable adj. 可調整的、彈性的
pliable adj. 柔軟的、易彎曲的

04

Some astronomical events are not **visible** to human eyes. 有些天文現象是人類肉眼看不到的。

visible [ˋvɪzəbəl]
vis「看」+ ible「可以……的」
adj. 可見的；看得見的

延伸片語
visible light 可見光
visible spectrum 可見光譜

05

The new toy has **movable** arms and you can make it look happy by putting its hands upward. 新玩具的手可以動，你可以透過把它的手往上擺來呈現開心的感覺。

movable [ˋmuvəbəl]
mov(e)「移動」+ able「能……的」
adj. 可移動的、可挪用的

反義字
fixed adj. 固定的

延伸片語
movable property 動產

06

He died in a **horrible** car accident.
他死於一場可怕的車禍。

horrible [ˋhɔrəbəl]
horr「顫抖」+ ible「能……的」
adj. 可怕的、糟透了的

記憶秘訣
顫抖的狀態 → 令人害怕的

延伸片語
a horrible thought 可怕的想法

07

If we can **predict** everything, the world will be in peace.
如果我們可以預測所有事情，世界就和平了。

predictable [prɪˋdɪktəbəl]
pre「先前」+ dic「說話」+ able「可以……的」
adj. 可預測的

記憶秘訣
可以事先說明的 → 能預料的

反義詞
unpredictable adj. 難以預測的

unit 131

-ability, -ibility

具有……性質；可……性

Track 131

內含本跨頁例句之MP3音檔

01

I observe no **negotiability** in this deal.
這筆交易我查覺不出什麼可協商性。

negotiability [nɪ͵goʃɪə`bɪlətɪ]

neg「否定」+ oti「悠閒」+ ability「可……性」

n. 可協商（性）

記憶秘訣
沒有悠閒的時光→辛苦→協商

02

I know I have the **capability** to pull through this project.
我知道我有那個能力完成此專案。

capability [͵kepə`bɪlətɪ]

cap「拿取」+ ability「具有……性質」

n. 能力、才能

記憶秘訣
能夠拿取→能力

同義詞
ability n. 能力

03

The **attainability** of this metal is really low.
這個金屬很難取得。

attainability [ə͵tenə`bɪlətɪ]

attain「取得」+ ability「可……性」

n. 可取得（性）

反義字
unattainability n. 無法取得（性）

04 Enlarge the size of the text, and the **readability** of the book will get better. 把字體放大，書的易讀性就會提高。

readability [ˌridəˋbɪlətɪ]

read「閱讀」+ ability「可……性」

n. 可讀性、易讀性、字跡清晰、辨識度

延伸片語

readability formula 可讀性公式

readability test 可讀性測試

05 There's no **possibility** for me to get into Harvard. 我不可能考上哈佛的。

possibility [ˌpɑsəˋbɪlətɪ]

poss「放置」+ ibility「可……性」

n. 可能性、可能發生的事

延伸片語

rule out the possibility 撇除可能性

to have possibilities 有可能實現

06 We're not optimistic about the public **acceptability** of this reform. 大眾對於此項改革的接受度，我們的想法不樂觀。

acceptability [əkˌsɛptəˋbɪlətɪ]

ac「朝向」+ cept「拿取」+ ability「可……性」

n. 可接受性

延伸片語

market acceptability 市場接受度

price acceptability 價格可接受性

07 The power of **vulnerability** is widely embraced nowadays. 脆弱的力量現在大多已被欣然接受了。

vulnerability [ˌvʌlnərəˋbɪlətɪ]

vulner「傷害」+ ability「具有……性質」

n. 脆弱、弱點

反義字

strength n. 力量、優點

延伸片語

vulnerability assessment 弱點評估

unit 132

-ache 疼痛

Track 132
內含本跨頁例句之MP3音檔

01

I've been suffering from a serious **headache** since this morning. 我從今天早上就開始頭痛。

headache [ˋhɛdˏek]

head「頭」+ ache「疼痛」

n. 頭痛

延伸片語

to suffer from a headache
飽受頭痛之苦

to relieve one's headache
緩解頭痛

02

He's been having painful **backache** ever since the terrible car accident. 自從那場可怕的車禍之後，他就一直會有劇烈的背痛。

backache [ˋbækˏek]

back「背」+ ache「疼痛」

n. 背痛

延伸片語

to treat a backache 治療背痛

同義片語

back pain 背痛

03

We all have this time of unbearable **heartache** some time in our life. 在人生的某個時間，我們都會經歷難以忍受的心痛。

heartache [ˋhɑrtˏek]

heart「心」+ ache「疼痛」

n. 心痛

延伸片語

to bring someone heartache
讓某人心痛

to be free from heartache
遠離心痛

04 If you have a **toothache**, go to the dental clinic.
牙痛的話，就去看牙醫。

toothache [ˋtuθˏek]
tooth「牙齒」+ ache「疼痛」
n. 牙痛

同義字
remedies for a toothache
治療牙痛的方法
causes of toothaches
牙痛成因

05 **Stomachache** is one of the symptoms of this flu.
這種流感的症狀之一就是胃痛。

stomachache [ˋstʌməkˏek]
stomach「胃」+ ache「疼痛」
n. 胃痛

延伸片語
chronic stomachache 慢性胃痛
to cure one's stomachache
治療某人的胃痛

06 I seldom hear of anyone having an **earche**. What does it feel like?
我從沒聽說過有人耳朵痛。那是什麼感覺？

earache [ˋɪrˏek]
ear「耳朵」+ ache「疼痛」
n. 耳痛

延伸片語
mild earache 輕微耳痛
severe earache 嚴重耳痛

unit 133 -age 數量；狀態；費用

Track 133
內含本跨頁例句之MP3音檔

01 I always pay attention to the **mileage** on my car.
我總是會注意我車子的里程數。

mileage [ˋmaɪlɪdʒ]
mile「英哩」+ age「數量」
n. 里程數

延伸片語
mileage allowance
里程補貼

02 A healthy diet can prevent **blockage** of the artery.
健康的飲食可以避免動脈阻塞。

blockage [ˋblɑkɪdʒ]
block「阻塞」+ age「狀態」
n. 封鎖、阻塞、妨礙、障礙物

記憶秘訣
一大塊東西→ 阻塞；妨礙

延伸片語
arterial blockage 動脈阻塞

03 To avoid **breakage**, please send this procelain with extra care. 為了避免碎裂，運送此瓷器時請格外小心。

breakage [ˋbrekɪdʒ]
break「破裂」+ age「狀態」
n. 破損、毀壞

延伸片語
anti-breakage 防破損
breakage replacement
（商品）破損更換

04 The **usage** of this new product is rather easy.
這個新產品的使用方式相當簡單。

usage [ˋjusɪdʒ]
us(e)「使用」+ age「狀態」
n. 使用（方式）

延伸片語
language usage 語言使用方法
usage amount 使用量

05 **Bandage** on your wound to avoid infection.
用繃帶包紮你的的傷口以防感染。

bandage [ˋbændɪdʒ]
band「綑綁」+ age「狀態」
n. 繃帶 v. 用繃帶包紮

延伸片語
to apply bandages 包上繃帶
wrap a bandage 纏上繃帶

06 The news **coverage** of the actor's scandal is annoyingly huge.
這名男演員緋聞的新聞版面真是煩人地大。

coverage [ˋkʌvərɪdʒ]
cover「覆蓋」+ age「狀態」
n. 覆蓋（範圍）、報導、保險（範圍）

延伸片語
coverage rate 覆蓋率
insurance coverage 承保範圍

07 The **shortage** of water has become an increasingly pressing issue.
水資源缺乏已經逐漸成為緊迫的議題了。

shortage [ˋʃɔrtɪdʒ]
short「缺少」+ age「狀態」
n. 缺乏、不足（的量）

延伸片語
shortage of labor 勞動力短缺
water shortage 缺水

unit 134

-an, -ian, -ean, -ese

……地方的人；……時期的人；精通……的人

Track 134
內含本跨頁例句之MP3音檔

01 My father serves as a **theologian** in this Christian University. 我的父親在一間基督教大學當神學者。

theologian [ˌθiəˋlodʒən]
theo「神」+ log(y)「研究」+ ian「人」
n. 神學家

延伸片語
to teach as a theologian
以神學家身份進行教授

02 Amy's husband is **European** and very easy to get along with. 愛咪的老公是歐洲人且非常好相處。

European [ˌjʊrəˋpiən]
Europe「歐洲」+ an「人」
n. 歐洲人

反義詞
non-European adj. 非歐洲的
延伸片語
European Union phr. 歐盟

03 I've always wanted to be a **librarian** when I grow up. 我一直都想要長大之後當一名圖書館員。

librarian [laɪˋbrɛrɪən]
libr「書籍」+ ar + ian「人」
n. 圖書館員

記憶秘訣
與書為伍 → 圖書館員
延伸片語
to work as a librarian 以圖書館員作為工作

04 We should all be proud of being **Taiwanese**.

身為台灣人，我們都應該感到驕傲。

Taiwanese [ˏtaɪwəˋniz]

Taiwan「台灣」+ ese「人」

n. 台灣人；台語

延伸片語

Taiwanese indegenous people
台灣原住民

Taiwanese food 台灣美食

05 **American** people are known for hospitality and honesty.

美國人出名的是其好客心和誠實。

American [rɪˋpʌblɪkən]

Americ(a)「美國」+ an「人」

n. 美國人

延伸片語

Asian-American 華裔美國人

African-American 非裔美國人

06 The **technician** said that we should upgrade all of our computer systems.

這名技術人員說，我們該升級所有的電腦系統。

technician [tɛkˋnɪʃən]

technic「科技；技術」+ ian「人」

n. 技術人員，技師；技巧嫻熟的人

近義字

professional n. 專家；行家

反義字

amateur adj. / n. 業餘（愛好者）

unit 135 -ess 女性

Track 135
內含本跨頁例句之MP3音檔

01 Being a **princess** is every girl's dream.
當公主是每個女孩的夢想。

princess [ˋprɪnsɪs]
prin「首要的；最初的」+ c + ess「表陰性的名詞字尾」
n. 公主

反義字
prince n. 王子

延伸片語
Princess Cruises 公主號遊輪

02 My sister said that she is going to be an internationally renowned **actress** in the future.
我姊姊她未來要當一名享譽國際的女演員。

actress [ˋæktrɪs]
act(o)r「（男）演員」+ ess「表陰性的名詞字尾」
n. 女演員

近義字
diva n. 著名女歌唱者

反義字
actor n. 男演員

03 The judge ruled that this castle, for now, does not belong to its **heiress**. 法院判決這個城堡目前不屬於其女性繼承人。

heiress [ˋɛrɪs]
heir「繼承人」+ ess「表陰性的名詞字尾」
n. 女繼承人

反義字
heir n. 繼承人；嗣子

延伸片語
fall heir to 成為……的繼承人

04 I found a part-time job as a **waitress** in my favorite restaurant.
我在我最喜歡的餐廳裡面找到擔任女服務員的兼職。

waitress [ˋwetrɪs]
wait(o)r「（男）服務員」+ ess「表陰性的名詞字尾」
n. 女服務生

近義字
attendant n. 服務員
反義字
waiter n. 男服務員

05 The **stewardess** is very thoughtful, bringing tissue when I sneeze.
這位女空服員非常體貼，在我打噴嚏的時候拿了衛生紙給我。

stewardess [ˋstjuwɚdɪs]
steward「服務員」+ ess「表陰性的名詞字尾」
n. 女空服員

近義片語
flight attendant 空服員（為了減少性別上的歧視或困擾，目前皆使用此中性字來代替）

06 The host and the **hostess** were both very welcoming at last night's party.
在昨晚的派對上，男主人和女主人都非常熱情。

hostess [ˋhostɪs]
host「主人」+ ess「表陰性的名詞字尾」
n. 女主人

同義片語
lady of the house n. 女主人
近義字
host n. 東道主

unit 136 -al 屬於……的；具有……性質的人／物

Track 136
內含本跨頁例句之MP3音檔

01 Summers in **continental** climates have frequent thunderstorms. 大陸性氣候的夏季常有雷雨。

continental [͵kɑntəˋnɛntḷ]

con「一起」+ tin「握取」+ ent「事物」+ al「形容詞字尾」

adj.（歐洲）大陸的

n.（歐洲）大陸人

延伸片語

continental breakfast 歐陸早餐

continental climate 大陸性氣候

02 This is a rather **personal** issue. Don't ask. 這是個相當私人的問題。別問。

personal [ˋpɝsnḷ]

person「人」+ al「形容詞字尾」

adj. 個人的；私人的；親自的

反義字

public adj. 公共的；大眾的

延伸片語

personal taste 個人興趣／品味

03 We're having some serious **financial** problems right now. 我們現在有一些嚴峻的財政問題。

financial [faɪˋnænʃəl]

fin「最終」+ anc(e)「名詞字尾」+ ial「形容詞字尾」

adj. 金融的；財政的

延伸片語

fiancial statement 財務報表

financial aid 財務上的援助

04 **Racial** discrimination is still a major problem nowadays.
種族歧視在現今仍然是個很大的問題。

racial [ˋreʃəl]

rac(e)「種族」+ ial「形容詞字尾」

adj. 種族的

延伸片語

racial stereotype 族群刻板印象

racial equality 族群平等

05 **Commerical** breaks are so annoying that I always change channels immediately.
廣告真的很煩，我總是會快速轉台。

commercial [kəˋmɝʃəl]

com「一起」+ merc(e)「交易」+ ial「形容詞字尾」

adj. 商業（性）的 n. 商業廣告

近義詞

mercantile adj. 商業的

反義詞

non-profit adj. 非營利的

06 Use some **facial** cream to ease redness.
用一點臉霜緩解泛紅吧。

facial [ˋfeʃəl]

fac(e)「臉」+ ial「形容詞字尾」

adj. 臉（部）的 n. 臉部美容

延伸片語

facial mask 面膜

facial recognition system 臉部識別系統

unit 137 -ance 性質；狀況

Track 137
內含本跨頁例句之MP3音檔

01 The **fragrance** of this flower permeated the whole building. 這朵花的花香蔓延至整個建築物。

fragrance [ˋfregrəns]

fragr(ant)「芳香的」+ ance「名詞字尾」

n. 香味；香氣

近義字
aroma n. 香氣

反義字
odor n. 臭味

02 The **appearance** of the notable figure graced the occasion. 這位知名人士的出席替盛典增添了光輝。

appearance [əˋpɪrəns]

ap「朝向」+ pear「出現」+ ance「名詞字尾」

n. 出現；露面

延伸片語
to make an appearance
現身；露面
the appearance of sth.
某物的外觀

03 Wine, cigar, and coffee are considered by some as **extravagances**. 酒、雪茄，和咖啡被某些人視為是奢侈品。

extravagance [ɪkˋstrævəgəns]

extra「超出」+ vag「四處走」+ ance「名詞字尾」

n. 奢侈；無節制

近義字
prodigality n. 浪費

反義字
economy n. 節省

04

My mother's **tolerance** of my dad's abusive behavior is wholly incomprehensible.
我媽媽對我爸爸暴力式行為的容忍真的難以理解。

tolerance [ˋtɑlərəns]
tol「提高」+ er + ance「狀況」
n. 忍耐；寬容

近義字
endurance n. 忍耐
反義字
intolerance n. 不寬容；無法忍受

05

The **avoidance** of injury is important to workers whose work is highly dangerous.
對於工作有高度危險的工人來說，避免傷害是很重要的。

avoidance [əˋvɔɪdəns]
a「避開」+ void「空」+ ance「狀況」
n. 迴避；逃避

近義字
evasion n. 逃避
反義字
confrontation n. 面對；對質

06

The **maintenance** staff came and repaired all the broken gadgets.
維修員過來把所有壞掉的小裝置都修理好了。

maintenance [ˋmentənəns]
main「手」+ ten「握住」+ ance「名詞字尾」
n. 維持；維修

近義字
preservation n. 維持
反義字
destruction n. 破壞

unit 138

-ard 人，常具貶意

Track 138
內含本跨頁例句之MP3音檔

01

The **drunkard** lay on the ground, calling for help.
那名醉漢躺在地上求救。

drunkard [ˋdrʌŋkɚd]
drunk「喝醉酒的」+ ard「人」
n. 酒鬼；醉漢

反義詞
abstainer n. 戒酒者

延伸片語
to become a heavy smoker and a drunkard
變成菸酒重度者

02

My brother is a **sluggard** who always gets up in the afternoon.
我弟是個懶鬼，他總是下午才起床。

sluggard [ˋslʌgɚd]
slug「蛞蝓」+ g + ard「人」
n. 懶惰的人；懶鬼

近義詞
lazybones n. 懶骨頭

延伸片語
You sluggard!
你這懶鬼！

03 It's mean to call someone **bastard**.
叫別人壞蛋是很不禮貌的。

bastard [ˋbæstɚd]
bast「結婚」+ ard「人」
n. 私生子；壞蛋

延伸片語
the lying bastard
那個說謊的壞蛋
Poor bastard!
可憐的傢伙！

04 He called himself the **Bard** of Tamsui River.
他稱他自己為淡水河的吟遊詩人。

bard [bɑrd]
n. 吟遊詩人

延伸片語
a 4th-century bard
四世紀的吟遊詩人
The Bard
（大寫）威廉・莎士比亞

05 Don't be a **coward**. Stand up for your family.
別當個懦夫。替你的家人挺身而出吧。

coward [ˋkaʊɚd]
n. 懦夫 adj. 膽小的

近義詞
wimp n. 軟弱無能者
反義詞
warrior n. 戰士

06 The **Wizard** of Oz is a classic fairy tale.
《綠野仙蹤》是經典童話。

wizard [ˋwɪzɚd]
wise「有智慧的」+ ard「人」
n. 男巫；奇才

近義詞
sorcerer n. 巫師
反義詞
witch n. 女巫

unit 139 -arium 地方

Track 139
內含本跨頁例句之MP3音檔

01 The new **aquarium** drew a lot of public attention.
這個新建的水族箱吸引了大眾許多注意。

aquarium [əˋkwɛrɪəm]
aqu(a)「水」+ arium「地點」
n. 水族箱；水族館

近義字
fishbowl n. 玻璃魚缸

延伸片語
marine aquarium phr.
海生水族館

02 Our next stop of the field trip is Taipei **Planetarium**.
此次校外教學中的下一站是台北天文館。

planetarium [ˏplænəˋtɛrɪəm]
planet「行星」+ arium「地點」
n. 天文館

延伸片語
to visit a planetarium
參觀天文館

03 The indoor **insectarium** in Taipei Zoo is a famous tourist attraction.
台北動物園的室內昆蟲館是有名的旅遊景點。

insectarium [ˌɪnsɛkˋtɛrɪəm]
insect「昆蟲」+ arium「地點」
n. 昆蟲館

延伸片語
an well-designed insectarium
設計良好的昆蟲館
an abandoned insectarium
廢棄的昆蟲館

04 My dad spent six months building a beautiful **vivarium**.
我爸爸花了半年建造了一個美麗的生態缸。

vivarium [vaɪˋvɛrɪəm]
viv「活」+ arium「地點」
n. 動物飼養所；生態缸

延伸片語
to set up a vivarium
建造一個生態缸

05 My dad brought me to a **serpentarium** to learn more about snakes.
我爸爸帶我去一間蛇行館以學習更多關於蛇的相關知識。

serpentarium [sɝpənˋtɛrɪəm]
serpent「蛇」+ arium「地點」
n. 蛇行館；蛇類展出館

延伸片語
a rare serpentarium
罕見的蛇行館
a serpentarium under construction
建造中的蛇行館

06 Our class is very excited about the upcoming trip to the new **oceanarium**.
我們班對於接下來要去海洋館的旅程感到非常興奮。

oceanarium [ˌoʃɪəˋnɛrɪəm]
ocean「海洋」+ arium「地點」
n. 海洋水族館

延伸片語
the largest oceanarium in the world 世界上最大的海洋水族館
a reputed oceanarium
享有聲望的水族館

unit 140 -ate 使成為……；有……性質的；像……的；表職位

Track 140
內含本跨頁例句之MP3音檔

01 Rumor **circulates** that the president has an affair.
謠言流傳總統有緋聞。

circulate [ˋsɝkjəˏlet]
circ「圓圈」+ ul + ate「使成為……」
v. 循環、環行；傳播

反義字
suppress v. 壓抑；抑制

延伸片語
rumor circulates that
謠言流傳

02 I ask him to **concentrate** on the job and not get influenced by the loss of sleep.
我要求他專注於工作，不要受失眠影響。

concentrate [ˋkɑnsɛnˏtret]
con「共同」+ centr「中心」+ ate「使成為……」
v. 集中；聚集，集結

記憶秘訣
聚交在同一個中心 → 集中

延伸片語
to concentrate on 專注於

03

My parents **calculate** our daily expenses and try to make ends meet.
我的爸媽計算每日開支，試著讓收支平衡。

calculate [ˋkælkjə͵let]
calcul「計算」+ ate「使成為……」
v. 計算；估計

近義字
count v. 計算
反義字
disregard v. 無視

04

She's an **affectionate** and lovable girl.
她是個有愛心又令人喜愛的女孩。

affectionate [əˋfɛkʃənɪt]
af「加強」+ fect「做」+ ion「名詞字尾」+ ate「有……性質的」
adj. 關愛的；深情的

近義字
loving adj. 深情的；表示愛的
延伸片語
to be affectionate towards
對……充滿關愛

05

He finally received a **doctorate** in English literature.
他終於拿到英國文學的博士學位了。

doctorate [ˋdɑktərɪt]
doct「教學」+ or「人」+ ate「表職位」
n. 博士學位

近義字
PhD n. 博士
延伸片語
doctorate in
……領域的學術博士

06

Our government is unware of the fact that it is responsible for the whole **electorate**.
我們的政府沒有意識到其需對整體選民負責。

electorate [ɪˋlɛktərɪt]
e「往外」+ lect「選擇」+ or「人」+ ate「表職位」
n.（全體）選民；選區

延伸片語
electorate profiles 選舉概況

unit 141

-tive, -sive

有……性質的；有……傾向的

Track 141
內含本跨頁例句之MP3音檔

01 This **corrosive** substance has caused great damage to the building.
這個腐蝕性的物質已經大大損害建物了。

corrosive [kə`rosɪv]
cor「全部」+ ro(d)「咬」+ sive「形容詞字尾」
adj. 腐蝕性的；具破壞性的；有害的
n. 腐蝕物

同義字
erosive adj. 腐蝕性的
延伸片語
corrosive effect 損害效果

02 This piece of review utilizes many **creative** methods to convey different perspectives.
這篇評論使用了許多有創意的方法來傳達不同的觀點。

creative [krɪ`etɪv]
cre「成長」+ at(e)「動詞字尾」+ ive「形容詞字尾」
adj. 創造的；具創造性（力）的

記憶秘訣
使某事物成長 → 創造
延伸片語
creative writing 創意寫作

03

He is very **sensitive** to this sort of issue. Be careful about what you said.
他對這種議題很敏感。你說話要小心。

sensitive [ˋsɛnsətɪv]
sens「感覺」+ i + tive「形容詞字尾」
adj. 敏感的；易受傷的

反義字
insensitive adj. 感覺遲鈍的
延伸片語
sensitive plant 含羞草

04

It is well-known that the school over there is pretty **selective**.
大家都知道那邊那間學校很挑學生。

selective [səˋlɛktɪv]
se「分開」+ lect「選擇」+ ive「形容詞字尾」
adj. 有選擇性的

延伸片語
selective attention 選擇性注意
selective retention 選擇性保留

05

His **repetitive** behaviors really creep me out.
他的重複性行為真的把我嚇死了。

repetitive [rɪˋpɛtɪtɪv]
re「一再」+ pet「尋找」+ i + tive「形容詞字尾」
adj. 反覆的

近義字
repeated adj. 反覆的
延伸片語
repetitive behaviors
phr. [醫]重複行為

06

The **pervasive** smell of paint makes me nauseous.
油漆瀰漫的味道讓我作嘔。

pervasive [pɚˋvesɪv]
per「擴散」+ vas「走動」+ ive「形容詞字尾」
adj. 滲透的；遍佈的

近義字
omnipresent adj. 無所不在的
反義字
rare adj. 稀少的

unit 142 -cy 性質；狀態；職位

內含本跨頁例句之MP3音檔

01

Our company went into **bankruptcy** last year.
我們公司去年宣告破產了。

bankruptcy [ˋbæŋkrəptsɪ]
bankrupt「破、斷裂」+ cy「表狀態」
n. 破產、倒閉

延伸片語
go into bankruptcy 宣告破產

02

His high d**ependency** to meth is ruining his life.
對冰毒的重度上癮正在摧毀他的一生。

dependency [dɪˋpɛndənsɪ]
de「分離」+ pend「懸掛」+ en + cy「表狀態」
n. 附屬之物、依賴

反義字
independency n. 獨立（國）

延伸片語
dependency culture 依賴文化

03

Accuracy is the basic requirement to be met in this research. 在這項研究中，準確度是需要達成的基本要求。

accuracy [ˋækjərəsɪ]
ac「朝向」+ cur「關心」+ acy「表性質」
n. 準確度、準確（性）

近義字
precision n. 精準

反義字
inaccuracy n. 不準確（性）

04 I think I need some **privacy** now.
我想我現在需要一個人。

privacy [ˋpraɪvəsɪ]
priv「私人的」+ acy「表狀態」
n. 隱私

反義字
publicity n. 公眾注意；宣傳

延伸片語
privacy policy 隱私權政策

05 It's obvious that **efficiency** is what you lack in terms of project management.
就專案管理來說，很明顯你缺少的就是效率。

efficiency [ɪˋfɪʃənsɪ]
ef「向外」+ fici「製作」+ ency「表性質」
n. 效率、效能

記憶秘訣
能做出來 → 效率

延伸片語
to maximize efficiency 將效能最大化

06 International **diplomacy** is vital to a country's international status. 國際外交對一個國家的國際地位來說是極為重要的。

diplomacy [dɪˋploməsɪ]
di「兩倍」+ ploma「摺疊」+ cy「表狀態」
n. 外交、外交手段

延伸片語
with diplomacy 具有手段地

07 A **vacancy** occurs when the head of the department decided to retire.
部門主管決定退休後，一個職缺就出來了。

vacancy [ˋvekənsɪ]
vac「空的」+ ancy「表狀態」
n. 空缺、空白

延伸片語
to fill a vacancy 填補空額
job vacancies 職缺

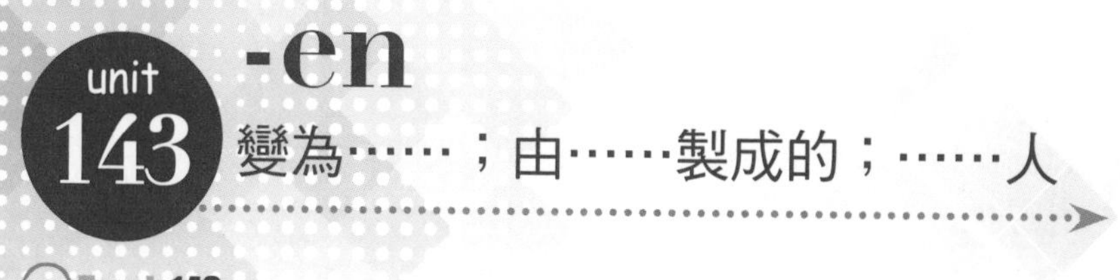

unit 143 -en
變為……；由……製成的；……人

Track 143
內含本跨頁例句之MP3音檔

01 The film was eventually **lengthened** into three hours.
這部電影最終被加強到三個小時。

lengthen [ˋlɛŋθən]
length「長度」+ en「變為……」
v. （使）加長

近義詞
elongate v. 拉長；伸長
反義字
shorten v. （使）變短

02 The joke **lightened** the whole atmosphere of the reunion.
這個笑話讓聚會的整個氣氛輕盈了起來。

lighten [ˋlaɪtn]
light「光線」+ en「變為……」
v. 照亮；減輕

近義詞
illuminate v. 照亮
反義字
darken v. （使）變暗

03 This **wooden** chair is said to be of high worth.
這張木製椅據說價值不菲。

wooden [ˋwʊdn]
wood「木頭」+ en「由……組成」
adj. 木製的；呆板的

延伸片語
wooden buildings 木造建築
a wooden bed 木床

04 **Golden** days never returned, so we should cherish every moment.
黃金歲月一去不復返，所以我們應該珍惜每個瞬間。

golden [ˋgoldn]
gold「金」+ en「由……組成」
adj. 金製的；金色的；貴重的

延伸片語
a golden chance 絕佳機會
a golden era 黃金年代

05 The **oxen** were grazing on the grass leisurely.
那群牛休閒地在草地上吃草。

oxen [ɑksn]
ox「牛」+ en「名詞字尾；表複數」
n.（複數）牛

近義字
cow n. 母牛

延伸片語
as strong as an ox 非常強壯（ox為oxen之單數）

06 Beautiful young **maidens** are mostly the protagonists in classical literature.
年輕貌美的少女多是古典文學中的主角。

maiden [ˋmedn]
maid「女子」+ en「名詞字尾；……人」
n. 少女；處女
adj. 少女的；初次的

反義字
final adj. 最後的

延伸片語
maiden name 婚前姓名

-ee 做……動作者

01 There were five **interveiwees** in total in the interview this morning.

今早面試總共有五個人。

interviewee [ˌɪntəvjuˋi]

inter「兩個之間」+ view「觀看」+ ee「做……動作者」

n. 面試者

反義字

interveiwer n. 面試者

02 The man was **nomineed** as the party's spokesperson.

這位男士被提名作為該黨的發言人。

nominee [ˌnɑməˋni]

nomin「名字」+ ee「做……動作者」

v. 提名 n. 被提名人

延伸片語

an Oscar nominee 奧斯卡提名者

nominee trust 指定信託

03 Thousands of **refugees** crossed the border in order to seek safety.
上千名難民穿越邊界以求安全。

refugee [ˏrɛfjʊˋdʒi]
re「返回」+ fug「逃離」+ ee「做……動作者」
n. 難民；流亡的人

反義字
citizen n. 公民
延伸片語
refugee shelter 難民避難所

04 The **employees** in this company went on a protest against the low salary.
這間公司的員工發起低薪抗議。

employee [ˏɛmplɔɪˋi]
em「向內」+ ploy「摺疊」+ ee「做……動作者」
n. 員工；受雇者

同義字
staff n. 員工
反義字
employer n. 雇主

05 The kids in this orphange all wish to become an **adoptee** one day.
這間孤兒院的孩子都希望有天能被收養。

adoptee [əˏdɑpˋti]
ad「朝向」+ opt「選擇」+ ee「做……動作者」
n. 被收養者

記憶秘訣
選擇所朝向的人 → 被收養的人
反義字
adopter n. 收養者

06 The **trainees** in the camp aim to strenghen their skills and make high achievement.
這個營隊的新兵力求增進技能、求高的成果。

trainee [treˋni]
train「訓練」+ ee「做……動作者」
n. 受訓者；練習生

反義字
trainer n. 訓練人；教練
延伸片語
a trainee technician 實習技師

unit 145 -ful 充滿……的

內含本跨頁例句之MP3音檔

01 The missle is so **powerful** that it is reported to have bursted down the castle.
這個飛彈非常具有威力，據說已炸毀城堡。

powerful [ˋpaʊɚfəl]
power「力量」+ ful「形容詞字尾；表充滿……的」
adj. 強大的；具有威力的

近義字
dynamic adj. 動力的；強而有力的

反義字
weak adj. 虛弱的；軟弱的

02 My mother taught me to be **respectful** to people around us.
我的母親教導我要對身邊的人有禮貌。

respectful [rɪˋspɛktfəl]
re「回」+ spect「看」+ ful「形容詞字尾；表充滿……的」
adj. 尊重（人）的

延伸片語
to be respectful to 對～有禮貌

反義字
rude adj. 無禮的；粗俗的

03 If you continue to feel **resentful** toward others, you'll be unhappy everyday.
如果你持續對他人保有憎恨，你每天都會過得很不開心。

resentful [rɪˋzɛntfəl]
re「一再」+ sent「感覺」+ ful「形容詞字尾；表充滿……的」
adj. 憎恨的；怨恨的

近義字
abhorrent adj. 令人憎惡的
延伸片語
be resentful of phr. 對……感到憤恨

04 What a **wonderful** performance! I wish I could watch it again!
真是場精彩的演出！真希望我可以再看一次！

wonderful [ˋwʌndɚfəl]
wonder「驚奇」+ ful「形容詞字尾；表充滿……的」
adj. 極好的；驚人的

同義字
brilliant adj. 極棒的；出色的
反義字
common adj. 普通的

05 This **colorful** floral pattern catches every visitor's eyes.
這個多彩的花樣圖紋吸引了所有旅客的目光。

colorful [ˋkʌlɚfəl]
color「顏色」+ ful「形容詞字尾；表充滿……的」
adj. 色彩繽紛的

記憶秘訣
充滿顏色的 → 鮮豔的；富有色彩的
延伸片語
a colorful life 多彩繽紛的人生

06 This is certianly a **joyful** conversation.
這的確是一場令人愉悅的談話。

joyful [ˋdʒɔɪfəl]
joy「快樂」+ ful「形容詞字尾；表充滿……的」
adj. 快樂的；喜悅的

近義字
cheerful adj. 愉悅的
反義字
depressed adj. 沮喪的

unit 146 -graph, -gram
紀錄、書寫

Track 146
內含本跨頁例句之MP3音檔

01 This **paragraph** is so beautifully written that I re-read it several times. 這段文章寫得極美，我看了好多次。

paragraph [ˋpærə͵græf]
para「在……一旁」+ graph「書寫」
n. 段落；一段

延伸片語
paragraph layout 段落設計
closing paragraph 結尾段落

02 In her **autobiography**, she recalls the bitter memories of her childhood. 她在自傳中，回顧童年的痛苦記憶。

autobiography [͵ɔtəbaɪˋɑgrəfɪ]
auto「自己」+ bio「生命」+ graphy「書寫」
n. 自傳

記憶秘訣
書寫自己的生命 → 自傳
延伸片語
to write an autobiography
寫自傳

03 This is one of the few authorized **biographies** of Nelson Mandela. 這一本是少數獲得授權的曼德拉傳記。

biography [baɪˋɑgrəfɪ]
bio「生命」+ graphy「書寫」
n. 傳記

記憶秘訣
書寫一個人的生命 → 傳記
延伸片語
to read a biography 讀自傳

04 When looked from a **biographer's** point of view, these battlefield traumas must be treated with caution.
從傳記作者的角度來看，這些戰場上的創傷經驗應該謹慎處理。

biographer [baɪˋɑgrəfɚ]
biograph(y)「傳記」+ er「行為者」
n. 傳記作者

延伸片語
from a biographer's perspective
從傳記作者的角度
an intellectual biographer
充滿學識的傳記作者

05 The results of the survey are shown in the following **diagrams**. 問卷調查的結果顯示在以下的圖表中。

diagram [ˋdaɪə͵græm]
dia「穿越」+ gram「書寫」
n. 圖表；圖解

記憶秘訣
畫出輪廓線 → 圖表
延伸片語
to draw a diagram 畫圖表

06 He takes the **epigraph** of Emerson's book as his motto.
他引用愛默生書中的題詞當作他的座右銘。

epigraph [ˋɛpɪ͵græf]
ep「上方」+ graph「書寫」
n. 刻文；碑文；題詞

記憶秘訣
寫在上方的文字 → 碑文；題詞
近義字
eulogy n. 悼詞；頌文

07 He gave a **graphic** account of the accident.
他生動敘述了這起意外。

graphic [ˈgræfɪk]
graph「繪圖」+ ic「形容詞字尾」
adj. 生動的；寫實的；圖示的

記憶秘訣
用圖表示的 → 生動的；寫實的
延伸片語
graphic design 平面設計

08 He developed a new technique for studies in **cartography**. 他發展出一個製圖研究的新方法。

cartography [kɑrˋtɑgrəfɪ]
carto「地圖」+ graphy「書寫；繪圖」
n. 地圖製作；製圖

延伸片語
to study cartography 研究製圖學

unit 147 -hood 關係；身份；時期

Track 147
內含本跨頁例句之MP3音檔

01

Entering **parenthood** means taking more responsibilities.
為人父母代表承擔更多責任。

parenthood [ˋpɛrəntˏhʊd]

parent「父、母」+ hood「名詞字尾；表關係」

n. 父母身份

延伸片語

the age for parenthood 適婚年齡

the pleasures of parenthood 為人父母的喜悅

02

Childhood memories are the best memories.
童年回憶是最棒的回憶。

childhood [ˋtʃaɪldˏhʊd]

child「孩童」+ hood「名詞字尾；表時期」

n. 童年時期

反義字

adulthood n. 成人時期

延伸片語

traumatic childhood 創傷的童年

03 Combining **motherhood** with one's career is never an easy task. 身兼母職與工作絕非易事。

motherhood [ˋmʌðɚhʊd]
mother「母親」+ hood「名詞字尾；表關係」
n. 母親的身份；母性

近義字
motherliness n. 母愛；慈愛
反義字
fatherliness n. 父愛

04 Living in this **neighborhood** is one of the best choices I've ever made.
住在這個社區是我做過最好的選擇之一。

neighborhood [ˋnebɚ͵hʊd]
neighbor「鄰居」+ hood「名詞字尾；表關係」
n. 鄰近地區；社區

延伸片語
around the neighborhood 在社區附近
a decent neighborhood 像樣的社區

05 **Brotherhood** is among of those important interpersonal relationships for many boys. 對許多男孩來說，男性之間的情誼是人際關係中最重要的一個。

brotherthood [ˋbrʌðɚ͵hʊd]
brother「兄弟」+ hood「名詞字尾；表關係」
n. 兄弟之情；同業

反義字
sisterhood n. 姐妹之情
延伸片語
a firm brotherhood 深厚的兄弟情誼

06 Many prominent men were granted **knighthood** by a king in medieval ages.
在中世紀，許多名聲顯赫的人都會被國王授與騎士爵位。

knighthood [ˋnaɪthʊd]
knight「騎士」+ hood「名詞字尾；表身份」
n. 騎士身份；騎士道；騎士頭銜

延伸片語
to confer knighthood 授予爵位
to be awarded a knighthood 被授予騎士頭銜

-ish 像……般的；有……性質的

Track 148
內含本跨頁例句之MP3音檔

01

She looked **bookish** before. No wonder she later became a professor.
她以前看起來就很書卷氣。難怪她最後當了教授。

bookish [ˋbʊkɪʃ]
book「書」+ ish「像……般的」
adj. 書的；書呆子氣的

近義字
studious adj. 學究的

反義字
stupid adj. 愚蠢的

02

My parents asked me to dress less **boyish** but I ignored them.
我爸媽叫我不要穿得那麼男孩子氣，但是我不理他們。

boyish [ˋbɔɪɪʃ]
boy「男孩」+ ish「像……般的」
adj. 男孩子般的

反義字
girly adj. 女性的；女孩子般的

同義字
boylike adj. 像男生一樣的

03

His **snobbish** attitude is really annoying.
他高傲的態度真的很討人厭。

snobbish [ˋsnɑbɪʃ]
snob「勢利眼的人」+ b + ish「有……性質的」
adj. 自負的；高傲的；勢力的

近義詞
arrogant adj. 傲慢的
反義詞
humble adj. 謙遜的

04

Acting **childish** isn't going to get you anywhere in life.
行為幼稚不會讓你有所成就。

childish [ˋtʃaɪldɪʃ]
child「孩子」+ ish「像……一般的」
adj. 幼稚的；像小孩一般的

同義字
immature adj. 不成熟的
反義字
mature adj. 成熟的

05

His **foolish** act has hindered him from getting the promotion he wanted.
他愚蠢的行為讓他得不到他夢寐以求的升遷。

foolish [ˋfulɪʃ]
fool「笨蛋」+ ish「有……性質的」
adj. 愚蠢的；傻的

近義字
absurd adj. 荒謬可笑的
反義字
reasonable adj. 合乎道理的

06

The **lavish** spending habit of yours is not doing you any good. 你揮霍的習慣不會對你有任何好處的。

lavish [ˋlævɪʃ]
lav「清洗」+ ish「有……性質的」
adj. 極度大方的；浪費的；大量的

記憶秘訣
大量清洗某物 → 浪費的
延伸片語
to be lavish in 對某事物花費高昂

unit 149 -ism 主義、學說

Track 149
內含本跨頁例句之MP3音檔

01 Any form of **terrorism** should be gotten rid of for the sake of world peace.
任何形式的恐怖主義都應該為了世界和平而被驅逐。

terrorism [ˋtɛrə͵rɪzəm]
terror「恐怖」+ ism「主意」
n. 恐怖主義

反義字
pacifism n. 和平主義
延伸片語
terrorism attack 恐怖主義攻擊

02 True **heroism** lies in the willngness to sacrifice for the greater good.
真正的英雄主義是為了更大的善而自我犧牲。

heroism [ˋhɛro͵ɪzəm]
hero「英雄」+ ism「主意」
n. 英雄主義（精神）；英雄氣概

近義字
courage n. 膽量；勇氣
反義字
cowardice n. 懦弱

03 The fact that you didn't realize its an act of **racism** is very disturbing to me.
你沒有意識到這是一個種族歧視的行為真的讓我感到厭惡。

racism [ˋresɪzəm]
rac「種族」+ ism「主義」
n. 種族主義

近義詞
racial discrimination 種族歧視
延伸片語
overt racism 公開性的種族歧視
covert racism 隱性的種族歧視

04 **Capitalism** is said to have lead the world backward.
資本主義被認為讓世界倒退。

capitalism [ˋkæpətḷ͵ɪzəm]
capit「頭」+ al「形容詞字尾」+ ism「主義」
n. 資本主義

記憶秘訣
如頭一般重要的
→ 主要的；資本
→ 資本主義
延伸片語
the emergence of capitalsim 資本主義的出現

05 In fact, there are many forms of **socialism** and none is better than any others.
事實上，社會主義有很多種形式，沒有那一種比較好。

socialism [ˋsoʃəl͵ɪzəm]
soci「社會的」+ al「形容詞字尾」+ ism「主義」
n. 社會主義

延伸片語
market socialism 市場社會主義
Democratic socialism
民主社會主義

06 Economic **liberalism** faces lots of criticism nowadays.
經濟自由主義現今面臨諸多批評。

liberalism [ˋlɪbərə͵lɪzm]
liber「自由的」+ al「形容詞字尾」+ ism「主義」
n. 自由主義；開明

延伸片語
classical liberalism 古典自由主義
political liberalism 政治自由主義

unit 150 -less 不能……的、沒有……的

Track 150
內含本跨頁例句之MP3音檔

01 The government should try to help the **homeless** people. 政府應該試著幫助無家可歸的人。

homeless [ˋhomlɪs]
home「家」+ less「沒有」
adj. 無家可歸的

反義字
settled adj. 安置好的

延伸片語
to be left homeless 無家可歸的處境

02 This **endless** torture of heartbreak is driving me crazy. 這心痛無止盡的折磨快讓我瘋了。

endless [ˋɛndlɪs]
end「盡頭；終點」+ less「沒有」
adj. 無止盡的；沒有盡頭的

反義字
bounded adj. 受限制的

延伸片語
go to endless trouble to do sth. 不計麻煩、耐心地做某事

03

On the journey of life, I believe we can practice to be **fearless** toward any obstacles. 在人生的道路上，我相信我們可以練習在面對各種障礙時感到無所畏懼。

fearless [ˋfɪrlɪs]

fear「恐懼」+ less「沒有」

adj. 無懼的；大膽的

同義字

courageous adj. 勇敢的

反義字

timid adj. 膽小的

04

Your statement really makes me **speechless**. It's rude and nonesensical.

你的話讓我無言。真的非常沒有禮貌且無理。

speechless [ˋspitʃlɪs]

speech「言詞」+ less「沒有」

adj. 不出話來的

延伸片語

to be speechless at/ with

因……說不出話

反義字

eloquent adj. 善於言語的

05

All those **sleepless** nights reversely contribute to my creations. 那些無眠的夜晚相反地幫助了我的創作。

sleepless [ˋsliplɪs]

sleep「睡眠」+ less「沒有」

adj. 失眠的；醒著的

近義詞

tossing and turning

翻來覆去

反義字

asleep adj. 睡著的

06

The end of the movie delienates a picture of a **hopeless** dystopian human society.

電影的結尾描繪出一個無望的反烏托邦人類社會。

hopeless [ˋhoplɪs]

hope「希望」+ less「沒有」

adj. 無望的；不抱希望的

近義字

desperate adj. 絕望的

反義字

hopeful adj. 懷抱希望的

unit 151

-ment 行為、行動

Track 151
內含本跨頁例句之MP3音檔

01

The graceful **movement** of the ballet dancer really moved me. 這位芭蕾舞者的優雅動作真的打動我了。

movement [ˋmuvmənt]
move「移動」+ ment「行為」
n. 動作；運動；活動

反義字
inaction n. 無動作

延伸片語
social movement 社會運動

02

My parents' constant **arguments** have put me into a bad mood these days.
我爸媽持續的爭吵讓我這幾天心情都很不好。

argument [ˋɑrgjəmənt]
argu「弄清楚」+ ment「行為」
n. 爭吵；辯論；論點

記憶秘訣
把某件事情弄清楚的行為；提供論點 → 爭辯

延伸片語
to get into an argument
與某人爭論

03

My mentor's **encouragement** drove me to put more efforts into thesis writing.
我的恩師的鼓勵驅使我更努力地寫論文。

encouragement [ɪnˋkɝɪdʒmənt]
en「使……」+ courage「鼓勵」+ ment「行為」
n. 鼓勵

近義字
stimulation n. 刺激；激勵
反義字
discouragement n. 洩氣；勸阻

04

Every **government** has the obligation to build a wholesome welfare system for its people.
每個政府都有責任替人民建立一個完善的福利系統。

government [ˋgʌvɚnmənt]
govern「統治」+ ment「行為」
n. 政府；政體

延伸片語
government officials 政府官員
government budget 政府預算

05

Our factory has advanced **equipment** to meet your needs. 我們的工廠有先進的設備滿足你的需求。

equipment [ɪˋkwɪpmənt]
equip「配備」+ ment「行為」
n. 設備；裝備

近義字
facility n. 設備；設施
延伸片語
equipment engineer 設備工程師

06

Having done this at such young age is already a great **achievement**.
年紀輕輕便能做到這些早已是個很高的成就了。

achievement [əˋtʃivmənt]
a「朝向」+ chiev「首領」+ e + ment「行為」
n. 達成；成就

近義字
accomplishment n. 成就
延伸片語
sense of achievement 成就感

unit 152

-ness 狀態、性質

Track 152
內含本跨頁例句之MP3音檔

01 It's not very hard to show **kindness** to people around you. 向他人展現善意並沒有那麼困難。

kindess [ˋkaɪndnɪs]
kind「仁慈」+ ness「名詞字尾；表性質」
n. 仁慈、友善、善意

同義字
friendliness n. 友善、有好
反義字
hostility n. 敵意

02 This activity aims to raise **awareness** to climate change. 這場活動旨在提升對氣候變遷的意識。

awareness [əˋwɛrnɪs]
a「表強調」+ ware「注視」+ ness「名詞字尾；表狀態」
n. 認知、察覺

延伸片語
to raise awareness of
提升對某事物的意識
environmental awareness
環保意識

03 True **happiness** is hard to come by. 真正的快樂是很難得到的。

happiness [ˋhæpɪnɪs]
happi「快樂」+ ness「名詞字尾；表狀態」
n. 快樂、愉悅

近義字
delight n. 愉快
反義字
depression n. 憂鬱、情緒低落

04 Never show your **weakness** in front of people you don't know. 絕不要在你不認識的人面前展現你的弱點。

weakness [ˋwiknɪs]
weak「虛弱的」+ ness「名詞字尾；表狀態」
n. 虛弱、弱點

近義字
flaw n. 缺點
反義字
strength n. 力量、優點

05 My sister is afraid of **darkness**. She always lights a night lamp when sleeping.
我的姊姊很怕黑。她睡覺時總是會開著夜燈。

darkness [ˋdɑrknɪs]
dark「黑暗的」+ ness「名詞字尾；表狀態」
n. 黑暗

近義字
gloom n. 黑暗、陰暗
反義字
brighness n. 明亮、光亮

06 After all these years, I still can't seem to overcome the **sadness** of losing my parents.
這麼多年後，我還是無法克服失去雙親的哀傷。

sadness [ˋsædnɪs]
sad「難過的」+ ness「名詞字尾；表狀態」
n. 悲傷、難過

同義字
sorrow n. 哀傷
反義字
happiness n. 快樂

07 This feeling of **sickness** has certainly weakened my spirit. 不舒服的感覺真的削減了我的精神。

sickness [ˋsɪknɪs]
sick「生病的」+ ness「名詞字尾；表狀態」
n. 疾病、生病（的狀態）、噁心感

延伸片語
morning sickness 早晨不適
motion sickness 暈車

unit 153 -olgy 研究；學科

內含本跨頁例句之MP3音檔

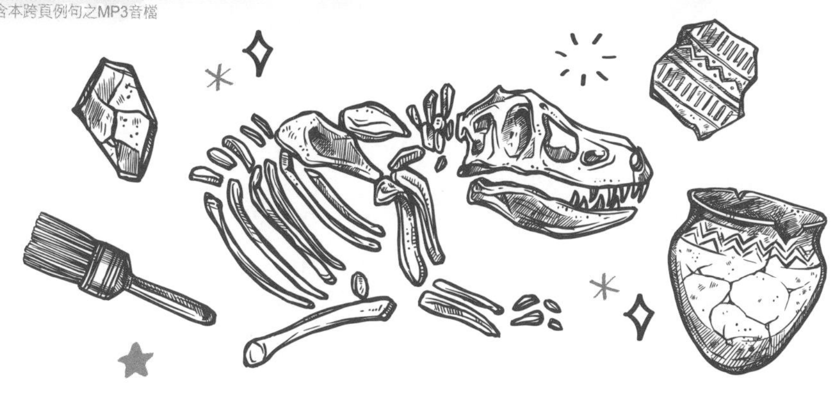

01 In **archaeology**, you also need to analyze different kinds of materials to truly understand human evolution.
在考古學中，要真正了解人類演化，你同時也需要分析不同的物料。

archaeology [ˌɑrkɪˋɑlədʒɪ]
archae「古老的」+ ology「學科；研究」
n. 考古學

延伸片語
archaeology musuem 考古博物館
archaeology artifact 考古文物

02 The knowledge of **anthropology** requires decades of field researches.
人類學知識需要好幾十年的田野調查。

anthropology [ˌænθrəˋpɑlədʒɪ]
anthrop「人」+ ology「學科；研究」
n. 人類學

延伸片語
social anthropology
社會人類學
cultural anthropology
文化人類學

03 The **genealogy** of the Lee's is untraceable now.
李氏家族的系譜現在已經不可考了。

genealogy [ˋdʒinɪˋælədʒɪ]
gene「基因的」+ a + ology「學科；研究」
n. 家譜；宗譜

延伸片語
genealogy tourism 家譜旅遊
genealogy test 基因檢測

04 I'm extremely interested in anything related to **mythology** and ancient philosophy.
我對任何和神話學以及古代哲學相關的東西都極有興趣。

mythology [mɪˋθɑlədʒɪ]
myth「神秘」+ ology「學科；研究」
n. 神話（學）

記憶秘訣
對於神秘事務的研究 → 神話學

延伸片語
Greek mythology 希臘神話

05 My dad said majoring in **astrology** is very promising now. 我爸說主修占星現在非常有前景。

astrology [əˋstrɑlədʒɪ]
astr(o)「星星」+ ology「學科；研究」
n. 占星術；占星學

記憶秘訣
對星星的研究與分析 → 占星

延伸片語
astrology reading cards 占星卡

06 This book presents a **chronology** of the evolution of an extinct bird.
這本書提供給我們一種絕種鳥的演化年表。

chronology [krəˋnɑlədʒɪ]
chron「時間」+ ology「學科；研究」
n. 年表；年代學；（按時間順序排列的）記事

延伸片語
chronology of events 事件的年表
prehistoric chronology 史前年代表

unit 154 -proof 防止……的

內含本跨頁例句之MP3音檔

01 Mostly, police officers wear **bulleproof** vest when on duty. 大多數時候，警察執勤時會穿防彈背心。

bulletproof [ˋbʊlɪt͵pruf]

bullet「子彈」+ proof「防……的」

adj. 防彈的

延伸片語

bulletproof coffee 防彈咖啡

bulletproof backpack 防彈背包

bulletproof vest 防彈背心

02 You said this table is **fireproof**, and look at it now! 你是這個桌子是防火的，看看它現在！

fireproof [ˋfaɪrˋpruf]

fire「火」+ proof「防……的」

adj. 防火的；耐火的

延伸片語

a fireproof device 防火裝置

a fireproof apron vest 耐火圍裙

03 This company invented a **waterproof** bag and it instantly went huge.
這件公司發明了一個防水包，然後它馬上就變成熱銷商品了。

waterproof [ˋwɔtɚ͵pruf]
water「水」+ proof「防……的」
adj. 防水的

延伸片語
a waterproof camera
防水相機
waterproof headphones
防水耳機
waterproof connector
防水連接器

04 I'm in a **soundproof** room so don't talk to me now.
我在隔音室所以現在不要和我說話。

soundproof [ˋsaʊnd͵pruf]
sound「聲音」+ proof「防……的」
adj. 隔音的

延伸片語
soundproof mateiral 隔音材質
soundproof foam 隔音泡棉
soundproof panel 隔音板

05 This is a **foolproof** method to finally solve this problem.
這是個最終能解決這個問題的萬無一失的辦法。

foolpoof [ˋful͵pruf]
fool「傻子」+ proof「防……的」
adj. 簡單易了的；不會出錯的

記憶秘訣
連傻子都會的
→ 萬無一失的

延伸片語
a foolproof design 防笨設計

06 This furniture is **heatproof** so you can rest assured.
這個傢俱是防火的，所以你可以放心。

heatproof [ˋhitpruf]
heat「熱；火」+ proof「防……的」
adj. 抗熱的；耐熱的

近義字
heat resistant 耐火的

延伸片語
heatproof paint 防火塗料

unit 155 -ship 狀態；身分；關係

01 They are practicing very hard in order to win the Women's Volleyball **Championships**.
為了贏得女子排球錦標賽她們努力練習。

championship
[ˋtʃæmpɪən͵ʃɪp]
champ「平原」+ ion「名詞字尾」+ ship「身分」
n. 冠軍（的身份）

延伸片語
world boxing Championship 世界拳擊錦標賽
EFL Championship 英格蘭足球冠軍聯賽

02 The **ownership** of this proverty belongs to my father.
這棟建物的所有權屬於我的爸爸。

ownership [ˋonɚ͵ʃɪp]
own「擁有」+ er「……的人」+ ship「身分」
n. 所有權；擁有者的身分

延伸片語
corporate ownership 企業所有權
individual ownsership 個人所有權

03 Jerry goes to a nice university on the sports **scholarship**.
傑瑞靠這份體育獎學金在一間不錯的大學就讀。

scholarship [ˋskɑlɚ͵ʃɪp]
scholar「學術」+ ship「身分」
n./ v. 獎學金

延伸片語
international student scholarships 國際學生獎學金
scholarship program 獎學金計畫

04 I am impressed with the everlasting **friendship** between my father and Uncle Jack.
我父親與傑克叔叔長存的友誼讓我很感動。

friendship [ˋfrɛndʃɪp]
friend「朋友」+ ship「身分」
n. 友誼

近義字
fellowship n. 友誼；夥伴關係
延伸片語
to build friendship 建立友誼

05 We must overcome the **hardship** to achieve the final goal. 我們必須克服這個困難才能達到最終的目標。

hardship [ˋhardʃɪp]
hard「硬的」+ ship「名詞字尾；表型態、狀態」
n. 困難；難題

記憶秘訣
堅硬的、難以渡過的
→ 艱困的狀態
延伸片語
to deal with hardship 面對困境

06 He's been trying to get a **citizenship** for years.
他試著拿公民身分好幾年了。

citizenship [ˋsɪtəznˏʃɪp]
citizen「市民」+ ship「身分」
n. 公民權；公民身份；公民義務

延伸片語
global citizenship 全球公民
sense of citizenship 公民意識

07 It's important to build up a strong **partnership** with the significant one.
與另一半建立強健的夥伴關係是很重要的。

partnership [ˋpartnɚˏʃɪp]
partner「夥伴」+ ship「名詞字尾；表關係、狀態」
n. 合夥關係；夥伴關係

延伸片語
to form a partnership
建立良好合夥關係
to be in partnership with
與某人建立合夥關係

unit 156 **-tion** 行動；狀態；過程

Track 156
內含本跨頁例句之MP3音檔

01 The **confrontation** between China and the U.S. has been escalating. 中美之間的衝突正逐漸上升。

confrontation
[ˏkɑnfrʌnˋteʃən]

con「共同」+ front「正面的」+ ation「表狀態」

n. 衝突、對抗

延伸片語

be in a confrontation with 和……對峙

to avoid a confrontation 避免衝突

02 This series is the latest **creation** of the Taiwanese painter. 這個系列是這位台灣畫家的最新作品。

creation [krɪˋeʃən]

cre「成長」+ ation「表狀態」

n. 創造；創作

記憶秘訣

成長的過程 → 創造、創作物

延伸片語

the creation of man 人類的誕生

03 Let's take **action** before it's too late.
在太晚之前展開行動吧！

action [ˋækʃən]

act「動作」+ tion「表行動」

n. 行動

反義字

inactivity n. 不活動

延伸片語

take action 展開行動

04 I can feel this deep **connection** between him and I.
我可以感受到我和他之間的深刻連結。

connection [kəˋnɛkʃən]
con「共同」+ nec「連結」+ tion「表狀態」
n. 連結；關係

近義字
link n. 連接

反義字
disconnection n. 分離

05 Social **revolution** is necessary to the development of a country.
社會革命對於一個國家的發展來說是必需的。

revolution [ˏrɛvəˋluʃən]
re「加強」+ volut「彎曲」+ ion「表行動；表過程」
n. 革命（運動）

記憶秘訣
強化彎曲的過程
→ 改變型態 → 革命

延伸片語
Industrial Revolution 工業革命

06 He has had great political **aspirations** since he was a teenager.
他自青年時期就有遠大的政治抱負。

aspiration [ˏæspəˋreʃən]
a「加強」+ spire「呼吸」+ ation「表狀態」
n. 志向；抱負

近義字
ambition n. 雄心；抱負

延伸片語
to have aspiration for/ to
對於～的抱負

07 It's hard to resist **temptation** at the department store when pay pay is today.
今天是發薪日的時候，在百貨公司就會很難抵抗欲望。

temptation [tɛmpˋteʃən]
temp「嘗試」+ ation「表狀態」
n. 引誘，誘惑

反義字
discouragement n. 勸阻

延伸片語
to give in to 經不住誘惑

unit 157 -(ul)ar 有……性質的

Track 157
內含本跨頁例句之MP3音檔

01 You can observe that the lunar eclipse represents the **regular** cycle of the moon's orbit.
你可以觀察到，月食代表著月亮運行的規律週期。

regular [ˋrɛgjələ˞]
reg「統治」+ ular「有……性質的」
adj. 規律的

反義字
irregular adj. 不規律的

延伸片語
decompose A into B
將 A 分解成 B

02 **Solar** ecilpse is an astronomical phenomenon.
日蝕是一個天文現象。

solar [ˋsolə˞]
sol「太陽」+ ar「有……性質的」
adj. 太陽的

延伸片語
solar energy 太陽能
solar panel 太陽能板

03 The cheminal is now moving in a **circular** flow.
化學藥劑現在正環形流動。

circular [ˋsɝkjələ˞]

circ「圓環」+ ular「有……性質的」

adj. 圓的、圓環形的、供流傳的、迂迴的

延伸片語

circular economy 循環經濟

circular motion 環形移動

04 The writing style of this author is highly **similar** to that of our professor. 這位作家的寫作風格和我們教授的寫作風格非常相似。

similar [ˋsɪmələ˞]

simi「相像的」+ lar「有……性質的」

adj. 相似的、相近的

→ similarity n. 相似（之處）

近義字

dissimilar adj. 不相似的

延伸片語

be similar to 與～相似

05 Your opinion is certainly **dissimilar** to mine.
你的意見很明顯地與我的不同。

dissimilar [dɪˋsɪmələ˞]

dis「沒有」+ simi「相像的」+ lar「有……性質的」

adj. 不相似的、不相近的

近義字

different adj. 不同的

延伸片語

be not dissimilar to 與～相似（＝be similar to 之用法）

06 I enojy taking different kinds of **extracurricular** activites. 我喜歡參加不同的課外活動。

extracurricular [ˏɛkstrəkəˋrɪkjələ˞]

extra「之外」+ curri「課程」+ cular「有……性質的」

adj. 課外的

記憶秘訣

在課程之外的、額外於課程的 → 課外的

延伸片語

extracurricular activities 課外活動

unit 158 -ward(s) 往……方向的

內含本跨頁例句之MP3音檔

01 We went **northward**, trying to find the way home.
我們向北走，試著找到回家的路。

northward [ˋnɔrθwəd]
north「北」+ ward「往……的方向」
adv. / adj. 向北地（的）

反義字
southward adv. 向南地

延伸片語
to fly northward 向北航行

02 When in a **wayward** mood, she always throws a tantrum. 在心情不穩定的時候，她總是會亂發脾氣。

wayward [ˋwewəd]
way「路」+ ward「往……的方向」
adj. 剛愎的，反覆無常的

記憶秘訣
往各種方向走的 → 不固定的 →無常的

反義字
steady adj. 穩定的

03 The ballon moved **upward** and finally disappeared.
氣球往上飛，最終消失了。

upward [ˋʌpwɚd]
up「上方」+ ward「往……的方向」
adv. / adj. 朝上地（的）、往上地（的）

同義字
skyward adv. 往天上地
反義字
doweard adv. 往下地

04 Our manager put **forward** a new proposal and asked us to follow it.
我們的經理提出了一個新的企畫，並要求我們執行。

forward [ˋfɔrwɚd]
for「前面」+ ward「往……的方向」
adv. 向前
adj. 前面的；前衛的

反義字
backward adv. 向後地
延伸片語
put forward 提出

05 Can you please step **backward** so we can move through? 可以請你往後退讓我們過嗎？

backward [ˋbækwɚd]
back「後面」+ ward「往……的方向」
adv. / adj. 向後地（的）

反義字
forward adv. 向前地
延伸片語
to look backward 向後看

06 It's time to head **homeward**, leaving all these behind.
該往家的方向走了，把這些留在原地。

homeward [ˋhomwɚd]
home「家」+ ward「往……的方向」
adv. / adj. 向家地（的）

延伸片語
to head homeward 往家的方向走
homeward flight 回程班機

Note

HELLO
ABC

原來如此 系列 E212

圖解第一本真的學得會的 字根字首字尾單字書（附隨掃隨聽QR code）

系統化分類，搭配「圖像」記憶，讓你的字彙量不再停擺不前！

作　　者　許瑾 ◎著
顧　　問　曾文旭
社　　長　王毓芳
編輯統籌　耿文國、黃璽宇
主　　編　吳靜宜、姜怡安
執行主編　李念茨
執行編輯　陳儀蓁
美術編輯　王桂芳、張嘉容
法律顧問　北辰著作權事務所　蕭雄淋律師、幸秋妙律師

初　　版　2019年11月
出　　版　捷徑文化出版事業有限公司
電　　話　（02）2752-5618
傳　　真　（02）2752-5619
地　　址　106 台北市大安區忠孝東路四段250號11樓-1

定　　價　新台幣350元／港幣 117 元
產品內容　1書

總 經 銷　采舍國際有限公司
地　　址　235 新北市中和區中山路二段366巷10號3樓
電　　話　（02）8245-8786
傳　　真　（02）8245-8718

港澳地區總經銷　和平圖書有限公司
地　　址　香港柴灣嘉業街12號百樂門大廈17樓
電　　話　（852）2804-6687
傳　　真　（852）2804-6409

▶本書部分圖片由 freepix 圖庫提供。

國家圖書館出版品預行編目資料

圖解第一本真的學得會的字根字首字尾單字書 /
許瑾著. -- 初版. -- 臺北市：捷徑文化, 2019.11
　面；　公分
ISBN 978-957-8904-97-2(平裝)

1.英語 2.詞彙

805.12　　108015094

Preface 作・者・序

為什麼要學習字根？

我們都知道，學習單字需要有些策略，才能背得多、背得快、記得久，那為什麼要學習字根呢？許多單字裡，最主要的核心字義，都是在字根的部分呈現，加上字尾，常會決定它的詞性；加上字首，常會衍生出不同的意義。懂得把一個單字拆解開來看，不僅對於它的發音、拼字能夠記得更牢，也可以將字義記得更正確！

舉例來說：

invisible (adj.) 看不見的

這個單字可以拆解為：

in	vis	ible
不	看	可以……的

分成三段 in-vis-ible，也就是「不可以看的」，也就是「看不見的；隱形的」。用這樣的方式記單字，容易多了！

記憶秘訣
沒有中心 → 不以中心為基準的
延伸片語
acentric fragment 非中心片段（染色體）

Step.3 攻略三：獨家記憶秘訣

把單字一個個依字首、字根、字尾拆解後，再將意義組合回去就能馬上把字義深刻記入腦中！

Part 1 字首 Prefix

04 The man is not talking to you. He is just thinking **aloud**.
那男人不是在跟你講話。他只是在自言自語。

aloud [əˋlaud]
a「加強」+ loud「大聲」
adv. 大聲地

延伸片語
think aloud 自言自語；邊想邊說
反義字
slient adj. 沉默的

05 The security guard should be wide **awake** against any questionable visitors.
警衛應該對任何可疑的訪客保持警覺。

awake [əˋwek]
a「加強」+ wake「醒著」
adj. 醒著的；清醒的

延伸片語
wide awake 完全清醒的；警覺的
反義字
asleep adj. 睡著的

06 **Acentric** items can actually bring out the beauty of geo metry.
不具中心性的物件其實可以帶出幾何的美。

acentric [eˋsɛntrɪk]
a「無」+ centric「中心的」
adj. 無中心的；非正中的

記憶秘訣
沒有中心 → 不以中心為基準的
延伸片語
acentric fragment 非中心片段（染色體）

07 There's nothing wrong to be **asexual**; it's a normal sexual orientation.
無性戀並沒有錯；這是個很正常的性別傾向。

asexual [əˋwek]
a「沒有」+ sexual「性別上的」
adj. 無性（戀）的

延伸片語
asexual reproduction 無性生殖
sexual reporduction 有性生殖

08 The politician received an **anonymous** package, and it turned out to be a bomb.
這名政客收到了一個匿名包裹，結果最後發現是炸彈。

anonymous [əˋnɑnəməs]
an「沒有」+ onym「名字」+ ous「形容詞字尾」
adj. 匿名的

記憶秘訣
沒有名字 → 匿名的
延伸片語
an anonymous letter 匿名信件

015

Step.4 攻略四：全面延伸學習

各個單字補充了近／同／反義詞或延伸片語，讓讀者在了解主題單字後，還要知道如何舉一反三！

延伸片語
asexual reproduction 無性生殖
sexual reporduction 有性生殖

User's Guide 使・用・說・明

Step.1 攻略一：圖解加深印象

每個unit皆以一個可愛有趣的插圖作為開始，讓讀者可以一眼就快速聯想該單字的意義，好的開始就是成功的一半！

unit 001 **a(n)-** 沒有；非；加強語氣
= without

Track 001

Vote
Support 1
1

Step.2 攻略二：例句引導搭配

每個單字都配上精選例句與中譯，讓讀者除了記得單字外，也懂得如何搭配上下文，將其運用於句子當中！

01 Many teenagers have strong **apathy** toward elections.
許多青少年對選舉漠不關心。

apathy [ˋæpəθɪ]
a「沒有」+ pathy「感覺」
n. 冷淡
→ apathetic adj. 冷感的

反義字
passion n. 熱情
同義字
indifference n. 漠不關心

02 His **amoral** deeds have been revealed to the public.
他那些不道德的行為已被公諸於世。

amoral [eˋmɔrəl]
a「沒有」+ moral「道德」
adj. 非關道德的；不屬於道德範疇的

反義字
moral adj. 道德的
同義字
immoral adj. 沒有道德的

03 Jimmy regards photography as his life-long **avocation**.
吉米將攝影視為他終生的業餘愛好。

avocation [ˏævəˋkeʃən]
a「沒有；非」+ vocation「職業」
n. 副業
→ avocational adj. 副業的

記憶秘訣
遠離職業 → 副業
反義字
vocation n. 職業

014

精選例句 × 圖文解析 × 延伸片語 × 記憶秘訣

讓本書用最符合記憶效率的方式，
幫助你快速攻克所有英文單字！